웃음이
내 인생을
살렸다

웃음이 내 인생을 살렸다

초판 1쇄 인쇄 | 2015년 7월 1일
초판 1쇄 발행 | 2015년 7월 6일

지은이 | 이요셉 · 김채송화
펴낸이 | 박영욱
펴낸곳 | (주)북오션

경영총괄 | 정희숙
편 집 | 지태진
마케팅 | 최석진 · 임동건
표지 및 본문 디자인 | 서정희 · 윤영미
법률자문 | 법무법인 광평 대표 변호사 안성용(02-525-3001)
세무자문 | 세무법인 한울 대표 세무사 정석길(02-6220-6100)

주 소 | 서울시 마포구 서교동 468-2
이메일 | bookrose@naver.com
페이스북 | bookocean
전 화 | 편집문의: 02-325-9172   영업문의: 02-322-6709
팩 스 | 02-3143-3964

출판신고번호 | 제313-2007-000197호

ISBN 978-89-6799-215-6 (03810)

이 도서의 국립중앙도서관 출판예정도서목록(CIP)은 서지정보유통지원시스템
홈페이지(http://seoji.ni.go.kr)와 국가자료공동목록시스템(http://ni.go.kr/kolisnet)에서
이용하실 수 있습니다. (CIP제어번호: CIP2015016094)

웃음이 내 인생을 살렸다

이요셉·김채송화 지음

북오션

세상에 아프지 않은 사람은 없나 보다.

단지 실컷 웃고 실컷 울고 나면 덜 아픈 사람이 더 아픈 사람을 위로할 뿐이고, 더 아픈 사람은 다시 살아갈 힘을 얻을 뿐이다.

어느 날 40대 남자의 흐느끼는 전화를 받았다.

"소장님, 내 오늘 가 보내고 왔습니다."

"……."

"아내를 이렇게 보낼 줄 알았으면 하고 싶은 것 하게 해주라는 소장님의 말씀을 들을 것을……."

"그러게요. 누가 이렇게 빨리 갈 줄 알았나요?"

"살려본다고 별짓을 다한 것이 더 빨리 보냈습니다."

"그랬네요."

"소장님, 가가 웃음치료 받고 얼마나 행복했는지 아시지요?"

"네~ 알지요."

"가가 짧은 시간 동안 너무나 행복했습니다."

"……."

이 남자의 아내는 너무나 착한 여자였고 책임감 강한 엄마였다. 그렇기 때문에 암에 걸린 자신의 몸은 안중에도 없었다. 유방암을 수술하고 다시 자궁암이 시작되고서야 그녀는, 비록 짧은 시간이었지만 가장 아름다운 시간을 보낼 수 있었다. 한 남자의 아내도 아니고 두 아이의 엄마도 아닌 자신만을 위한 시간을.

그들은 아프고 나서야 둘만의 여행도 떠났다. 깔깔거리며 웃고, 서로의 눈을 보며 대화를 하고, 서로의 입 속에 깍두기를 넣어주며 설렁탕도 먹고…… 아프지만 않았더라면 누구든 부러워했을 사이였다. 세미나를 하는 동안에도 사랑의 눈길을 떼지 못해 내가 한마디 했던 기억이 난다.

"거기, 좀 떨어지세요. 우리들 화나니까."

이런 시간들이 살아생전에 좀 더 많았다면 얼마나 좋았을까?

그 부부를 회상하다 보니 남겨진 그 아내의 남편이 생각난다. 두 아이들과 잘 살고 있을까? 씩씩하게 웃으며 살아가고 있을까?

세상에 아프지 않은 사람은 없다. 단지 실컷 웃고 실컷 울고 나면 털어버릴 힘이 생기고, 덜 아픈 사람이 더 아픈 사람을 위로할 뿐이다. 그러고 나면 우리는 다시 살아갈 힘을 얻는 것이다.

한국웃음연구소를 설립하고 웃음을 가르치고 전파한 지 벌써 15여 년의 시간이 훌쩍 흘렀다. 그 세월 동안 웃음이 얼마나 전염 속도가 빠르고 놀라운 효과가 있는지 나 스스로 새삼스럽게 놀라기도 하였다. 웃음전도사의 역할로 인해 분에 넘치게 방송에서 주목을 받았고 다수의 책도 출간하여 많은 이들에게 넘치는 관심과 사랑을 받기도 하였다. 이것이 웃음의 효과 덕분이지 않을까 싶다.

웃음은 같이하는 사람이 많을수록 전염의 속도 역시 빠르고 그 효과 또한 강하다.

나는 웃음치료 속에서 만난 사람들을 통해서 신체적 질병, 마음의 고통, 개인적인 시련, 직장생활에서의 힘듦, 회사의 어려움 등 인생 굽이굽이 만나게 되는 고비마다 웃음이 어떤 기적을 일으키는지 목격한 것을 이 책을 통해 나누고자 한다. 웃음으로 자신의 인생에서 행복을 찾아낸 사람들의 이야기를 통해 이 책을 읽는 독자들도 힘들 때 웃을 수 있는 용기를 갖기를 바란다.

2부 웃음엔 화합하는 힘이 있다

3부 웃음엔 도전하는 힘이 있다

4부 웃음엔 건강 회복의 힘이 있다

1부

웃음엔
털어버리는
힘이 있다

'하는 일마다 왜 이 모양이지?
왜 이렇게 안 풀리지? 나는 왜 이렇게
재수가 없는 걸까?' 부정적인 질문들이
자꾸 들끓어 오른다. 어떻게 하면
부정적인 생각에서 벗어날 수 있을까?
방법은 하나다. '있는 그대로의 나'를
인정하고 마음속 응어리들을 털어내는것!
웃음으로 마음속 응어리들을 털어내자.

01
핏덩이인 나를
버리고 간 엄마

40세, 화성지관 원장

힘이 들 땐 자신에게 물어라. 그리고 마음껏 위로해줘라.
"지금 참 힘들구나?"
"그래, 조금만 참자!"
"많이 화가 나는구나?"
그러면 지금 내가 어디에 있는지 알게 될 것이다.

　나는 아주 재빨리 머리를 감는 버릇이 있다. 그런 버릇이 생긴 이유를 서른여섯 살이 되어서야 알게 되었다.

　내가 일곱 살 되던 해에, 나를 버리고 갔던 엄마가 나를 찾으러 왔다. 그리웠던 엄마, 비록 나를 낳고서 죽으라고 윗목에 엎어놓고 간 엄마지만 7년이라는 세월 동안 엄마에 대한 그리움은 커지면 커졌지 줄어들지 않았다. 그런데 엄마가 냇가에서 머리를 감으며 놀고 있는 나를 데리러 온 것이다.

　엄마를 보는 순간 '엄마가 나를 또 버리고 갈지 몰라' 하는 생각이 스쳤고, 나는 아주 재빨리 머리를 감았다. 그 이후로 초스피드로 머리를 감는 버릇이 생긴 것이다.

그렇게 나는 7년 만에 엄마를 만났다. 엄마를 만났으니 '그리움 끝, 행복 시작'인 줄 알았다. 그런데 현실은 내 기대를 완전히 빗나갔다.

엄마랑 살면서 새아빠가 두 번이나 바뀌었다. 처음엔 할아버지 성을 따라 김씨였는데, 새아빠가 바뀌면서 장씨도 됐다가 강씨도 되었다. 그래도 엄마와 같이 사니 자주 바뀌는 성 따위는 아무 상관이 없었다. 사랑하는 엄마랑 같이 사니까.

새아빠는 툭하면 나에게 손을 댔다. 심지어는 겁탈을 하려 했던 적도 있었다. 어느 날엔 어린 내 힘으로 감당할 수 없어 칼을 들이댔다. 그러자 잠시 후에 경찰이 왔다. '악은 심판을 받게 될 것이다' 하는 생각에 안심을 했는데…….

어라? 경찰은 새아빠가 아닌 나를 잡아갔다. 엄마가 나를 신고했단다. 이럴 수는 없었다. 엄마가 겁탈을 당할 뻔한 딸을 신고하다니… '엄마라는 사람은 도대체 누구 편인가?' 하는 생각에 괴로웠다. 그렇게 나는 엄마로부터 버려지는 기분을 다시 경험해야 했다.

내가 초등학생이었을 때 엄마는 형편이 어렵다며 아가씨들을 데리고 술집을 운영했다. 초등학생인 나는 밤이면 다락방에 죽은 듯이 숨어 있었고, 낮에는 학교를 다녀와서 식모 노릇을 했다. 언니들은 잠을 자고, 나는 언니들이 먹은 술병을 치우고 옷까지 빨았다.

내가 살아온 얘기를 들으면 사람들은 이렇게 묻곤 한다.

"아니, 어떻게 그렇게 살았어?"

나는 그렇게 살아야 하는 줄 알았다. 그것이 내 인생인 줄 알았다. 살면서 웃으면 큰일 나는 줄 알았고, 살면서 숨소리를 내면 죽는 줄 알았다. 모든 사람들이 나처럼 밤마다 숨어 사는 줄 알았다. 어쩌면, 나는 세상에 필요 없는 존재였는지도 모른다.

엄마는 허구한 날 내게 화풀이를 했다. 기분이 나쁘면 내 머리채를 잡고 벽으로 던지고, "니 년이 내 팔자를 망쳤어"라며 두들겨 팼다. 나는 더 이상 대항할 기력도 없었다. 차라리 맞고 있는 것이 더 편했다. 엄마의 말대로 나는 원래 죽어야 할 존재였으니까!

중학생이 되어서는 엄마의 그늘에서 벗어날 생각만 했다. 언제는 길을 가다 전봇대에 붙어 있는 '여왕벌'이라는 술집 이름을 발견하고 전화를 걸었다. 집만 나갈 수 있다면, 아니 엄마에게서 도망만 갈 수 있다면 어디든 괜찮다는 생각이었다.

"저도 거기 가서 일할 수 있을까요?"

나에 대해 아무것도 모르는 마담은 나를 다독이며 돌려보냈다.

"학생, 그래도 엄마 품이 좋은 거야. 학생이 여기 오기는 아직 일러."

지금 생각하면 그 마담이 정말 고맙다. 그때 그 마담이 나를 받아줬다면 내 인생도 엄마 인생과 다르지 않았을 것이다.

엄마는 매일같이 "나와 똑같은 인생을 살라"는 저주를 퍼부었다.

"이년아, 결혼해서 남편이 다른 여자 좋아하면 남편을 놔줘, 이년아."

자라면서 늘 듣던 소리인데, 들을 때마다 지겨워 죽을 지경이었다.

지옥 같은 삶에서 빠져나올 수 있는 길은 일찍 결혼하는 것이라고 생각했다. 그래서 스물세 살에 목사와 결혼을 해서 예쁜 딸을 낳았다. 그런데 핏덩이 같은 딸을 사랑할 수가 없었다. 딸에게 젖을 물리려면 화가 치밀어 올라왔다.

'어떻게 이런 핏덩어리를 버리고 갈 수 있어? 그게 엄마야?'

나도 모르게 솟구치는 분노는 아무것도 모르는 딸을 차디찬 방바닥으로 밀어내게 했다. 그러지 말아야지 골백번 후회를 하면서 나도 모르게 그렇게 했다.

아이에게만 그런 것이 아니었다. 남편이 다른 여자랑 이야기만 해도 엄마의 목소리가 환청으로 다가왔다.

'니년 남편이 다른 여자랑 있으면 놓아줘, 이년아. 알았어?'

미칠 것 같았다. 증세는 점점 심해져 또 다른 환청까지 들렸다.

'13층에서 뛰어내려. 너는 살아갈 가치가 없는 사람이잖아.'

'니년도 나 같은 삶을 살아야 해.'

16년 동안 들어왔던 엄마의 목소리는 나를 수렁으로 더 깊이 처넣었다. 한 가닥 희망이라곤 그냥 미친년처럼 웃는 것이었다. 내 안에서 솟구치는 미움, 분노, 환청, 가난, 저주, 폭력의 기억은 내가 느낄 수 있는 모든 기쁨을 앗아갔다.

무엇이 나를 이 수렁에서 해방되게 할 수 있을까?

"오, 하나님. 저를 해방시켜주세요, 제발."

나는 매일 기도하고 또 기도했다.

어느 날부터 남편은 신문과 우유 배달을 하기 시작했다. 그렇게 번 돈으로 나를 한국웃음연구소에서 진행하는 웃음치료 세미나에 보내 주었다. 그 일을 계기로 나는 웃을 수 있었고, 어둠의 수렁에서 빠져 나올 수 있었다. 또 내가 누구인지 깨닫고 새로 태어날 수 있었다.

나는 지난 36년 동안 웃어서는 안 되는 사람인 줄 알았다. 웃으면 나쁜 일이 일어날 줄 알았는데, 세미나 기간 동안 웃어도 나쁜 일이 일어나지 않았다. 엄마의 속삭임은 모두 거짓이고 속임수였던 것이다.

세미나 기간 동안 세미나실의 출입문을 통과할 때마다 나는 외쳤다.

"나는 지금 행복을 선택한다!"

15초간 웃어야만 출입문을 통과할 수 있는 생활웃음법을 남들보다 더 크게 외치고 더 길게 웃고 온몸으로 웃어대면서 즐겼다.

'나도 웃어도 되는구나!'

처음으로 행복을 맛보았다. 36년 동안 겪었던 모든 수치를 울음 속에, 웃음 속에 내려놓는 시간이었다.

'이제껏 겪어온 모든 슬픔의 시간을 하나님이 나에게 보상하리라.'

그렇게 버려진 딸, 술집 마담 딸이라는 숨기고 싶었던 과거까지 아무렇지도 않게 받아들이기 시작했다.

'그래서 뭐 어쨌다고?'

심화과정 세미나까지 마친 나는 집에 돌아와서도 계속 웃는 연습을 했다. 과거로 되돌아가고 싶지 않아 아침이면 거울을 보면서 외쳤다.

"너는 특별해! 네겐 행복할 권리가 있어."

세상이 아름다워 보이기 시작했고 꿈이 생기기 시작했다.

살고 있는 집을 팔아 상가를 하나 마련했다. 한부모가정, 기초생활수급자의 가정, 알코올중독 부모의 밑에서 자란 야생화 같은 아이들을 서른 명 남짓 데리고 공부를 가르치고 무료급식도 시작했다. 정부에서 지원해주는 지원금이 턱없이 부족해 남편은 밤낮 일해야 했다.

내가 그랬듯 아이들도 조금씩 변하기 시작했다. 나는 단지 이 아이들에게 가난과 불행이 운명이 아니라는 진리를 깨닫게 해주고 싶었다. "너희도 충분히 사랑받을 가치가 있다"는 사실을 부모님을 통해서 알려줄 수 없으면 내가, 그것도 안 되면 하나님을 통해서라도 가르쳐주고 싶었다. 그 방법의 하나로 아이들에게 자신부터 사랑할 수 있는 웃음을 가르쳤다. 밥을 먹을 때 연구소에서 배운 것처럼 생활웃음법을 쓰기로 했다.

"감사히 잘 먹겠습니다. 하, 하하, 하하하~!"

15초간 웃지 않으면 밥을 주지 않고 다시 생활웃음법을 시작했다. 아이들은 한 번에 먹기 위해 길게 온몸으로 크게 웃었다.

몇 달이 지나자 아이들의 변화가 눈에 들어왔다. 이야기할 때 눈을 마주치지 않던 아이들이 눈을 똑바로 보며 이야기를 나눴고, 감정이 없던 아이들이 감정을 표현했다.

"원장님, 이 꽃, 아름답지 않아요?"

폭력적인 아이들 입에서 여태껏 듣지 못했던 말들이 나왔다. 그렇게 아이들의 언어가 바뀌고 표정이 바뀌었다.

그게 다가 아니었다. 꿈을 잃었던 아이들이 꿈을 갖기 시작했다. 꼴등을 도맡아 하던 아이가 1등을 하고, 한글도 모르던 아이가 학생회

장이 되고 우수한 성적을 보이기 시작했다.

어떤 이유로든 버릴 수 없는 아이들이었다. 때론 지원금도 없고 너무 힘들어 복지관 운영을 그만두고 싶을 때가 한두 번이 아니었다. '내가 왜 이 고생을 하지?' 하는 생각에 보따리를 풀었다 쌌다를 여러 번 반복했다. 어느 날은 견디다 못해 보따리를 싸는데, 한 아이 아버지가 임종 전에 우리 부부를 봐야 한다고 연락을 해왔기에 달려갔다.

"원장님, 감사혀요. 우리 아이들 부탁혀요, 정말 잘 부탁혀요."

그 말에 우리 부부는 다시 짐을 풀었다.

버림받아본 사람들은 그 고통을 잘 안다. 내가 몇 번 버려져봤기에 아이들에게 그 상처를 절대로 물려주고 싶지 않았다.

남편과 내가 보따리를 쌌다 풀었다를 반복한 지도 10년이 넘었다. 지나온 과거가 아니었다면 나는 이 아이들을 절대로 가슴으로 품지 못했을 것이다. 웃음이 아니었다면 이런 희열을 느낄 수 있는 힘을 기르지 못했을 것이다. 그리고 엄마가 아니었다면 나에게 이런 사랑의 힘은 없었을 것이다.

몇 번의 자살 시도,
나는 정말 죽고 싶었던 것일까?

46세, 주부

당신이 몸부림칠 수 있다는 것은
그 너머에 해결책이 있다는 것이다.

"세상의 모든 아이가 축복받으면서 태어나잖아요. 저는 안 그랬어요. 저희 아버지는 독자(獨子)여서 할머니는 오매불망 손자가 태어나기만을 바라셨죠. 그런데 첫째도 딸, 둘째도 딸, 셋째도 딸, 넷째인 저까지 딸로 태어난 것입니다. 대가 끊겼다 생각하신 할머니는 모든 원한을 저에게 쏟아부었지요. 저는 그때부터 '나는 태어나지 말았어야 하는 존재'라고 생각하며 자랐어요."

대구에 사는 나는 웃음세미나가 있는 날이면 서슴없이 서울에 올라왔다. 차비만 수백만 원은 족히 썼을 것이다. 그런 나에게 소장님이 물었다.

"아니, 삐삐 님은 돈이 많나 보네요? 제 집 드나들 듯 서울 다니는 것을 보니."

"네, 많이 웃어야 힘이 나거든요."

"웃음을 배운 지 1년도 넘었는데 배울 게 더 있나요?"

나는 여전히 웃고 싶어 환장했는지도 모른다.

"소장님, 이렇게 웃게 된 지 1년밖에 안 돼요."

그랬다. 지금은 누구보다 밝다고 하지만 깊은 곳은 누구보다 어두웠던 사람이 나였다.

내가 넷째 딸로 태어나자 집안은 순식간에 아수라장이 되고 말았다. 아버지는 할머니 성화를 못 이겨 집을 나가서 아들을 낳아 와야만 했고, 새 아내에 정을 못 붙인 아버지는 자꾸 집으로 오셨다. 그 이유로 새어머니 식구들은 툭하면 찾아와 우리 엄마를 때렸다. 남편을 빼앗아갔다고. 그래도 엄마는 말 한마디 못하셨다. 스스로를 죄인이라 생각해서였을까?

이 광경들을 보고 자란 나는 이 모든 일이 내가 아들로 태어나지 못해서 벌어진 것이라 생각했다.

'나만 아들로 태어났더라면 엄마가 그토록 고통스러운 나날을 보내지 않아도 되었을 텐데…… 차라리 내가 태어나지 않았더라면 좋았을 텐데…….'

그렇지 않아도 자책감에 힘들었는데 할머니와 언니는 나만 보면 욕을 해댔다.

"이년아, 너만 아들로 태어났어도 니 엄마가 저렇게 맞고 살 일은 없었을 거야."

"병신 같은 년, 차라리 죽고 태어나지 말지 그랬어. 이년아."

"차라리 죽지 그랬느냐? 쯔쯔쯧."

그래서 나는 스스로를 집에서 없어져야 할 존재로 생각해왔던 것이다.

모진 학대 속에 중학생이 되었다.

연극을 좋아했던 나는 행운인지 불행인지 연극 공연에서 주연을 맡게 되었다. 주연을 맡게 된 날 친구들은 나를 화장실로 불렀다. 여섯 명이 순식간에 나를 에워싸더니 마구잡이로 때리기 시작했다.

"야, 공부 좀 하면 다야."

"그게 무슨 말이야?"

"공부 좀 한다고 선생님한테 알랑거려서 연극 주인공 맡은 거잖아?"

"아냐, 난 그저 선생님이 하라고 하셔서……."

말을 맺기도 전에 눈에 불꽃이 번쩍 튀었고, 친구들은 벌떼처럼 몰려들어 주먹질이며 발길질을 사정없이 해댔다. 그중 한 명이 연극에서 나에게 주인공 역할을 빼앗기자 앙심을 품고 벌인 일이었다.

구타는 그날로 끝나지 않았다. 친구들은 나를 수시로 불러 때렸다. 그 후로 나는 혼자서 밥을 먹었고 어디든 혼자 다녀야만 했다. 마치 귀신처럼 남의 눈에 띄지 않으며 혼자 다니는 왕따가 되었다.

'단 한 명이라도 친구가 있으면 얼마나 좋을까?'

학교 성적은 상위권에서 점점 멀어졌고, 멍한 상태로 학교생활을 했다.

대입 시험을 보던 날, 나는 스스로 목숨을 끊기로 결심했다. 쥐약을 단숨에 먹어버렸다. 눈을 떠보니 병원이었다. 위를 세척하고 겨우 살아났다.

두 번째 자살을 시도했다. 친구들 때문에 힘들어 죽겠는데, 집에 오면 언니 때문에 더 힘들었다. 끝없는 언니의 폭력을 이기지 못하고 나도 모르게 유리 조각으로 팔과 다리를 찍었다. 그래도 나는 죽지 않고 살았다.

언니를 피하는 길은 집을 나와 내가 좋아하는 극단에 들어가는 것이었다. 하지만 유대감 없이 자란 내가 극단 사람들과 관계를 순조롭게 이어나갈 리 없었다. 인간관계를 맺을 줄 모르는 나는 그곳에서도 적응하지 못했다. 세 번째 자살을 시도했다. 이 약국 저 약국을 다니며 수면제를 다섯 알씩 사서 모았다. 드디어 일흔 알 정도 모이자 한꺼번에 입에 털어 넣었다. 깊은 수렁으로 빠졌고, 이틀 후에 나는 아랫목에 누워 있었다.

정말 나는 죽고 싶었을까?

꼭 그런 것은 아닌 것 같다. 엄마의 사랑을 확인하고 싶었는지도 모른다. 단지 엄마에게 '이년아 니가 가면 내가 어떻게 살라고'라는 말을 듣고 싶었는지도 모른다.

그런데 엄마는 한마디도 하지 않으셨다. 그것이 그렇게 평생 동안 서러웠다. 그 후에도 몇 번 자살하고 살아나는 악순환을 반복했다. 그러다가 스물네 살에 한 남자를 만나 집을 떠나고 언니 곁을 떠날 수 있었다.

딸이 태어났다. 아무리 미운 오리라도 제 자식은 예뻐 보이는 법인데 나는 딸을 예뻐할 수가 없었다. 지금이야 눈에 넣어도 안 아플 정도로 예쁜 딸이지만, 그 당시에는 하루 종일 징징 우는 아이가 너무 미웠다. 나는 우유병을 아기 입에 꽂아주고 기저귀 갈아주는 의무만 기계처럼 반복했다. 그리고 하루에 세 번씩 아이 몸을 박박 문질러 닦아주었다. 결벽증이 나타나기 시작한 것이다.

그뿐이 아니다. 실컷 사랑받아야 할 세 살짜리 딸에게 무조건 한글을 가르쳤다. 그렇게 하지 않으면 불안해서 못 살 것 같았다.

그렇게 자란 아이는 내가 이름만 불러도 손을 싹싹 빌었다. 마치 죽을죄를 지은 죄인처럼. 지금 생각하면 미안해서 억장이 무너질 지경이다.

사실 나는 다짐하고 각오하고 다짐하고 각오했었다.

'내 삶을 내 딸에게는 물려주지 말아야지.'

하지만 그러한 다짐과는 상관없이 점점 이성을 잃어버린 짐승 같은 엄마가 되어갔다. 뒤돌아서면 아이가 불쌍해서 울고불고하면서도 아이만 보면 화가 났다. 그렇게 자란 아이는 싫어도 싫다는 표현을 할 줄 몰랐다. 꼭 나의 모습을 보는 것 같아 싫었고 마음이 아프기도 했다.

내 몸이 스트레스를 견딜 수 없었는지 머리에 부스럼이 생기고 고름이 얼굴과 머리를 덮쳤다. 코에는 피고름이, 얼굴에는 대상포진이 시신경과 뇌를 건드리며 밤낮으로 괴롭혔다. 손이 떨리고 증세가 심각해지자 그런 나를 잊기 위해 술을 마셨다. 처음에는 밤에만 마셨는데 어느 순간부터는 낮에도 술을 벌컥벌컥 들이켰다.

신경은 갈수록 예민해졌고 변덕은 죽 끓듯 들끓었다. 기분이 좋은 날엔 "자기야 먹어봐" 하고, 그렇지 않은 날엔 불같이 화를 내며 "이놈의 집구석"이라며 남편에게 비난을 쏟아부었다. 결국 나는 못할 짓을 딸이 보는 앞에서 하고 말았다. 손목을 그은 것이다. 침대가 순식간에 피바다가 되었고 나는 정신을 잃고 쓰러졌다.

눈을 떠보니 병원이었다. 정말 사람 목숨은 하늘에 달린 모양이다. 눈을 뜨고 나니 딸에게 미안해서 미칠 지경이었다. 어떻게 속죄할 수 있을까 하는 마음과 죄책감에 하루 종일 시달렸다. 그러다가 동화구연을 시작했다. 그렇게라도 딸에게 속죄하고 싶었다.

마음은 여전히 어지러웠지만 아이들의 밝은 얼굴을 보면서 조금이나마 행복을 느낄 수 있었다. '나도 누군가에게는 필요한 사람이구나' 싶어 기쁘기도 했다. 하지만 숨어 있던 무의식은 다시 튀어나왔다.

2003년 대구 지하철 참사가 벌어지던 날, 나는 닫히는 지하철 문을 비집고 들어가 참사가 벌어진 바로 앞 차를 탔다. 한없이 감사할 일이건만 나는 내 잘못 때문에 그들이 죽은 것 같았다. 그 일이 나와는 아무 상관이 없음에도 마치 내 책임처럼 느껴졌다. '내가 거기서 죽었어야 하는데……' 하는 생각이 들었다.

'왜 나 혼자만 살았을까?'

혼자서 살았다는 죄책감에 시달리며 먹지도 않고 자지도 않고 일주일을 누워 있었다. 그러던 어느 날 밖에서 자지러지는 웃음소리가 들려왔다.

"여보, 무슨 소리지? 웃음소리 맞지? 여보, 나도 저렇게 한 번만 웃고 싶어."

나는 웃음소리에 이끌려 신발도 신지 않고 뛰어나갔다. 아이가 엄마 손을 잡고 웃으면서 지나가고 있었다. 그들이 사라질 때까지 나는 넋을 놓고 쳐다보았다. 나도 어릴 땐 저렇게 잘 웃었는데……

"여보, 나도 저렇게 한 번만 웃어봤으면 좋겠다."

그 아이의 웃음소리가 꼬박 한 달 넘게 귓가를 울렸다.

어느 날 신문에서 '모 대학교수가 5시간의 웃음치료를 한다'는 기사를 읽게 되었다. '한국웃음연구소 이요셉', 이것만 기억하고 나는 대구에서 서울로 당장 올라갔다. 사람들과 섞여야 하는 두려움은 있었지만, 웃고 싶은 갈망이 더 컸다.

그 시절에 나는 끊임없이 사람들과 비교하며 '나는 아무짝에 쓸모없는 사람'이라 생각했고, 간식을 먹고 있는 사람들을 보면 '돼지 같은 사람들'이라 비난했다. 나는 사람들이 더러워 보였다. 그래서 과일도 먹지 않았다. 나는 그런 사람들과는 다르다고 생각했다. 결국 그것이 나의 모습인 줄도 모르고 말이다.

웃음세미나 첫째 날, 오후에 '존재 터치' 시간이 있었다. 영상을 통해 나와 똑같은 볼품없는 아이를 보면서 충격을 받았다.

'그런데 내가 특별하다고? 내가 어떻게 특별할 수 있단 말인가?'

영상을 보면서 웃다 울다 했다. 그런데 쉬는 시간에 방울토마토를 보면서 나는 깜짝 놀랐다. 방울토마토가 예뻐 보였고 맛있어 보였다.

나는 자기 자신을 사랑하는 연습부터 하기 시작했다.

"나는 내가 좋다. 나는 내가 참 좋다. 나는 내가 아무 조건 없이 참 좋다."

화장실을 갈 때도 세미나장 옆에 있는 화장실을 이용하지 않고 일부러 4층까지 올라가면서 끊임없이 중얼거렸다.

"나는 내가 좋다. 나는 내가 참 좋다. 나는 내가 아무 조건 없이 참 좋다."

웃음세미나를 끝낸 뒤 집에 돌아가서 아이와 함께 잠자리에 들기 전에도 외쳤다.

"나는 내가 좋다. 나는 내가 참 좋다. 하하하하~."

아픔의 세월이 길고 깊었던 만큼 나는 오랫동안 외쳤다.

"나는 내가 좋다. 나는 내가 참 좋다. 하하하하~."

내가 서서히 변해가면서 딸도 달라졌다. 여태껏 단 한 번도 집에 친구를 데리고 오지 않았던 내 딸이 친구들을 집에 데려오기 시작했으며, 친구와 놀면서 "싫어"라는 말을 내뱉었다. 남의 관심을 사기 위해 단 한 번도 해보지 못했던 "싫어"라는 말, 그 말이 아이의 입에서 흘러나오자 가슴이 뭉클하고 뛸 듯이 감사하고 기뻤다.

이렇게 딸과 나는 조금씩 변해갔다. 중간에 잠수를 타야 하듯 가끔은 슬럼프가 나타나곤 했지만 그때마다 이요셉 소장님이 큰 힘이 되어주셨다.

"그래도 괜찮아요. 잠수 타도 괜찮고 천천히 가도 괜찮아요. 힘내세요, 삐삐 님."

웃음치료를 시작한 지 8년의 시간이 지났다. 지금은 나만 아니라 남까지 돌볼 힘이 생겼다. 딸은 건강한 대학생이 되었고, 우리 둘은 왕따 탈출을 위한 독립영화까지 찍었다. 나 자신을 위로하기까지 오랜 세월이 걸렸지만 지금은 마음속에서부터 웃는다. 그렇게 미웠던 엄마도 용서했고 사랑하게 되었다.

최근 치매 진단을 받은 엄마가 어느 날 말문을 열었다.

"니 이년, 나 미웠지?"

그렇게 듣고 싶었던 말을 듣게 된 것이다. 나는 "새삼 왜 물어?"라고 무심한 듯 대답했지만, 그 한마디에 나는 엄마의 모든 것을 받아들이고 사랑할 수 있게 된 것이다.

엄마는 우리 집에 오실 때면 보자기를 가져오신다. 그리고 눈에 보이는 모든 것을 싸 가신다. 그래도 사랑할 수밖에 없다. 왜? 엄마니까!

엄마 얼굴도 모르고 태어난
모진 인생에 웃음이 활짝 피다

45세, 카네기 강사

용서가 된다면 과거는 과거일 뿐이다.
하지만 용서되지 않는다면
과거는 지금도 나의 삶이다.

난 누군가가 보고 싶을 때면 편지를 씁니다.

난 내가 그리우면 울어버립니다.

난 내가 외로울 때도 울어버립니다.

그 누가 나를 사랑으로 안아주면 좋겠습니다.

옛날이 그리워집니다. 그때 그 시절

　　　　　－피오나의《공갈젖꼭지》중에서

웃음세미나에서 나는 채송화 소장님 품에 안겨 오랫동안 울었다.
그 순간 나는 갓난아기가 되었고 소장님은 나의 엄마가 되었다.

"딸아, 이렇게 잘 커줘서 고맙다. 그리고 너를 두고 가서 미안하다."

"엄마, 내가 얼마나 보고 싶어했는지 알아?"

"응, 엄마도 그랬단다."

"……."

"……."

"엄마, 이제는 잘 살게요. 편안히 가세요."

"그래, 내 착한 딸로 잘 커주어서 고맙구나!"

"엄마, 사랑해요."

"그래, 엄마도 널 너무 사랑한단다."

이렇게 나와 소장님은 살아온 세월을 붙들고 한참 울었다.

작고 알토란같이 단단해 보이는 30대 후반의 주부, 겉으로 보이는 밝음 속에 그림자가 있을까 싶어 보이는 여성이 나, 피오나다. 하지만 아프지 않은 사람은 아무도 없는 것 같다.

모든 것들이 희미해지고 진땀이 온몸을 휘감아 적셔대고 있을 때 마지막 힘을 다해 괴성을 지르며 나는 세상에 태어났다.

"아! 어, 어, 엄마!"

'엄마'는 내가 세상에서 가장 부르고 싶은 이름인지도 모른다. 그러나 엄마는 나를 이 세상에 밀어내놓고 세상을 떠났다. 그때부터 나는 자신의 모진 목숨도 할머니도 아버지도 거부했다.

가물가물 안개처럼 뿌옇게 저기 저만치서 한 여인이 나에게 손사래
를 친다. 엄마일 것이다. 내게 손사래를 칠 여인은 분명 엄마뿐이다.
엄마다. 내 엄마다. 나를 낳아준 엄마다.

내 생명줄 엄마. 엄마! 엄마! 부르고 싶은데 입이 안 떨어져 발버둥
만 친다.

여인은 내게서 멀어지며 희미해져 간다.

안 돼, 떠나지 마. 나를 두고 가지 마.

— 피오나의 《공갈젖꼭지》 중에서

엄마 없이 자란 나는 할머니의 모든 구박을 받아야만 했다.

"니년 때문에 니 엄마가 저세상에 간 거야."

할머니에게 나는 엄마를 죽게 만든 죄인이자 내동댕이쳐진 인형처
럼 거추장스러운 존재였다. 끊임없는 할머니의 구박과 삼촌의 구타
는 어린 나를 힘들게 했다. 엄마가 돌아가시자 마음을 잡지 못한 아
버지는 집을 떠났다. 할머니도 운명을 탓할 수밖에 없다는 것을 알면
서도 집을 떠난 야속한 맏아들과 세상을 등진 며느리를 향한 화살을
어린 나에게 쏘아댔다.

'나보고 어쩌라고…… 내가 뭘 잘못했는데…….'

화가 나면 퍼부어대는 폭언과 주먹질을 감당하며 나는 모든 슬픔을
안으로 안으로 구겨넣었다.

초등학교 시절, 슬픔의 나날은 계속됐다. 운동회하는 날엔 넓은 운
동장에 혼자 버려진 것 같은 기분을 느꼈다. 초등학교 3학년 때는 핫

도그 하나 먹고 싶은 마음에 신문팔이를 했다. 식당, 다방, 병원, 구멍가게를 다니며 신문을 팔았다. 그러다가 삼촌에게 들키고 말았다.

"가시나야, 와 집안 망신 시키노. 누가 니한테 신문 팔라 하더나? 와 그런 짓을 하노. 가시나 때문에 동네 창피해서 어디 다니겠나? 사람들이 어떻게 생각하겠노? 돈도 안 주고 먹을 것도 제대로 안 먹인다고 할 거 아이가?"

어린 시절부터 시작된 삼촌의 구타는 나를 더 강한 사람이 되도록 만들었다.

할머니 역시 나를 없어져야 할 존재로 생각하는 듯 보였다. 그러나 복막염으로 생사를 오갈 때 할머니는 내 손을 잡고 밤새도록 우셨다. 끝까지 내 곁을 떠나지 않으셨다. 나는 그때 처음으로 '할머니도 나를 사랑하시는구나' 하고 깨닫게 되었다.

이렇게 나의 유년시절이 지나갔다. 그러나 중학교를 못 간 나는 친구들이 교복 입고 중학교에 갈 때 부끄러움에 입술을 깨물어야 했다. 창피하고 열등감에 사로잡혀 밖에 나가는 것조차 꺼렸다.

열네 살이 되던 해, 옆집 언니를 따라 아이스크림 공장에 다니게 되었다. 할머니는 손녀가 낮에도 밤에도 일을 해서 돈을 가져오니 좋아라하셨다. 그러나 나는 '공순이'라는 자화상을 떨쳐버리고 싶었다.

'이게 아닌데, 내가 꿈꾸었던 삶은 이게 아닌데, 왜 내가 여기 있어야 하지? 이렇게 공순이로 주저앉아야 하나?'

끊임없이 갈등했지만 현실은 현실이었다. 열심히 일해서 인정받는 길밖에 없었다.

'열심히 일을 하면서 학교에 가자.'

스물세 살이 되자 누군가에게 기대고 싶어졌다. 그래서 자상한 남자와 결혼을 선택했다. 나보다 나이가 많은 남자지만 그동안 내가 견뎌온 모든 세월을 안아줄 것만 같았다.

"할매, 내가 나이는 어리지만 잘할게. 정말 잘 살 수 있다. 할매 건강이나 걱정해라."

마지막 말을 남기고 지난날의 모든 서러움도 아픔도 뒤로하고 한 남자의 아내가 되었다. 가족이라는 울타리를 갖게 된 것만으로 나는 행복했다.

그러나 시댁에 식구가 많다 보니 어린 며느리는 하루 종일 집안일에서 손을 떼지 못했다. 스물세 살의 나이에 시집 와서 새벽부터 어른들의 시중을 들다 보니 한 달 새 4킬로그램이 빠졌다. 아침도 식구마다 먹는 시간이 달라 몇 번을 차려야 했고, 설거지를 하고 빨래하고 아이 키우는 일을 온전히 혼자 해내야 했다.

집안일은 그래도 견딜 만했다. 무엇보다 '부모 없이 자라서 그래'라는 말만은 듣고 싶지 않았다. 하지만 시어른들은 작은 실수에도 아무렇지 않게 그 말을 던졌다. 그뿐 아니다. 첫아이를 가진 순간 시어머니는 나에게 말했다.

"나는 아직 할머니 되기 싫다."

그런 집안 분위기 속에서 할머니 말씀처럼 벙어리 3년 귀머거리 3년을 살아야 했다.

그러던 어느 날, 남편을 찾는 전화가 수시로 걸려오기 시작했다. 남편은 회사일이라며 중국으로 가고 없었다. 그런데 덩치 큰 남자들이 집 안으로 들어와서는 모든 물건에 빨간 딱지를 붙여댔다. 시동생 사업에 보증을 섰던 것이 화근이 되어 급여는 물론 아파트까지 넘어갔다.

'귀띔이라도 해주고 피하지.'

나는 보따리만 가지고 아이들과 길거리에 나앉을 판이 되었다. 생활비 5만 원 또는 10만 원을 가지고 살아야 했다. 할 수 없이 아이들을 할머니에게 맡기고 하루에도 몇 집을 돌며 가정부로 일을 했다. 피눈물을 흘리며 살았다. 아이들이 내가 겪은 유년시절과 비슷한 유년시절을 보내고 있다고 생각하니 죽기보다 힘들었다.

그러나 아무리 바빠도 아이들의 운동회만큼은 꼭 챙겼다. 온 가족이 모여 점심 먹는 시간에 홀로 운동장을 배회했던 나의 어린 시절이 연상되었기 때문이다. 엄마를 본 아이들은 친구들에게 자랑했다.

"봐라, 나도 엄마 있다."

그러면서도 아이들은 재차 확인했다.

"엄마, 우리 버린 거 아니지? 정말 아니지?"

그럴 때면 남편에 대한 미움과 원망이 안에서 치밀어 올랐다. 엎친 데 덮친 격으로 몸은 날로 쇠약해지고 만신창이가 되었다.

'그래, 죽더라도 같이 죽자.'

아이들을 2년 만에 집으로 데리고 왔다. 현실은 한 치 앞도 예측할 수 없을 정도로 막막했지만 이제는 홀로 서야 할 때라고 생각했다.

나는 웃음치료를 시작했다. 세미나 기간 동안 많이도 울고 많이도 웃었다. 그리고 많이도 다짐했다.

'그래, 모든 것은 긍정에서 시작된다.'

'그래, 이제는 홀로 서기 시작이야.'

'그래, 이제는 어떤 상황에서도 웃으리라, 가족과 함께.'

세상의 모든 풍파를 이겨낸 나는 세상을 다시 살기로 마음먹었다. 없는 살림에 대학에 진학했고 악착같이 살아냈다.

추운 겨울날, 하루는 어떤 집에서 일당 5만 원을 준다기에 김장을 담가주러 갔다. 배추 100포기가 놓여 있었다. 허리가 끊어질 것 같고 추위에 살이 에일 것 같았지만 혼자서 김장을 해냈다. 주인은 고맙다며 6만 원과 함께 김장 한 통을 주었다.

'오늘 하루도 이렇게 마무리되는구나.'

나는 내가 담근 김장을 들고 티코를 타고 집으로 왔다. 평상시 같으면 주차를 하고 바로 집으로 들어갔을 텐데, 그날은 아파트 창문을 올려다보게 되었다. 그런데 원수 같은 남편이 아파트 창문에 서 있는 것이 아닌가!

'그래, 나는 웃음치료사지? 웃자! 웃음은 선택이니까. 그래, 어떤 상황에도 웃음을 잃지 말자.'

나는 있는 힘을 다해 김장 한 통을 들어 보이며 "여보, 나야" 하고 남편을 향해 손을 흔들었다.

1년 뒤, 열심히 일을 해서 다른 아파트로 이사를 하게 되었다. 짐을 싸고 있는데 책꽂이에서 뭔가가 툭 하고 떨어졌다.

'웬 편지봉투?'

그 편지에는 이런 내용이 쓰여 있었다.

'여보, 미안하오. 먼저 가요. 당신에게도 너무 미안하고…… 두 아들 잘 부탁하오. 사랑하는 우리 아이들 재워놓고 먼저 가는 나를 용서해주오.'

다름 아닌 남편의 유서였다. 이게 뭐냐고 묻자 남편이 고백했다.

"1년 전 생각나? 당신이 주차장에서 여보 하면서 손 흔들었던 거."

그랬다. 남편은 그날 두 아들을 재우고 마지막 담배를 하나 태운 뒤에 자살을 하려고 했던 것이다. 그러던 차에 "여보, 나야" 하고 손을 흔들며 웃던 나를 보았고, 그런 나의 모습에 남편이 마음을 바꾸었던 것이다. '저것도 이런 못난 남편을 의지하며 사는데……'라고 생각하며.

지난 과거를 돌이키며 나는 이렇게 말하곤 한다.

"내가 그때 웃음을 선택하지 않았다면 남편은 이미 이 세상 사람이 아니겠지요."

2장

수치심을 털어내고
자신감을 되찾은 사람들

01
인간의 탈을 쓰고
이럴 수는 없는 거야

40세, 헤어디자이너

세상은 철저히 혼자서 넘어야 할 외로움으로 가득하다.
그 외로움을 넘어설수록 당신은 눈이 부실 정도로
아름다워질 것이다.

나는 누군가에게 북극성 같은 존재이고 싶다. 그래서 뒤돌아보기도
싫은 나의 삶을 어렵사리 꺼내기로 마음먹었다. 상처 많은 나의 글이
누군가에게는 용기가 되길 간절히 바라면서.

나는 진짜 생일이 호적상의 생일인 1976년 1월 24일인지, 1974년 1
월 24일인지 잘 모른다. 엄마 없이 지내다 보니 진짜 생일을 듣지 못
했기 때문이다. 서울의 어느 택시 속에서 극적으로 태어났다는 이야
기만 들었을 뿐이다. 나를 키워주신 할머니와 아버지의 말이 달라 정
확한 나이를 모르니 사주를 볼 수도 없었다. 내가 세 살 때 집을 나간

엄마만이 유일하게 내 진짜 생일을 알고 계신 분이시다.

엄마가 집을 나간 이후 나는 아버지의 숨겨진 딸로서 할머니의 손에서 열 살까지 키워졌다. 우리 할머니는 시집온 뒤로 부엌 주걱보다 삽과 곡괭이를 더 자주 들었을 만큼 힘든 살림을 해오셨다. 그런 형편에 나까지 맡게 됐으니 어린 나를 풍족하게 먹이는 건 마음처럼 쉽지 않았을 것이다.

다섯 살이 될 때까지 나는 영양실조로 걷지도 못했다. 주위 사람들은 그런 나를 보며 사람 구실 못할 거라고 수군댔지만 불혹의 나이를 넘긴 지금도 살고 있으니 사람의 생명은 하늘에 달려 있는 듯하다. 찢어지게 가난한 환경에서도 나를 사랑해주신 할머니가 너무나 고마울 뿐이다.

얼굴도 모르던 아버지와 새엄마, 배다른 동생들과 만난 것은 내가 열 살 때인 것 같다.

새엄마는 외가의 반대에도 불구하고 아빠 손에 이끌려 야반도주를 해서 아빠와 결혼을 했다. 새엄마가 내 존재를 알게 된 것은 아들과 딸을 낳고 몇 년 후에 시댁에 와서였다. 아들을 호적에 올리려 하니 내 존재가 걸리적거려 나를 1년 위로 올리고 남동생과 함께 나를 초등학교에 보냈다. 그렇게 나와 아빠, 새엄마, 새엄마가 낳은 아이들은 한가족이 되었다.

아버지는 한량이셨다. 동네에서는 물불 가리지 않는 무서운 쌈닭으로 유명했다. 자신의 행복과 즐거움을 위해 그 어떤 방해도 받지 않으려 했다. 툭하면 새엄마를 때렸고 돈을 빌려오게 했다. 미안한 기색도 없이 노름을 하고 바람을 피웠다. 아버지는 기분이 나쁘면 손에 잡히는 대로 우리를 때렸다. 늘 밥상이 이리저리 날아다니는 공포 속에서 우리는 살아야 했다.

누구는 묻는다. 계모에 대한 아픔과 설움을 느낀 적이 없느냐고. 하지만 나는 유일한 피붙이인 아버지에게 너무 많은 상처와 아픔을 받고 그것을 견뎌야 했기에 계모의 설움과 아픔을 느낄 여유조차 없었다.

'아버지는 왜 그토록 나를 미워할까?'

내가 상처와 아픔을 견디고 지긋지긋한 삶을 하소연하는 유일한 방법은 이름도 얼굴도 모르는 생모에게 부칠 수 없는 편지를 쓰는 것이었다.

'엄마, 보고 싶어. 엄마, 어디 있어?'

편지는 아버지에게 들킬까 봐 구들장 밑에 숨겨놓았다.

그러던 어느 날 부모님은 돈 벌어 오겠다며 우리 삼남매를 할머니에게 맡기고 도시로 떠나버렸다. 할머니와 삼촌이 나와 동생들을 떠맡게 된 것이다. 그것이 나에게는 더 큰 고난의 시작이었다.

삼촌은 할머니의 속앓이를 보면서 더 이상 참을 수가 없었는지 우리를 트럭에 태우셨고, 그 길로 회관 앞 감나무를 들이받았다. 그러나 아무도 죽지 않았다. 고등학교까지 나를 책임지겠다던 삼촌은 그 후로 분노의 눈빛으로 이를 갈았고, 결국 형에 대한 분노를 이기지 못한 채 농약을 먹고 자살하고 말았다.

유일하게 나를 책임지겠다던 삼촌을 장사 지내던 날, 삼촌을 떠나보내는 것도 너무나 힘든 일인데 아픔이 가시기도 전에 사촌오빠로부터 겁탈을 당하고 말았다. 감당하기 힘든 무서운 일을 겪고 만 것이다. 그다음 날부터 밤마다 내게 뻗쳤던 손을 잘라버리고 싶었다. 얼마나 무섭고 싫었는지 할머니를 부둥켜안고 울 수밖에 없었다.

작은아들을 먼저 보낸 할머니는 매일 밤을 눈물로 보내셨다. 그러던 어느 날 할머니 요강에서 먹다 남은 파란색 물을 발견했고, 그 길로 할머니 또한 스스로 목숨을 끊으셨다. 나는 그 이후로 죄책감에 사로잡혔다.

'내가 할머니를 잘 지켜드렸어야 했는데…….'

무거운 죄책감과 함께 마음 한편에선 분노가 일었고, 그 분노는 아버지를 향했다. 툭하면 할머니를 폭행하던 아버지를 나는 저주하게 되었다.

이젠 나의 편은 없었다. 나도 할머니와 삼촌을 따라가고 싶어서 농약병을 들었다 놓았다를 몇 차례 반복했는지 모른다. 없는 차비를 절약해서 수면제를 얼마나 사 모았는지…….

그런데 막상 실행에 옮기려니 억울했다. 도저히 억울해서 못 죽을 것 같았다. 이제까지 얼마나 어렵게 살아왔는데, 여기서 삶을 포기하기엔 너무나 억울하고 분했다.

절망감에 젖어 중학교를 졸업한 나는 방송통신고에 들어갔다. 그리고 열아홉 살에 농협에 취직했다. 처음 시작한 사회생활이라 힘들었지만 혼자서 독립할 수 있는 유일한 기회였다. 이를 악물고 버텼다. 술집을 가느니 죽기 살기로 살았다.

하지만 여자로서 별별 고통을 다 견뎌내야 했다. 이 남자 저 남자의 유혹을 견디는 것은 기본이고, 심지어 셋방에 도둑이 들었을 때는 도둑과 몸싸움을 하다가 칼에 베이기도 했다.

그러다가 친구의 추천으로 미용 기술을 배우기 시작했다. 멋진 미용실 원장이 되는 꿈은 내가 세상을 살아가는 유일한 힘이 되었다.

스물여덟 살, 헤어디자이너로서 보수도 좋아지고 자신감도 생길 때쯤 선배로부터 중국에 있는 미용실의 책임자로 갈 생각이 있냐는 제의를 받았고, 1년 가까이 중국에서 일했다. 얼마나 힘들었는지 몸무게가 44킬로그램으로 줄었다. 향수병도 심했다. 결국 월급 한 푼 받지 못하고 한국으로 돌아왔다. 나는 바로 취업은 되었지만 끝없는 외로움과 싸워야 했다.

어느 날 명품 옷에 에쿠스로 무장한 네 살 연상의 남자가 내게 다가왔다. 그런데 자신의 집이 재개발 지역에 있는데 내 명의로 빌라를 하나 사자고 하더니 결국 그 남자는 나도 모르게 내 명의로 대출을 받았다.

그 문제로 우린 자주 싸웠다. 그러다 어느 날 그가 나에게 폭행을 했고, 내 갈비뼈 두 개가 나갔다. 만져보지도 못한 돈을 받겠다고 그 남자에게 계속 연락하다가는 정말 내 인생이 끝나겠다 싶었다. 그래서 그와 연락을 끊고 결국 파산신청을 하고 1억을 갚아나갔다. 상황이 이렇게 되자 오히려 사기당할 돈도 대출받을 수 있는 신용도 없다는 사실에 마음이 편했다.

그러다가 지인의 소개로 한국웃음연구소의 웃음치료를 알게 되었다.

웃음세미나를 신청해놓고 나니 빨리 가고 싶었다. 그런데 무슨 일이 그렇게 많이 생기던지, 교통사고로 6개월간 병원 신세를 진 뒤에야 교육을 받을 수 있었다.

세미나에 참여해서는 다른 사람보다 더 밝은 척을 했지만, 하루 이틀이 지나면서 나의 깊은 내면과 마주 보게 되었다. 어린 시절에 겪은 아픔과 무서움이 나도 모르게 마흔이 되도록 결혼을 피하는 원인이 되었고, 겉으로만 즐거운 척 행동해왔다는 사실을 깨달았다. 이 과정을 다시 경험하면서는 엄마에 대한 그리움을 표출하게 되었다. 얼마나 많이 울었는지 모른다. 그렇게 다 용서하고 받아들이고 나니 나 자신을 사랑할 힘이 생겼다.

사귀고 있던 남자친구와 결혼도 했다. 우리는 둘 다 결혼에 대한 두려움이 있었다. 남자친구는 어린 시절에 아버지가 집을 나가셨고, 나는 엄마가 집을 나갔다. 그래서 우리는 미래를 불안해했다. 나는 엄마와 똑같은 딸이 될까 봐, 남친은 아빠와 똑같은 아빠가 될까 봐.

남자친구도 웃음세미나에서 아빠에 대한 그리움으로 많이 울었다.

"어떻게 아빠가 그렇게 할 수 있어? 내가 그렇게 엄마와 나를 두고 가지 말아달라고 애원을 했는데……."

남자친구는 그날 이후로 나를 품을 수 있는 사람이 되었고, 아픔을 품을 수 있는 남자가 되었다. 분노와 불안으로 힘들었던 우리, 이제는 서로를 이해할 수 있는 사람들이 되었다.

그리고 작은 꿈도 갖게 되었다. 누군가에게 용기를 주는 사람이 되고 싶다는. 내가 나에게 했듯 이렇게 말해주고 싶다.

"모든 일은 네 잘못이 아니야. 그냥 운이 지지리도 없었던 것뿐이야."

왕따, 포식, 좌절·······
그 속에서 피어난 꽃

22세, 대학생

한 걸음 한 걸음이라 더디다고 여기지 마라.
걸음걸음마다 팬 깊이는 내 영혼이 쌓인 길이리니.
-피오나

어느 날 열 장의 편지지가 들어 있는 한 통의 편지가 도착했습니다. '빨간머리앤'이라는 닉네임을 가진 예쁜 아가씨가 보낸 편지였습니다. 모든 좌절을 이겨내고 여기까지 와준 빨간머리앤에게 정말 고맙기만 했습니다. 빨간머리앤 같은 아가씨가 있어 세상은 아름다운가 봅니다.

오늘도 빨간머리앤에게 말해주고 싶습니다.

'뒤죽박죽인 것 같은 인생 속에서 피어나는 꽃은 그 어떤 꽃보다 아름다운 거야.'

빨간머리앤을 떠올리며 열 장의 편지를 여기에 싣습니다.

룰랄라~ 소장님 안녕하세요?

한복 차려입고 소장님에게 달려가 큰절이라도 하고 싶은 심정입니다. 제가 만약 웃음을 만나지 않았더라면, 작은 거인 이요셉 소장님을 만나지 않았더라면 지금쯤 또다시 삶을 포기할 생각을 하고 있을지도 모르겠습니다. 조금만 더 늦었더라면 큰일 날 뻔했어요! 하하하…….

저는 태어날 때 탯줄이 목에 감겨 죽을 뻔했다고 합니다. 그런데 다행히도 산모와 태아 모두 건강하게 태어나서 제 이름이 은혜가 되었네요. 두 살이 되었을 때 저는 아주 가파른 언덕 위에 있는 아파트에 살았답니다. 그 비탈길의 끝은 8차선가량 되는 큰 길가였지요.

어느 화창한 날, 여섯 살쯤 된 저희 오빠가 제 유모차를 밀어주겠다고 끌고 가서는 그 비탈길 위에서 유모차를 놓아버렸습니다. 8차선 큰 길가를 향해 심장이 내려앉을 만큼 쌩쌩 달려 내려가는 제 유모차를 잡으려고 엄마가 죽을힘을 다해 따라갔습니다. 그러다 엄마는 넘어져 결국 유모차를 잡지 못하셨지만, 하늘이 도왔는지 양손 가득 장바구니를 들고 횡단보도를 건너시던 아주머니께서 장바구니를 팽개치고 반사적으로 제 유모차를 잡으셨답니다. 전 그렇게 또 살았습니다.

생일이 빠른 관계로 일곱 살에 초등학교를 들어가게 되었습니다. 내가 자기네보다 한 살 어리다는 사실을 안 친구들은 언니, 오빠라고 부르지 않는다며 왕따를 시켰습니다. 그때부터 4학년까지 저는 친구들의 대화에 끼지 못했어요. 그리고 저는 사람들 앞에 서면 후들후들 떠는 아이가 되었지요.

초등학교 5학년이 되어서 뮤지컬이라는 새로운 시도를 했습니다.

뮤지컬 오디션에 합격하고 1년 반 동안 70회가 넘는 공연을 했답니다. 방송 출연과 미국 순회공연까지…… 저에게 꿈만 같은 날들이었습니다. 그리고 저에게 뮤지컬 선교사라는 새로운 꿈이 생기기 시작했습니다. 모든 것이 탄탄대로였습니다. 아버지의 사업이 잘되어 큰 집으로 이사를 했고, 중학교도 입학을 했습니다.

그런데 그 기쁨은 오래가지 못했습니다. 작은 오해로 친구들로부터 왕따를 당했습니다. 점심시간에는 같이 점심 먹을 친구가 없었는데 그 사실을 숨기느라 항상 무언가를 잃어버려서 찾으려 다니는 척, 엎드려 자는 척을 해야만 했지요. 가끔 엄마가 마음을 다해 도시락을 싸주셨는데 그 도시락은 쓰레기통에 그대로 버려지기 일쑤였지요.

친구들은 가끔 방과 후에 화장실로 나를 불러서는 온갖 욕설과 함께 폭력을 가했습니다. 교실에서도 괴롭힘은 계속됐습니다. 잠시 자리를 비웠다 오면 제 책가방과 교과서들은 바닥에 내동댕이쳐져 있거나 발에 밟혀서 엉망이 되어 있었습니다.

그렇게 우울증이라는 것이 찾아왔습니다. 하루 종일 눈물만 줄줄 흘리다가 지쳐 잠들곤 했습니다. 다시 아침이 되어 학교에 가려고 현관에 서면 모든 것이 버겁고 힘들었습니다. 전학을 가도 마찬가지였습니다. 제 첫인상이 변해버려 무섭다는 소리를 종종 듣기도 했습니다.

결국 또 다른 도피처로 유학을 선택했습니다. 캐나다에서 새로 시작하고 싶었습니다.

그런데 유학길에 오른 지 얼마 안 되어 아버지의 사업이 기울어지기 시작했습니다. 그래서 잠시 한국에 왔다가 다시는 못 가게 되었습니다. 부모님이, 그리고 내가 믿고 있는 하나님이 참으로 원망스러웠답니다.

'오빠가 악기를 시작할 때는 모든 뒷바라지가 됐는데 하필 내가 도움이 필요할 때는 왜 이런 일이 생기는 거야!'

부모님은 모두 신용불량자가 되고 말았습니다. 아빠는 마시지 않던 술을 마시고 피지 않던 줄담배를 피우기 시작했지요. 두 분은 허구한 날 언성을 높여 싸우셨고, 그럴 때면 엄마는 주저앉아 우셨습니다. 결국 두 분은 잠시 떨어져 지내기로 결정하고, 아버지는 중국 공장에 들어가서 약 2년간 돈을 버셨습니다. 몇 년 전에야 오셨지요.

엉망인 집안을 잊을 수 있는 방법은 제가 좋아하는 무용에 푹 빠지는 것이었습니다. 춤은 제가 살아가는 유일한 이유가 되었지요.

한번은 아버지가 무용은 안 된다며 방문을 다 때려 부쉈지만 무용은 저의 유일한 생명이었습니다. 제발 그만두라는 말만 말아달라고 애원했습니다. 결국 저는 예술고등학교에 입학했고, 하루 종일 춤을 추었답니다. 그 시간만큼은 나의 모든 과거를 잊을 수 있었습니다.

저는 세계 랭킹 10위 안에 드는 선생님께 댄스스포츠를 배우고, 스카우트 제의를 받는 행운도 가지게 되었답니다. 춤이 너무 좋아 학교도 다니지 않고 무려 10시간을 연습실에서 살기도 했습니다. 국가대표 선발전을 앞두고는 슈즈가 벗겨지지 않을 정도로 연습을 했지요. 심지어 걷기조차 힘들어 엄마가 데리러 오는 날도 많았답니다. 줄넘기 3000번, 스트레칭 1시간, 근력운동 2시간 등 고도의 훈련을 했지만 그래도 행복했습니다. 한 번도 힘들다고 생각해본 적이 없을 정도였으니까요.

입시와 대회를 석 달쯤 앞둔 어느 날, 발목이 살살 아파오기 시작했습니다. '그럴 수도 있지 뭐' 하고 견뎠지요. 하지만 통증이 사라지지 않아 견디다 못해 병원에 갔더니 6주 진단이 떨어졌습니다. 그 일로 춤을 영영 못 추게 되어버릴 줄은 정말 몰랐습니다.

그때부터는 '내 인생 어떻게 되든, 남들이 상처를 주든 말든 될 대로 되라'의 심정으로 살았습니다. 금세 술 담배에 빠졌습니다.

처음엔 죄책감이 들더군요. 하지만 두어 번 반복되다 보니, 뭐 이런 인생도 나쁘지 않았어요. 일주일에 세 번 이상 바에 가서 새벽까지 놀았고, 친구 등에 업혀 집에 들어온 게 하루 이틀이 아니었지요.

그 방법 외에는 허한 마음을 달랠 길이 없었습니다. 나중에 그 생활에서 빠져나오긴 했지만, 우울증은 점점 더 깊어져만 갔습니다. 환청이 들리기 시작했고 환상이 보이기 시작했습니다. 차가 와서 나를 칠 것 같고, 스쳐 지나가는 사람이 날 잡아갈 것 같고, 집에 앉아 있으면 집이 무너질 것 같고, 심장이 터질 것 같고…… 까무라치고 벌떡 일어나고 식은땀을 줄줄 흘리고, 폭식증과 거식증, 불면증 대안기피증, 무기력증, 대상포진…… 석 달 만에 15킬로그램이나 살이 쪘습니다. 이게 불과 한 달 전의 제 모습이라면 믿으시겠어요? 소장님, 저도 안 믿깁니다.

웃음세미나를 다녀온 후 이 모든 것은 하룻밤 아주 긴 악몽에 불과

했습니다. 세미나 내내 실컷 웃고 화내고 사랑받으면서 저는 악몽에서 깨어난 느낌을 받았습니다. 그리고 처음으로 약 없이 편안한 잠을 잘 수 있었습니다. 지금은 밤 10시만 되면 잠이 온답니다. 자다가 깨면 다시 잠자리에 들지 못하던 제가 이제는 우헤헤 웃고는 다시 잡니다. 막 졸리니까요. 심지어 요즘엔 30분씩 낮잠도 잡니다.

집 앞에 있는 슈퍼만 다녀와도 뻗어버리는 저질 체력이었는데, 웃음세미나를 다녀온 이튿날엔 엄마랑 산 정상까지 다녀왔습니다. 만날 짜증부리는 게 듣기 싫어서 같이 다니기 싫다고 말하던 엄마가 지금은 저랑 같이 있으면 너무 재미있고 많이 웃게 돼서 딸이랑 어디든 같이 다니고 싶다고 하십니다.

이 모든 것이 4주 만의 변화입니다. 오늘도 하루 종일 롯데월드에 가서 깔깔거리며 놀았습니다.

내게 너무 차갑기만 해서 어려웠던 아빠가 요즘은 안쓰럽고 미안하고 고맙게 느껴집니다. 열등감에 많이 미워했던 오빠가 너무 멋지고 자랑스럽습니다. 의욕이 없었던 제 몸이 뭔가 하고 싶어 근질근질거립니다. 언제나 밉고 싫던 나 자신이 꽤 괜찮게만 느껴집니다.

전화해서 웃는 웃음친구들이 제 목소리가 하루가 다르게 밝아져간다고 합니다. 소장님, 저 이러다 행복에 겨워서 웃다 죽겠습니다. 진짜 살맛나는 세상입니다. 소장님 고맙습니다, 하하하하!

소장님의 웃음과 열정이 또 한 사람을 살렸다는 말씀을 꼭 드리고 싶어 열 장이나 되는 편지를 썼습니다. 사랑합니다.

10월 5일, 빨간머리앤 드림

03

잘 살아보겠다고 재혼까지
했는데 이게 뭐야?

53세, 목회자 사모

감사는 인생의 또 다른 무기다.
감사는 절대로 인생을 배반하지 않을 것이다.

나는 시흥에 있는 한 동네에서 제법 잘사는 집안으로 시집을 갔다. 경제적으로 아무 문제가 없을 것 같은 부유한 집이었다. 하지만 가진 것이 결코 행복을 보장해주지는 못했다. 결혼과 동시에 마음고생이 시작됐으니까.

남편은 돈만 많았지, 소문난 망나니였다. 하루가 멀다 하고 술에 취해 다녔고, 폭력에 사고에 시댁에서 골머리를 앓는 못 말리는 아들이었다. 임신을 하자 남편은 의심부터 하기 시작했다.

"야, 이년아 니 배 속에 있는 아기가 내 씨라는 법이 어딨어?"

술만 먹고 들어오면 남편은 배 속의 아기가 자기 아이가 아니라면서 칼을 들고 배부른 나를 찾아다녔다. 그럴 때마다 나는 남편을 피해 화장실에 숨어야 했다. 지금이야 화장실 문화가 바뀌어서 깨끗하지만 30년 전만 해도 재래식의 냄새나는 변소였다. 그런 화장실에 숨어서 배를 움켜잡고 서러워서 울고 억울해서 울고 아이에게 미안해서 울었다.

그러던 어느 날, 남편이 술을 먹고 지붕 위에 올라가서는 난동을 피웠다. 망나니 남편은 죽어버리겠다고 소리를 질러댔다. 그러다 발이 미끄러졌고, 순식간에 지붕에서 떨어졌다.

술 취한 남편은 죽음의 문턱 앞에서 간절히 기도했던 모양이다. '하나님, 저 살려주세요. 다시는 안 그럴게요'라고. 결국 남편은 살아났고 이후로 남편은 새사람, 그것도 목사가 되었다.

남편이 목사가 되자 남편과 비슷한 사람만 찾아왔다. 술 취한 사람, 마약중독자, 폭력 행사자…… 하나님은 남편을 그렇게 쓰셨다. 하지만 남편의 간은 술 때문에 이미 망가져 있었다. 남편은 살려달라는 기도 대신 "차라리 나를 데려가세요"라고 기도했다. 결국 남편은 나를 두고 젊은 나이에 세상을 떠났다.

남편을 보내고 나니 외로움을 견딜 수가 없었다. 남편의 사랑을 받아보지 못했기에 사랑에 더욱 목말라 있었는지도 모른다. 나는 사별 4년 만에 재혼을 했다. 두 번째 남편도 사역자였고, 나는 또 사모가 되었다.

재혼한 남편은 가장이라는 책임감과 부담감을 두 배로 져야 했다.

전 부인의 아이들도 있었고 우리 가정도 있었다.

사례비라는 작은 월급으로 가정을 책임져야 하는 부담감은 투자로 향했다. 노동 없는 벌이는 바르지 않다는데 남편은 주식에 푹 빠졌고, 경제적인 부담은 한탕주의로 변질되고 말았다. 나는 늘 불안했다. 그 일이 나쁜 것은 아니지만, 사역자가 할 일은 아니라고 생각했기 때문이다.

결국 나의 불안은 현실이 되고 말았다. 남편은 짧은 시간에 5억 원을 날려버렸다. 나는 차라리 잘된 일이라고 생각했다. 다시는 안 할 테니까. 하지만 남편은 본전이 아까워서 주식을 그만두지 못했다. 결국 집 보증금을 걸고 다시 투자를 했고, 그것조차 다 날리고 말았다. 우리의 전 재산이 휴지조각이 된 것이다.

나는 32평 아파트를 정리하고 대전에서 안성 시골구석에 있는 23평 월세 아파트로 이사를 갔다. 중년의 나이가 되는 것도 서러운데, 쉰이 넘은 나이에 아무것도 가진 게 없다는 사실이 더 서러웠다. 외로움도 견딜 수가 없었다. 아는 사람들을 떠난다는 것, 아무도 모르는 곳에 정착해야 한다는 현실이 나를 초라하게 만들었다.

내가 믿는 하나님과 내가 선택할 수 있는 웃음이 없었다면 아마도 나는 지금처럼 살 수 없었을지 모른다. 열심히 웃으러 다녔다. 웃고 나면 힘이 생겼다. 내 앞의 문제가 작게 보이기 때문이다. 하지만 웃다가 울다가 반복의 반복이었다.

아무 연고도 없는 안성으로 이사 간 지 1년 만에 이런저런 스트레스로 몇 번을 병원에 입원했는지 모른다. 겉으로는 멀쩡해 보여도 몸은 내가 받는 스트레스가 얼마나 심한지를 알려왔다. 하루는 탈북자를 대상으로 웃음 강의를 하다가 심장에 문제가 생겨서 쓰러지고 말았다. 죽을 고비를 몇 번 넘기고 나니 내가 할 수 있는 일은 하나, 어떤 환경에서도 무조건 감사하는 일임을 깨닫게 되었다. 그렇지 않으면 이 환경과 처지에 눌려버릴 것 같았다. 웃음치료에서 배운 방식대로 무조건 감사하기로 하고, 책상에 앉아서 감사할 거리들을 하나씩 적어갔다.

1. 내 집을 팔았으니 감사!
2. 이제는 재산세 낼 걱정 안 해도 되니 감사!
3. 의료보험이 확 줄어서 감사!
4. 이사 왔더니 관리비가 대폭 줄어서 감사!
5. 시골 냄새를 맡을 수 있어 감사!
6. 새로운 친구들을 이제부터 사귈 수 있어 감사!
7. 서울보다 생활비가 덜 들어 감사!
8. 남편과 늘 붙어 있어 감사!
9. 새로운 일을 찾아야 하니 감사!

불평하고 불만을 가질 일들을 이렇게 감사하고 나니 하루하루를 견디기가 수월했다.

그런데 어느 날부터 법원에서 우편물이 계속 날아왔다.

'청산하지 않은 것이 또 있는 거야?'

남편이 나 모르게 신용대출을 받아 다시 주식을 시작했고, 그 일이 어려워지면서 차압이 들어온 것이었다. 그야말로 환장할 노릇이고 눈이 뒤집힐 일이었다. 말로만 듣던 차압 딱지가 내 집에 붙여진다는 것이 충격이었다.

'잘 살아보겠다고 재혼까지 했는데, 이제는 차압이라니……'

잠을 이룰 수가 없었다. 아무리 하나님을 의지해도 몸과 마음이 무너지는 것을 막을 수 없었다.

'하나님, 나보고 어떻게 견디라고 그러시는데요?'

그럴 때마다 내면에서 하나님의 목소리가 올라왔다.

'그래도 기뻐할 수 있겠느냐? 그래도 감사할 수 있겠느냐?'

이요섭 소장님의 말도 환청처럼 들렸다.

'환경은 바꿀 수 없지만 생각은 바꿀 수 있어요.'

나는 미친 사람처럼 무조건 감사를 시작했다.

"첫째, 우리 집에 차압이 들어온 것은 뭔가 재산이 있다는 것이니 감사! 둘째, 집 계약서가 내 이름이니 쫓겨나지 않아 감사! 셋째, 다른 사람이 아닌 내가 당해 감사! 넷째, 누군가가 차압당하면 지금의 경험으로 도와줄 수 있어서 감사! 다섯, 이 일을 잘 이겨내면 내 마음의 그릇이 넓어질 수 있어서 감사!"

법원에서 집행관들이 언제 쳐들어올지 몰라 불안하다가도 감사를 하고 나면 마음이 좀 편해졌다. 무엇보다 이웃이 차압 딱지를 볼까 봐 두렵고 창피하고 불안했는데 감사를 하고 나니 신기하게도 그런 감정이 누그졌다. 그리고 기도할 수 있는 힘도 생겼다. 혹자는 '지금 감사가 나오냐?', '미친 것 아니야?' 하겠지만 감사와 기도는 내가 할 수 있는 유일한 선택이었다.

나는 '하나님, 내가 집에 있을 때 집행관이 오게 해주세요'라고도 기도했다. 그런데 신기하게도 내가 외출하려는 순간 집행관이 왔다. 너무 기뻐 나도 모르게 그들을 손님으로 맞이했다. 그것도 웃으면서.

"어서 오세요. 제가 있을 때 와주셔서 감사합니다."

이왕 이렇게 된 것, 웃는 얼굴로 집행관들을 대하자고 다짐했다. 나의 친절에 놀란 집행관들은 나에게 최선을 다해 친절히 대해주었다.

집행관이 왔다 간 날, 나는 책상에 앉아 또다시 감사일기를 썼다.

2013년 2월 14일

1. 할렐루야, 드디어 차압이 들어왔습니다. 내 인생 처음 경험해보는 일입니다. 감사합니다.

2. 집에 있을 때 오게 해달라고 했는데 외출 바로 전에 집행관이 와서 감사합니다.

3. 그분들이 왔을 때 다투지 않아 감사합니다.

4. 앞으로의 일이 많이 복잡하겠지만 새로운 경험을 하게 되어 감사합니다.

5. 차압 딱지를 붙이고 서울에 합창단 가서 신 나게 연습하고 와서 감사합니다.

6. 나의 수치를 사람들에게 드러낼 수 있어 감사합니다.

7. 오늘 하루 방황하고 싶고 집을 나가고 싶은 마음이 들어 복잡했

지만 집으로 돌아와서 감사합니다.

8. 차압 기념으로 액자를 사서 감사합니다. '보라, 내가 새 일을 행하리니 이제 나타낼 것이라.'

9. 남편이 미안하다고 말해주어 감사합니다.

10. 남편과 대판 싸우지 않아 감사합니다.

11. 오늘도 큰일을 겪어내며 담대히 이길 수 있어 감사합니다.

12. 딱지를 전자제품 곳곳에 붙이지 않고 한 장에 몰아서 붙여주어 감사합니다.

13. 그분들이 딱지를 붙일 때 쫓아다니며 참견하지 않게 해주어 감사합니다.

14. 나보다 더 힘든 남편이 집에 들어와주어 감사합니다.

나는 이 날 '차압이라는 건 별거 아니구나!'라는 사실도 배웠다.

인생의 막다른 골목까지 경험했던 시간이 많이 지났다.

청소를 하다가 아직도 냉장고에 붙어 있는 분홍색 차압 딱지를 보는데 수치스러워 떼어내고 싶지만 그러지 않기로 했다. 그냥 붙여두었다. 왜냐고? 그것을 보면서 스스로에게 말할 수 있었다.

"너, 참 잘해냈어! 이것은 내가 나에게 주는 칭찬 딱지야."

인생 후반을 살아가면서 어떤 어려움이 닥칠지 모른다. 하지만 이제는 어떤 어려움도 견딜 면역이 생기고 어떤 상황에서도 감사를 택할 수 있는 힘이 생긴 것 같다. 오늘도, 그래서 나는 감사한다.

3장

지지리 복도 없던
자신을 '운 좋은 놈'으로
만든 사람들

01
왜 나는 하는 일마다
실패하는 거야?
38세, 산삼감정사

"나는 누구인가?" 당신이 힘들 때마다 묻고 물어라.
그 물음의 답이 문제를 뛰어넘는 힘이 될 것이다.

20대 후반, 난 참 잘 웃는 사람이었다. 사실대로 말하면, 사람들에게 '참 잘 웃는 사람'이라고 듣고 싶었는지 모른다.

"아유~ 어쩌면 그렇게 인사성이 좋아요~."

백화점에서 주방용품을 팔고 있을 때도 사람들은 나의 인상을 극찬했다.

"총각이 참 인상이 좋아서 내가 물건 하나 더 사게 되는구먼, 호호."

나는 인상이 좋아서 매번 다른 판매원들보다 하루 매출을 많게는 두 배 이상 더 올리곤 했다. 이렇게 나는 웃음이 많은 사람, 인사성이 밝은 사람, 호감 가는 사람으로 사람들에게 각인되고 있었다.

하지만 좋은 인상은 사람들 앞에서만 쓰는 가면이었다. 내 앞에 사람들이 없을 때는 언제 그랬느냐는 듯 얼굴에서 웃음기가 감쪽같이 사라지고 세상 무너질 듯한 표정이 뒤를 따랐다.

일을 마치고 집에 아무도 없는 집에 들어와 어두운 방에 스위치를 켜고 나면 털썩 주저앉아 뭔지 모를 허전함과 외로움, 쓸쓸함이 감당할 수 없을 정도로 밀려왔다. 그 시절의 나는 웃는 게 웃는 게 아니었다. 두 얼굴로 사는 내가 힘들었다.

나는 돈을 크게 벌어보겠다며 학교도 때려치웠다. '남자가 큰돈을 만지려면 장사를 해야 해' 하면서 돈을 좇아서 장사를 했지만 할 때마다 운이 따라주지 않았다. 그래도 돈을 포기할 수 없어 건설 일용직으로 몇 달을 뛰고 밑천을 만들어 다시 장사를 했지만 또 망했다.

백화점 판매원으로 1년 정도 열심히 살며 밑천을 마련하고 장사를 하다 또 망했다. 돈 되는 것이라면 무엇이든 하고 싶어 다이아몬드를 감정하는 사람들을 몇 달 동안 좇아다니기도 했건만 그것마저 잘되지 않았다.

이런 게 나의 인생이었다.

그런 나에게 웃음은 나를 감추고 싶은 가면이었고, 어떻게라도 살아남고 싶은 발버둥이었고, 누군가에게 인정받을 수 있는 유일한 수단이었다. 가진 것은 빚밖에 없었기에 누군가의 인정을 절실히 원했는지도 모른다.

'참 힘들다. 내가 이렇게까지 해야 하나.'

남들 앞에서 미소를 지을 때마다 나는 속으로 슬픔과 한탄을 꾹꾹 눌렀다. 사람들 앞에서는 온순한 지킬 박사, 혼자 있을 때는 슬픔과 외로움에 사무치는 괴물 하이드, 그게 나의 본모습이었다.

　혼자 있을 때 내 안의 하이드는 정말 문제였다. 어떤 이유로 누군가에 의해서 기분이 몹시 안 좋으면 하이드는 나를 끝도 없는 좌절감과 무기력으로 몰아세웠다. 그 영향으로 언제부턴가 집 밖에 나가지 않고 아무것도 하지 않는 날들이 늘어갔다. 더 큰 문제는 누구에게도 그런 마음을 털어놓지 못하고 홍어 삭히듯이 삭히고 삭혔다는 것이다. 그 마음 상태가 결국 얼굴로 드러났다.

　남들이 보기에 흉할 정도로 피부 트러블이 혹처럼 커져갔다. 표정은 미소라는 가면으로 완벽하게 속일 수 있었지만 얼굴 피부는 그럴 수도 없었다. 이런 내 마음을 그 누구도 알지 못했다. 심지어 우리 어머니까지도 말이다. 그렇게 나는 철저히 혼자였고 외로웠다.

　나는 어린 시절부터 소년 가장이라는 소리를 듣지 않기 위해 부단히도 애를 썼다. 그래서 더욱 어른이라는 포장지를 두르고 살았는지도 모른다. 나중에 엄마를 만나기는 했지만, 엄마에게 버림받은 거부감은 친구에게조차 "싫어"나 "안 돼" 같은 거절의 말을 못하는 나로 만들었다. 나를 싫어할까 싶고 나를 버릴까 싶어서 누구에게든 더 친절했고 더 잘 웃었다. 누가 봐도 겉보기에는 친절하고 선한 완벽한 20대 막바지의 총각으로 살았다.

　언제는 너무 힘들어 미칠 것 같아 김포에 사는 이모를 찾아갔다. 누군가에게 내 마음을 토해낼 대상이 필요했다. 이모에게 마음에 있는 모든 것들을 털어놓고 싶었는데 선뜻 입이 떼어지지 않았다. 술의 힘을 빌려볼까 싶어서 이모와 함께 술잔을 기울였지만, 핵심 없는 소리만 지껄이다가 술만 목구멍에 밀어 넣었다.

'이모 나 힘들어, 너무 힘들어서 죽겠어. 돌아온 엄마한테는 얘기 못하겠어, 괜히 나 때문에 힘들까 봐.'

머릿속에서는 수없이 얘기하면서 입은 꾸욱 닫고 다시 꾸욱 닫고… 그런데 이모가 먼저 얘기를 꺼냈다. 이모의 한마디가 아니었다면 나는 그날 외롭고 힘들어서 어떻게 되었을지도 모른다.

"광운아, 많이 힘들지?"

"……."

눈물이 쏟아질까 봐 이모를 쳐다볼 수가 없었다.

"광운아, 세상 살다 보면 일이 잘될 수도 있고 잘 안될 수도 있어. 우리 조카는 정말 성공할 사람인데, 이모가 옆에서 못 도와줘서 아직 꽃을 못 피우고 있는 것 같구나. 이모가 미안해, 못 도와줘서."

"……."

"그리고 힘들면 언제든지 얘기해. 이모가 도와줄 수 있는 건 도와줄게. 힘내자, 광운아~ 우리 조카 파이팅! 우리 짠하자~."

가슴에서 왈칵 무엇인가 쏟아졌다. 하지만 눈물을 삼키며 산 지 너무 오래되어서인지 눈물은 나오지 않았다. 가슴만이 말없이 흐느껴 울었다. 그렇게 이모에게 따뜻한 위로를 받고 온 날, 엄마가 갑자기 나를 보며 말을 건넸다.

"막내야~ 엄마는 막내 믿는다. 항상 믿는다."

'이모에게서 무슨 말을 들으셨나?'

엄마에게 처음으로 느껴보는 감정이었다.

20대에서 30대로 넘어갈 무렵, 나는 '산삼감정사'라는 전문 감별사로 일하고 있었다. 지금 생각해봐도 끼 많은 내가 어떻게 참았나 싶다. 다이아몬드를 감정하는 형님을 몇 개월 쫓아다니다가 집 안에 쑤셔박혀 질문을 했다.

'다이아몬드 말고 희귀하고 최고로 값비싼 물건이 한국엔 뭐가 있을까? …… 산삼?'

인터넷을 뒤져 협회를 만났고, 산삼감정사로 새로운 인생을 살게 되었다.

처음 1년은 정말 재미있었다. 많은 돈을 벌지는 못했지만, 자부심과 긍지로 보상받을 수 있었다. 그런데 일하는 곳이 재정적으로 너무 힘들었던지 열심히 협회를 위해서 돈을 벌어도 밑 빠진 독에 물을 붓듯이 쏙쏙 빠져나갔다. 희한하게 돈이 빠져나가면서 나의 의욕도 점점 빠져나갔다. 나는 다시 자책하기 시작했다.

'하는 일마다 왜 이 모양이지? 왜 이렇게 안 풀리지? 정말 나는 왜 이렇게 재수가 없는 걸까?'

부정적인 질문이 머릿속을 떠나지 않았다. 그럴수록 나의 본모습을 더 가리고 싶었고, 친구나 사람들을 대할 때 아무 일도 없다는 듯 얼굴에는 미소를 지었다.

그러나 마음속에서는 나 자신에 대한 화가 불쑥불쑥 올라와서 견딜 수가 없었다. 너무 화가 나서 손에 잡히는 대로 집어던지고 싶었다. 그런 마음으로 3년을 버텼더니 지칠 대로 지쳤다. 너무 힘들었다.

'이렇게 다시 외롭고 쓸쓸한 과거로 돌아가는 걸까? 어린 시절도 외롭고 힘들었는데 30대도 마찬가지인가?'

절망과 한숨 속에 누워 있던 어느 날, 우연히 TV에서 '웃음치료사'에 대한 이야기를 봤다.

"우리는요, 진짜로 웃어요. 개그맨처럼 웃기려고 스트레스도 안 받고요. 그냥 내가 많이 웃으면 사람들이 따라 웃게 되요. 정말 너무 좋아요."

그런데 그들은 진심으로 웃고 있었다.

'나도 진짜로 웃을 수 있을까, 저들처럼?'

진짜로 웃을 수 있다면 이거다 싶었다. 당장 컴퓨터를 켜서 검색했고, 웃음치료사 이요셉 소장님을 찾아갔다.

"여러분, 억지웃음도 진짜 웃음과 효과는 같습니다."

"행복해서 웃는 게 아니라 웃어서 행복합니다."

"표정이 감정을 바꿀 수 있습니다."

"웃음이 없다면 여러분의 영혼은 죽은 것입니다."

"이제는 행복을 선택해야 합니다."

"내 감정의 주인은 오직 나 자신이기 때문입니다."

'이건 뭐지? 10년 넘게 억지로 웃었는데 또 억지로 웃으라니… 이건 미친 소리잖아?'

하지만 내가 처한 상황 때문에라도 나는 어쩔 수 없이 소리 내어 웃었다. 평생 남의 눈치만 보고 살았던 나다. 그런데 내가 내 감정의 주인이 될 수 있다고? 나는 하나씩 하나씩 깨닫기 시작했다. 그동안 목적이 잘못되었던 건가? 그래, 나는 남에게 잘 보이기 위해 살았던 거야. 그렇다면 이제 나를 위해 웃어야 한다?

그거였다. 나는 나의 행복을 위해 웃어본 일이 없었다. 나는 그날 웃음에 대한 생각을 바꾸었고, 무조건 나를 위해 웃기로 했다. 왜? 웃음은 운동이니까.

처음에는 소리 내서 웃는 것이 너무 어색했다. 속이 부대꼈다. 웃음소리도 가관이었다. 그 당시의 친구들은 내 웃음소리를 듣더니 이렇게 말했다.

"야, 너 웃음소리가 왜 이렇게 어색해? 이런 가식적인 놈~."

그래도 상관없었다. 어색해도 좋았다. 웃을수록 기분이 좋아지고 뭐든 할 수 있다는 자신감이 풍선처럼 점점 부풀어 오르는 것 같았다. 그렇게 웃음을 선택하면서 나의 표정과 성격이 조금씩 즐거움과 기쁨으로 채워지고 있었다.

'참 좋다. 내가 의도적으로 웃었는데 이렇게 좋아질 수 있다니.'

절망에 가려져 있던 나의 본래의 끼가 드러나기 시작했다. 춤추고 즐기기 시작했다. 그렇게 나는 에너지 많은 웃음치료사가 되어갔다.

강사라는 직업에 처음 도전한 날, 나는 소장님으로부터 에너지 좋고 순발력 있다는 피드백을 끊임없이 받았다. 그동안 숨죽여 있던 끼들이 올라왔다. 나는 너무나 행복했다. 예전에는 모든 선택의 1순위가 돈이었지만, 지금은 돈이 아닌 '하고 싶은 것'이 되었다.

그렇게 해서 웃음치료사, 청소년 레크리에이션 강사, 신바람 나는 댄스 강사의 길을 걸어온 지 7년이다. 비로소 나는 나의 삶에 춤을 추게 되었다.

강의를 하다 보면 많은 사람들이 묻는다.

"강사님, 웃음강사 하시면 억지로 웃을 때가 많아서 힘들겠네요?"

"가끔은 억지로 웃어야 할 때가 있습니다. 하지만 청중들과 실컷 웃고 나면 잠시라도 힘든 상황을 잊어버릴 수 있고 다시 힘을 얻을 수 있어 좋습니다. 그 묘미 때문에 힘들수록 저도 모르게 더 웃게 되지요."

세미나 때문에 이요셉 소장님과 함께 미국에 몇 번 다녀왔다. 소장님은 내가 에너지가 좋다며 항상 파트너로 데리고 가셨다. 디즈니랜드에 몇 번 가보았는데 직원들이 자주 다니는 곳에 이런 푯말이 붙어 있었다.

'당신의 미소는 어디에 있습니까?'

이제는 자신 있게 말할 수 있다.

"내 안에요."

이제는 남에게 잘 보이기 위해 웃지 않는다. 나를 위해 웃다 보니 나를 만나는 사람들이 기뻐할 뿐이다.

02

폭군이었던 아버지,
그가 만들어준 불안증

42세, 주부

세상은 마음에서 시작된다.
마음은 내가 붙인 의미에서 시작된다.

2011년 3월의 어느 날, 내 인생에서 가장 힘든 시간이 찾아왔다. 원인도 모른 채 갑자기 심장이 두근거렸고, 알 수 없는 불안과 걱정에 잠을 이룰 수 없었으며, 식욕 또한 줄어들었다. 잠을 자려고 하면 이 걱정 저 걱정, 그동안 아무렇지 않게 넘겼던 일들이 갑자기 큰 걱정으로 다가와서 잠을 이룰 수 없었고 식은땀이 흐르면서 몸이 이상해지는 것을 느꼈다. 그렇게 한 달을 힘들게 보내다 더 이상 이렇게 지낼 수 없겠다 싶어 병원을 찾았다.

우울증인가 싶어 신경정신과를 찾았다. 의사는 불안증이라고 했다. 내가 직장생활을 하다 그만두었기 때문에 시간이 많아 그런 거라고 했다.

직장생활을 하던 나는 아이가 초등학교에 입학하면 학원으로 돌리는 것이 싫어서 오랜 고민 끝에 아이가 일곱 살 되던 해에 그만두었다. 그리고 시골까진 아니어도 서울보단 좀 더 여유로운 곳에서 학교를 보내고 싶어 양주로 이사를 했다.

난 아이와 시간을 보내는 것이 너무 행복했다. 서울처럼 복잡하지도 사람이 많지도 않은 양주가 너무 좋았다. 아이랑 둘이 놀이터에 가는 것도 너무 재밌었다. 아이가 유치원에 가 있는 시간에는 혼자 책을 읽고, 잠도 자고, 음악도 들을 수 있는 여유로움이 너무 좋고 행복했다. 그렇게 1년이란 달콤한 시간을 보냈는데…. 그런 나에게 갑자기 아무런 예고도 없이 이게 무슨 일인가?

'쉬는 것이 행복했는데, 시간이 많아서 병이 왔다고?'

아이가 학교를 다니고 있어서 다시 회사를 다니기는 힘드니, 다른 방식으로 바쁘게 지내봐야겠다는 생각이 들어서 오전에 운동을 시작했다. 좀 재미있는 운동을 하는 게 좋을 것 같아서 동네 엄마랑 에어로빅을 시작했다. 아이를 학교에 보내면서 알게 된 엄마들이랑 만난 지는 얼마 안 되었지만 이야기도 잘 통하고 성격도 맞아 금방 친해졌다. 그 엄마들은 나의 증상을 알고 도와주고 싶어 했다. 그래서 한 명이랑은 운동을 다니고, 또 다른 엄마랑은 예쁜 글씨 쓰는 걸 배우고, 요가도 배우기 시작했다. 시간으로 따지면 하루가 짧다고 느낄 정도로 바빴다. 그렇게 빽빽하게 하루를 보내면 우울증에서 벗어날 줄 알

있다. 하지만 증상은 나아지지 않았다. 잠시 괜찮다가 다시 두근거리고 입맛도 없어지고 잠도 안 오는 증상이 반복적으로 나타났다.

두 달 사이에 몸무게가 10킬로그램이나 빠졌다. 살면서 지금까지 입맛이 없던 적이 한 번도 없었는데, 갑자기 심장 두근거림과 걱정으로 입맛을 잃은 것이다. 도저히 밥이 넘어가지 않았고, 억지로 먹어도 자꾸 살이 빠져서 이러다 말라서 죽는 건 아닌가 걱정이 됐다. 웃음도 나지 않고, 어떤 일을 해도 재미있지 않았다. 모든 것이 걱정이고 불안했다.

'한가해서 그렇다고?'

다시 병원을 가고 싶었지만 창피하기도 해서 갈 수 없었다.

'가족과 가까이 살면 괜찮아질지도 몰라.'

형제들과 모여 살기 위해 양주에서의 5개월 생활을 마감하고 서울로 다시 이사를 했다. 남편은 이 모든 것을 적극적으로 도와주었다.

하지만 증상은 나아지지 않았다. 이삼 일 괜찮다가 갑자기 이유 없이 불안과 걱정이 커지고, 입맛도 없어지고, 잠도 이루지 못했다. 그러다가 또 언제 그랬느냐는 듯이 기분이 좋아지면 다시 일상적인 생활을 했다. 너무 힘이 들었다. 자다 말고 숨이 막혀서 베란다에 앉아서 울기도 했다.

'왜 이렇게 된 거지? 뭐 때문에 이러는 거지? 다시 일을 해야 하는 건가? 정말 시간이 많아서 고민이 많아서 그렇게 된 건가? 교회를 잘 나가지 않아서 벌 받고 있는 건가?'

낮에 혼자 집에 있으면 가슴이 턱 막혔다. 무언가에 집중하면 좋다고 해서 책을 읽으려고 했는데 집중이 안 돼서 읽을 수가 없었다. 도저히 아무것도 할 수 없는 '멘붕' 상태가 돼버렸다.

남편은 나에게 기쁨을 주려고 아침마다 좋은 글을 문자로 보내줬다. 그런데 그 글을 읽어도 눈물이 났다. 내 병을 고쳐주려 애쓰는 남편 때문에 더 슬펐다. 아이도 한없이 가여웠다. 모든 것이 엉망이었다.

나는 빨리 이 병에서 벗어나고 싶다는 생각에 다시 신경정신과를 찾았고, 일주일에 두 번씩 진료받고 약을 처방받아 하루에 한 번씩 약을 먹었다. 약 덕분인지 심장 떨림이 없어지고 입맛도 좋아졌다. 잠은 여전히 잘 오지 않아 힘들었지만 그래도 전보다 몸이 좀 좋아진 것 같아 일상생활의 50퍼센트 정도는 할 수 있었다.

하지만 석 달 정도 후에 다시 증상이 나타났다. 이번엔 한의원도 갔다. 한의원에서 침 맞으며 잠을 자니 피곤함이 좀 사라져 살 것 같았다. 하지만 그것도 그때뿐이었다.

봉사를 하면 기분이 좋아진다는 말을 듣고 자원봉사센터에 가서 웃음봉사도 했다. 웃으면 기분이 좋을 것 같아서 웃음봉사 단체에서 교육을 받고 가입해서 활동을 하기 시작했다. 하지만 겉으로만 웃고 있는 나를 발견했고 기분이 더 나빠졌다.

어느 날 웃음봉사단 회원 중의 한 명이 웃음연구소의 웃음세미나 얘기를 해주었다.

'나를 바꿔주는 곳? 자신도 이요셉 소장을 만나 바뀌었다고?'

그러나 세미나 비용이 생각보다 비싸 포기했다. 그런데 시간이 흘러도 가고 싶다는 생각을 지울 수가 없었다. 그래서 해외여행 간다 생각하고 남편과 여덟 살 된 아들을 데리고 웃음세미나에 참석했다.

웃음세미나는 내가 생각했던 개그 프로그램이 아니었다. 그런데 놀랍게도 책을 읽어도 집중이 안 되더니 이요셉 소장님의 말씀은 귀에 쏙쏙 들어왔다. '이거다!'라는 생각이 들었다.

이야기를 들으며 중간중간 다른 사람들은 웃는데 난 울었다. 나 자신과 대화하는 부분에서는 더욱더 눈물이 났다. 날 한 번도 돌보지 못해 미안해서 울고, 기뻐서 울었다.

세미나 과정 중에서 이틀째의 희로애락 프로그램은 나에겐 터닝포인트였다. '분노'와 '슬픔'을 경험하는 시간이었는데, 생각지도 않았던 친정아버지가 툭 튀어나왔다.

내가 어릴 적에 하루가 멀다 하고 아버지와 엄마는 부부싸움을 했다. 군인이신 아버지는 싸울 때마다 거울과 창문 등을 깨부수곤 했다. 아버지 손에선 피가 나는 경우도 많았는데 어린 나는 그 모습이 무서웠다. 아버지는 집에서도 군인이었으며, 때론 자신의 뜻대로만 하는 독재자였다. 가족들도 아버지의 명령에 순복해야 했다. 거역하면 재떨이를 던지셨다. 동생과 싸웠다는 이유로 철제 의자로 내 머리를 때리셨고, 머리에서 피가 났던 기억도 있다.

하루하루가 공포였던 우리 자매들은 공부에 집착했다. 우린 모두 네 자매였는데, 엄마와 아버지가 싸울 때면 한방에서 공포에 떨었고 난 매번 가서 말렸다. 내 힘으로 안 될 때는 옆집 아저씨를 불러오곤 했다. 그렇게 철원에서 고3 때까지 생활하며 난 늘 다짐했다.

'졸업만 하면 꼭 서울로 갈 거야. 부모님 안 계시는 곳으로 멀리멀리 갈 거야.'

난 졸업하자마자 서울로 무작정 왔다. 고등학교 성적은 좋았던 터라 취업은 잘됐다. 직장을 다니며 수능 준비를 했다. 어릴 때 공부에 집착했던 탓일까? 대리만족이었을까? 대학만 세 번, 대학원도 다녔다. 나에게 그것이 행복의 척도였고 집착이었다. 결혼하고도 사회적 지위를 얻고 싶어 학교를 다니고, 전문 직업을 갖게 되었다. 남들이 멋지다고 했을 때 나는 은근히 내 직업을 자랑하곤 했다.

그런데 그게 다 어릴 적 아픔으로 인해 인정받고 싶은 욕구가 표출된 것임을 알았다. 나 자신이 만족스럽지 않기에 끊임없이 채우려 했고, 그것이 결국 불안증으로 연결된 것이다.

단 한 번의 웃음세미나로 아버지로부터 얻은 불안이 모두 치유되진 않았다. 사실 어릴 적 부모님의 싸움에 대한 공포가 해결되지 않고는 내 증상이 말끔히 치유되긴 어려웠다. 그러니 약을 복용해도 원상태였던 것이다.

웃음세미나를 다녀오고 얼마 동안은 괜찮더니 시간이 지나자 다시 두려움이 시작됐다. 둘째 아이를 가질 생각을 하며 희망을 갖고 있었지만 점점 더 불안증이 심해졌다. 그래서 그다음 해 1월에 다시 '기적의 2박 3일 행복여행'을 갔다. 불안증의 원인은 찾았지만 아버지를 용서하지 않고서는 내 병이 계속될 것을 알았기 때문이다.

프로그램 중에 '부모님께 전화드리세요'라는 미션이 주어졌다. 그런데 난 하지 못했다. 지난번에도 그랬지만 이번에도 할 수가 없었다.

'내가 어떻게 아버지를 용서해? 어떻게 그 폭군을 용서해?'

하지만 처음 웃음세미나에 올 때보다 아버지를 보는 시각이 좀 더 긍정적으로 바뀌었고 내 안에 자신감도 생겼다.

일단 8개월 동안 약을 끊기로 결정하고 2012년 2월부터 약을 중단했다. 그리고 아침에 일어나면 혼자서 거울을 보며 웃었다.

어느 순간 약을 안 먹어도 잠을 잘 자게 되었고, 불안하지도 않았다. 그런데 아버지에 대해서는…….

4월에 세 번째 웃음세미나에 들어갔다. 여기서 나는 아버지를 이해하게 되었고 아버지를 용서하게 되었다. 어릴 적 불우했던 아버지는 그 분노를 풀지 못했고, 그 분노가 결국 우리 가족에게 향했던 것이다. 이제는 아버지기 측은하게 느껴지기 시작했다.

세 번째 웃음세미나를 다녀온 후 나는 당당해질 수 있었다. 버겁게 느껴졌던 일상이 이젠 재미있었다. 두 명의 웃음친구와 매일 웃으며 통화를 하면서 더 긍정적으로 변해갔다. 늘 불만이고 부정적이던 내가 작은 것에도 감사하게 되었다. 밥맛이 다시 좋아졌고, 그 덕분에 1년 만에 다시 15킬로그램이 쪘다.

이렇게 마음 편히 긍정적으로 살다 보니 나이 마흔 살에 임신을 했다. 시험관아기라도 가지려고 노력하던 차에 아기가 생기다니, 너무 감사했다. 임신 기간 동안에 두 번의 유산 조짐이 보여서 병원에 입원하기도 했지만 두렵기보다는 '나보고 힘드니까 쉬라고 하나 보네'

라고 긍정적으로 생각했다.

"이렇게 혼자 병원에 있으니 밥도 맛있는 거 나오고 잠도 실컷 자고, 너무 좋다."

내가 생각해도 정말 놀라운 의식의 변화였다. 그렇게 열 달을 채우고 너무 귀엽고 앙증맞은 딸아이가 태어났다. 우리는 딸아이의 이름을 '미소'라고 지었다. 희한하게도 미소는 누구보다 잘 웃는다.

우리 큰아이 보물이에게도 큰 변화가 일어났다. 웃음세미나를 갔다 온 후 보물이는 매사에 "난 할 수 있다"라고 외치며 힘차게 웃었다. 지금 생각하면 모든 것이 감사할 뿐이다.

아버지마저도 감사하다. 불안증에 걸린 것도 우울증에 걸린 것도 아버지 덕분이고, 그 덕분에 아버지를 용서할 수 있었다. 만약 그 병에 걸리지 않았다면 난 아직도 부정적인 시각으로 세상을 바라봤을 것이고, 불평불만을 터뜨리는 일이 많았을 것이다.

용서 없이는 어떤 아픔을 뛰어넘을 수 없고 웃지 않고는 어떤 복도 오지 않는 것 같다. 이 글을 빌려 화내지 않고 2년 동안 옆에 있어준 남편에게 감사하고, 잘 커준 우리 아들 보물이에게 감사하고, 건강하게 태어나준 둘째 미소에게 감사한다. 그리고 나를 새롭게 태어나게 해준 이요셉 소장님과 웃음치료 프로그램에 다시 한 번 감사드린다.

평생 써온 가면,
내 삶이 없었다

55세, 시의원

세상이 나를 좋아하는 방법은 한 가지다.
내가 먼저 나를 좋아하는 것이다.

요즘 아이들을 걱정하는 어른들은 대부분 이런 말들을 한다.

"요즘 아이들은 꿈이 없다. 그저 부모가 원하는 방향으로 갈 뿐이다."

그렇다! 아이의 뇌를 부모가 지배하고 있다. 부모가 가라는 학원에 다니고, 부모가 하라는 공부를 하고, 부모가 선택한 대학에 간다. 자신이 원하는 것을 모르니 꿈이 없는 것은 당연한 일이다.

비단 요즘만이 아니다. 중년의 나도 부모의 압박 속에 살아왔다. 웃음치료를 만나기 전까지는 '내 삶'을 살아가지 못했다. 과거의 압박을 생각하면 치가 떨릴 정도다.

1961년 4월 19일 민주화혁명이 대한민국을 부패와 부정의 수렁에서 건져낸 날, 나는 태어났다. 그리고 2012년 4월 19일 생일날, 나는 한 세미나에서 나답게 다시 태어났다.

목표 없이 변명으로 일관된 삶을 살아온 나는 사람들 앞에 설 용기와 자신감이 없었다. 사람들한테 나를 들킬까 봐 싫었다. 그러나 2012년 4월 19일에 드디어 나를 둘러쌌던 껍질을 깨고 내면을 바라보면서, 진정한 행복 앞에서 지나온 과거는 아무것도 아니라는 진리를 깨달았기에 이제는 나의 과거를 당당히 얘기할 수 있게 되었다.

어릴 적 남편(나의 할아버지)을 일찍 여읜 할머니는 홀로 아버지를 키우고 장가를 보내셨다. 할머니는 그 설움을 시집온 엄마에게 다 쏟아내셨다. 내가 어렸을 때 할머니는 "니년 탓"이라며 엄마를 자주 구박하셨다. 아버지는 그 중간에서 고부간의 갈등을 못 견디고 늘 술을 드셨다. 그리고 집에 오면 엄마와 싸우셨다, 하루도 거르지 않고.

그뿐만이 아니다. 어린 나를 앞에 앉히고는 술주정으로 일장 훈시만 하셨다.

"태원아, 공부해, 공부. 알았어?"

나는 아버지의 모습을 보면서 결심하고 또 결심했다.

'아버지 같은 사람은 절대로 되지 않을 거야.'

초등학교 시절, 참으로 나는 불쌍한 녀석이었다. 아무런 목표 없이 아버지의 꾸중이나 질책을 피할 목적으로만 공부를 하였으니까. 부담감이 커 공부를 잘해도 걱정, 못해도 걱정…… 걱정으로 무수히 많은 날들을 허비했다. 중고등학교를 상위 10퍼센트 이내의 우수한 성적으로 졸업했지만, 매사 자신감이 부족하고 걱정이 많았으며 아버지의 질책에 대한 두려움으로 가득했다. 결국 나는 대학 입학고사에서 평소 실력만큼 결과를 거두지 못하고 고향에 있는 대학을 다녔다.

내가 성인이 되어서도 아버지의 질책과 훈계, 잔소리는 계속됐다.

"태원아, 재수해. 그리고 서울에 있는 명문대를 가. 그게 네가 할 일이야."

"태원아, 서울에 있는 명문대를 못 가면 인생은 실패한 거야."

아버지의 계속되는 잔소리는 '나는 실패한 인생이구나!'라는 생각을 심어주었고, 되레 나를 공부와 멀어지게 했다. 나는 노는 데에만 정신을 쏟게 되었다.

아버지의 강요와 잔소리를 벗어나는 길은 빨리 장가가서 집을 벗어나는 것이었다. 나의 미래는 없었다. 설계도 전혀 없었다. 아버지의 그늘에서 벗어날 요행수만 바라고 있었다.

하지만 사회 물정에 대해 아무것도 몰랐던 나는 1981년에 군에 입대하면서 깨닫기 시작했다. 인생은 장거리 경주이지 100미터 정도의 단거리가 아니라는 사실을. 요행수만 바라던 나는 인생이라는 장거리를 달리기에는 성취를 맛본 경험이 없는 인간일 뿐임을. 그러면서도 여전히 아버지가 원하는 대로 살지 않는 것을 유일한 목표로 삼았다.

요즘 공부에 치여 사는 아이들과 50년 전의 나는 처지가 같았다. 내 꿈은 없고 단지 부모가 원하는 방향으로 갈 뿐이었다.

'나'라는 존재는 없었다.

먹고는 살아야 하니 방황 끝에 학원업에 종사하게 되었고, 친구의 추천으로 정계에 입문하게 되었다. 정계에 들어가서야 고생을 배웠고 '나'라는 존재를 훈련하게 되었다.

나에게는 사람 다루는 능력이 절대적으로 부족했다. 긍정적으로 살려고 노력해도 잘 안 되었다. 총선에서 승리했음에도 마음속에 깊이 박힌 공허감, 실패감 때문에 나 자신을 자책하는 일이 많았다.

'내가 너무 못나서 그래, 나는 역시 무능해.'

마음의 또 다른 깊은 곳에서는 이런 질문이 이어졌다.

'나는 이 정도로 못난 놈이 아닌데, 내가 왜 이러지? …… 지금의 나를 벗어나려면 어떡해야 하지?'

하루하루를 살아내는 게 너무 힘겨웠다. 가정이 있으니 때려치울 수도 없었다. 힘들어하는 나를 보면서 아내는 이렇게 말했다.

"여보, 그만두세요. 너무 힘이 들면 그만두세요."

그 말이 고마웠지만 더 이상 내 삶을 아버지의 기에 눌려 포기하고 싶지 않았다.

'지금 그만두는 게 최선의 방법인가? 아니다! 자기변명과 그럴듯한 이유로 포장하며 살아가는 것을 다시 되풀이할 수 없다.'

정계에 입문하기 전에 긍정적인 사람이 되려고 이요셉 소장의 웃음 CD를 오며가며 들었던 기억이 났다.

'이요셉, 웃음치료, 그래 가자.'

결정을 쉽게 못하는 나는 웃음세미나에 시작일인 4월 19일 아침까지도 갈팡질팡했다.

'웃으러 가는 데 뭔 비용이 그리도 비싼가? 에라, 모르겠다. 가자!'

사실 그 며칠 전에 대구에 있는 영남웃음봉사단에 참석했으며, 그곳에서 한국웃음연구소 출신인 이호석 사장님 부부를 만났다. 선배의 빚보증을 서주다가 공장을 날린 이호석 사장님은 선배를 만나면 죽이겠다며 차 안에 낫을 가지고 다닐 정도로 분노가 컸단다. 그런데 지금은 남들이 부러워하는 인생을 살고 있다. 그 모습을 보고 시간이고 뭐고 당장 서울에 올라온 것이다. 돈보다 명예보다 중요한 것이 나 자신인가 싶었다. 내가 있어야 정치도 있고 나라도 있는 것이다. 내가 행복해야 나라가 행복할 수 있는 것이다. 하지만 어린 시절 남의 눈치를 보는 습관이 또 튀어나왔다.

'웃음세미나에 가려면 당장 3일간 휴가를 내야 하는데, 위에는 뭐라고 하지? 허락해줄까? 뭐라고 생각할까?'

밤새워 고민한 끝에 윗분에게 과감하게 말씀드렸다.

"갔다 오라."

아무것도 아닌 것을 나는 어렵게 고민했던 것이다.

걱정하고 눈치 보고…… 어느새 그 패턴이 나 자신이 되어 있었다. 아버지의 기에 눌려 살다 보니 어른만 보면 안절부절이었다.

돈 내고 3일간 교육받으러 가는 건 처음이었다. 소장님의 강의 CD를 열 번 이상 들었기 때문에 거부감 없이 첫날부터 교육에 신 나게 참가할 수 있었다. 또 자신감 넘치고 당당한 내 모습을 간절히 원했기 때문에 그야말로 목이 쉬어가면서 열정적으로 배웠다.

그런데 첫날 밤에 생각지도 못한 숙제가 주어졌다.

"부모님께 감사 인사를 드리고 내일 아침에 뵙겠습니다."

'이왕 온 것 죽으라면 죽는 시늉까지 하자.'

아침 일찍 어머님께 전화했다.

"어머니 저를 낳아주셔서 고맙습니다. 어머니 사랑합니다."

모진 고통 속에 살아오신 우리 어머니도 이런 말은 처음 들었을 것이다. 쉰이 넘은 아들이 아침부터 전화질을 해서 사랑한다고 말하다니…… 어머니는 잠시 침묵하더니 이렇게 말씀하셨다.

"오냐, 나도 우리 아들 사랑한다."

그 순간 내가 얼마나 인생을 잘못 살았는지를 눈물과 함께 깨달았다. 내가 원하는 것만이 옳다는 생각에 나에게는 가리지 않고 지원해주기를 원했던 못난 놈이 나였다. 눈 딱 감고 인생의 숙제, 아버지에게 용기를 내어 전화를 드렸다. 아버지의 한마디는 나의 모든 설움을 녹여버렸다.

"오냐, 나도 사랑한다."

아버지는 나를 사랑하셨다. 단지 사랑하는 방법이 달랐을 뿐이다.

짧은 용서를 통해 나는 점차 변해갔다. 크게 웃고, 감사하고, 인생의 목표를 설정하고, 나의 장점을 쓰고, 긍정의 말을 하고, 용서를 하고 용서를 빌면서 나의 내면을 들여다보았다. 그렇게 잠자고 있던 나는 서서히 깨어 났다. 쉰이 넘어서야 나에게도 희망이 있고 꿈을 실현할 수 있는 능력이 있음을 알게 된 것이다. 나도 다른 사람들처럼 내가 선택만 하면 행복하고 성공할 수 있다는 생각이 들었다. 내가 진정으로 행복해질 때 착해야 하는 탈, 남의 눈치를 봐야 하는 탈, 실패의 탈들을 벗어버릴 수 있음을 알게 되었다.

행복했던 2박 3일의 세미나를 마치고 나서는 웃음친구들과 아침마다 전화로 웃는 것을 실천했다. 그것이 벌써 1년 6개월째다. 하루도 거르지 않고 매일 크게 웃다 보니 어느새 나는 당당해져 있었다. 누가 보면 미친 놈 같다고 하겠지만, 나는 아침마다 행복을 선택했다.

웃음친구들과 1년에 두 차례씩 모임을 하면서 나는 새로운 사람으로 태어날 수 있었다. 내 삶의 주인이 되었고, 하는 일을 즐기게 되었다.

드디어 2014년 총선이 있던 날, 나는 수정구 시의원으로 당선되었다. 웃음을 만나기 전의 나라면 사람들 앞에서 한 소리도 못했을 것이다. 그러나 이제는 과거의 내가 아니다. 메가폰을 들고 동네를 누비고 다녔다. 그리고 진심으로 그들을 축복했다. 어느 후보자가 하듯 "기호 1번 김태원입니다, 잘 부탁합니다" 이렇게 하지 않았다. 나는 한 집 한 집 가게 이름을 불러가며 축복했다.

"김가게김밥 사장님 축복합니다. 복 많이 받으세요."

"LA갈비 사장님 축복합니다. 복 많이 받으세요."

축복의 인사를 할수록 당선 여부를 떠나서 기쁨이 마음에 가득 찼다. 이것이 웃음의 효과이고 기적이었다. 평생 '나는 왜 이 모양일까?' 생각했던 내가 이제는 사람들에게 당당히 웃으면서 말한다.

"지를 만나면 복이지요, 하하하하."

이제는 적게나마 나라를 밝게 만드는 데 한국웃음연구소와 함께하고 싶다. 구한말 김구 선생님이 얘기했던 것처럼 침울할 때는 마을마다 웃어야 한다는 말에 동참하고 싶어진 것이다.

선거에 승리하고 나서 지난날을 되돌아본다.

나를 바꾸기 위해 사무실에서부터 미친 사람처럼 웃었다. 티격태격 자기주장만 하던 사무실이 화기애애하고 웃음이 넘치는 사무실로 변했다. 물론 개중에는 아직도 불평과 불만을 터뜨리는 사람이 있지만 조금씩 바뀌어가는 중이다.

연구소에서 '필굿코칭' 하나를 더 배우고 나니 대화할 수 있는 능력까지 생겼다. 들어주고, 공감하고, 인정해주고, 칭찬해주고, 웃어주고…… 그러면서 나는 변하고 있다. 옛날 같았으면 내가 먼저 얘기해야 하고 내 주장이 이겨야 하고 그렇지 않으면 좌절했을 것이다. 지금도 옛 습관이 종종 나를 움찔하게 만들 때도 있지만 그럴 때마다 당당히 웃음을 선택한다. 50여 년을 포기와 콘크리트로 포장된 얼굴로 살아왔기에 이제는 웃음이 더 간절하다.

그리고 나를 넘어서본다. 만나는 사람들에게 행복을 주고 싶고, 나라를 밝히고 싶다. 정계에 몸담고 있는 동안 열심히 웃으리라. 대한민국이 밝은 에너지와 밝은 웃음으로 가득 찰 때까지 나는 오늘도 웃음을 선택하려다.

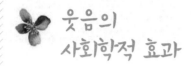

웃음의 사회학적 효과

잘 웃는 사람을 보면 어떤 생각이 드는가?

친근하게 느껴지고 성실해 보일 것이다. 처음 본 사이라도 어디서 많이 본 것 같아 자연스레 거리감이 좁혀지고 왠지 믿음이 가며 어떤 말을 주고받아도 앙심을 품지 않게 된다.

이것이 바로 웃음의 효과다. 그래서 잘 웃는 사람일수록 관계의 복을 누린다.

미소는 어떨까?

웃음과 미소는 비슷해 보여도 분명 다르다. 얼굴 표정만 보면 별 차이가 없는 것 같지만 웃을 때와 미소만 지을 때의 마음 상태는 크나큰 차이가 있다. 미소는 감정을 가린 상태에서도 얼굴에 드러낼 수 있다. 그래서 마음 깊은 곳까지 울림을 주지 못한다. 반면, 웃음은 소리를 내며 터져 나오기 때문에 날숨을 통해 체내의 독소를 배출하고 감정을 정화하는 효과까지 얻을 수 있다. 그러면서 누군가를 이해할 수 있는 감정 탱크의 용량이 더욱 커진다.

감정 탱크가 커져야만 남을 받아들일 공간이 생긴다. 반면 감정 탱크가 줄어들면 자신이 처한 문화와 다른 문화를 받아들일 만한 공간이 적거나 없기 때문에 대화는 독백이 될 수밖에 없다.

웃음은 그야말로 정신과 정서의 측면에서 만병통치약과 같으며, 관계를 맺고 유지하는 데도 큰 역할을 한다.

• 웃음은 내적 에너지(자신감, 용기)를 북돋운다.
• 웃음은 극복할 수 있는 능력(정신력, 투자)을 강화시킨다.
• 웃음은 상대방에게 호감을 주며, 대화의 통로를 만들어준다.
• 웃음은 긴장감과 공포심을 완화시킨다.
• 웃음은 분노를 몰아내고 적대감과 공격성을 약화시킨다.
• 웃음은 집중력과 기억력을 증진시킨다(학습능력 향상).

우리는 사회적인 조화 능력이 무엇보다 필요한 21세기를 살아가고 있다. 그렇기에 날숨을 이용해서 감정을 정화시키는 능력, 제자리로 돌아올 수 있는 능력이 절실히 필요하다. 마음의 독소를 배출하는 능력, 사소한 것을 웃어넘길 줄 아는 능력 역시 절실하다. 웃음으로써 말이다.

이것이 '웃음의 사회학적인 효과'다.

웃고 사는 비결

한국웃음연구소 제공

1. 웃는 표정을 연습한다. (거울은 절대 먼저 웃지 않는다.)

2. 작은 것에 감사한다. (욕심을 버리면 세상만사가 즐겁게 보인다.)

3. 주변 환경을 밝게 꾸민다. (웃는 사진이나 즐거운 사진을 걸어 놓는다.)

4. 즐겁거나 행복했던 상상을 떠올린다. (상상만 해도 삶은 행복해진다.)

5. 유머나 개그를 자주 본다. (관계의 복이 오기 시작한다.)

6. 아이들과 함께하는 시간을 늘린다.

   (행복한 사람들 곁에 있어야 가장 행복하다.)

7. 하루에 세 번 크게 웃는다. (당신이 나눌 수 있는 최고 선물이다.)

8. 무조건 감사한다. (못 넘어갈 산이 없다.)

9. 취미생활을 즐겨라. (내가 행복해야 남에게 줄 수 있다.)

10. 한 달에 한 번이라도 사람에게 밥을 사라.

    (모든 복은 관계에서 온다.)

2부

웃음엔
화합하는
힘이 있다

행복해서 웃는 게 아니다. 웃어야
기쁨이 넘치는 사람이 되고,
유쾌한 사람이 되고, 행복한 사람이 된다.
더불어 커다란 덤까지 따라온다.
혼자 버려졌던 사람은 가족과 하나가 되고,
무기력하던 사람은 세상을 살아갈
힘을 얻고, 돈 버느라 행복을 놓쳤던
사람은 진정한 행복은 돈이 아님을
깨닫게 된다. 웃음을 만나면
그렇게 지금과는 다른 사람이 된다.

1장

홀로 던져진
외로움을 극복한 사람들

01

장애 며느리로
늘 혼자였던 나, 이제는 행복하다

40세, 주부

세상은 보이는 것에 집중하라고 말한다.
하지만 진짜 힘은 보이지 않는 것에 집중하는 것이다.

나의 아빠는 알코올중독이셨고, 엄마는 공사판에서 밥을 해주시며 돈을 버셨다. 엄마는 재혼이셨는데 아빠에게 시집오셔서 호강은커녕 허구한 날 맞고 사셨다. 생활력이 강한 엄마는 공사판에서 번 돈으로 식당을 준비하셨지만 그마저 잘 안되어 포장마차를 하셨다. 두 번째 결혼, 그 힘든 가운데서 내가 막내로 태어났다.

내 어린 시절은 끔찍한 도구들이 날아다니는 싸움뿐이었다. 아버지는 칼이나 시뻘건 연탄집게를 들이대며 엄마를 위협하셨다. 나는 찬바람이 불면 무기들을 감추기에 바빴다. 다행인 것은, 없었으면 좋았을 아빠가 내 나이 스물세 살에 간경화로 돌아가신 것이다.

세월은 흘러, 여전히 어려운 살림에 나는 전문대에 입학했고 졸업을 하게 되었다.

취직을 앞두고 모처럼 고향 친구들을 만났다. 차 한 대를 가지고 젊음을 만끽하려던 순간, 우당탕 꽈~아~~~앙~~!

그날 나의 정상적인 삶이 날아가고 말았다. 내 팔이 산산조각 난 것이다. 응급실에 실려 온 나를 보며 간호사는 이런 말을 했다고 한다.

"에이 씨! 피투성인 채로 와서 이걸 어떻게 하라는 거야?"

병원에서는 한쪽 팔을 자를 것을 권했다. 막 피어나는 딸의 인생을 잘라버릴 수 없었던 엄마는 30만 원을 가지고 이 병원 저 병원을 다녔고, 결국 나는 한 병원에서 수술을 받았다. 열두 시간 뒤에 뼈가 기적적으로 붙었지만 나는 손가락 두 개를 펼 수 없는 장애 판정을 받고 말았다. 살아서 다행이었지만 엄마는 나만 보면 한숨을 쉬었다.

"병신 딸을 누가 데려갈까? 시집이나 갈까?"

사람들은 나를 보며 그렇게 말했지만 나는 결혼을 했다. 시댁 식구들은 병신 며느리가 애나 키우겠느냐며 결혼을 반대했지만 우리는 식을 올렸다.

어렵게 한 결혼이기에 행복해도 모자랄 판인데, 결혼과 동시에 힘겨운 삶이 시작되었다. 아이를 낳고 석 달이 지나면서 시력이 떨어지기 시작하고 한 달 동안 딸꾹질이 멈추지 않아 병원에 갔더니 '다발성 경화증'이라는 희귀병 진단이 내려졌다. 다발성 경화증은 뇌와 척추 사이의 신경을 싸고 있는 수초가 떨어져 나가면서 염증이 생기는 병으로, 스트레스를 받으면 몸이 조금씩 굳어지기 때문에 길을 가다가도 쓰러질 수 있는 병이란다. 전신마비가 언제 올지 모르는 불안한 상황에서 시력까지 떨어져 결국 시각 1급 장애 판정까지 받았다.

희귀병에 걸린 것도 서러운데 식구들은 이런 나를 귀신 취급했다. 윗집 아랫집에서 시댁과 함께 살았지만 혼자서 병원 다녀오고 혼자서 자빠져 자는 생활이 반복되었다.

"오늘을 넘기기가 힘듭니다."

이 소리도 병원에서 혼자 듣고 견디고 혼자 또 살아나고 혼자 택시 타고 집에 돌아오곤 했다. "많이 아프니?"라는 소리를 단 한 번이라도 들었다면 인생이 이리 외롭진 않았을 것이다.

어느 날엔 퇴원해서 2층으로 힘없이 올라오는데 아래층에서 된장찌개 냄새가 솔솔 났다. 그 냄새가 설움을 더했다. 남편이 식사를 하고 올라와서 던진 말은 "은서 엄마 밥이라도 해 먹지?"가 전부였다. 남편이 할 수 있는 유일한 사랑 표현이었지만 너무나 서러웠다. 나만큼이나 외로운 사람이라 누굴 돌볼 처지가 아니라는 걸 알기에 나는 아무 말도 하지 못했다.

'과연 나는 식구들에게 어떤 존재일까?'

동네 사람들 사이에서 "며느리가 시어머니 밥도 안 해주고 누워만 있더라"라는 소문이 무성히 퍼졌고, 그 소문은 나를 더욱 지치게 했다. 그래도 한 가닥 남아 있는 자존심으로 악착같이 살았다. 욕먹기 싫어 보이지 않는 눈으로 계단을 하나씩 하나씩 닦았다. 나를 처음부터 싫어했던 시어머니는 나의 어떤 행동도 싫으셨을 것이다.

"누가 나가서 돈 벌어 오라던? 집 안에 쑤셔 박혀서 뭐가 힘들어?"

나는 세 마디만 하고 살았다. 아침에 "식사하세요", 점심에 "식사하세요", 저녁에 "식사하세요". 냉담한 시댁 식구들 속에서 살아남는 방법은 눈이 안 보이더라도 돌아다니는 것이었다.

레크리에이션을 배우다가 레크리에이션 선생님으로부터 웃음치료를 소개받게 되었다. 웃음친구들 속에서 처음 받는 사랑에 얼마나 많이 울었는지 모른다. 교육을 마치고 집에 돌아와서도 행복한 순간을 잊지 못했다.

그 후로 혼자서 웃는 날이 많아졌다. 청소할 때 이어폰을 꽂고 춤을 추는가 하면, 혼자 웃으며 일하기도 했다.

"웃으면 기분이 좋아지죠? 저를 따라 해볼까요? 하, 하하, 하하하!"

한번은 시동생이 올라와서 한마디 던지고 내려갔다.

"웃지 마~ 광년 같아! 조용히 해."

"응, 맞아. 나는 광년이야! 광년이면 어때? 내가 행복하면 되지!"

없는 살림에 다시 한 번 88만 원을 주고 웃음세미나 심화과정을 들었다. 다 해소된 것 같았던 설움이 계속 흘러나왔다. 울고 또 울었다. 나는 너무나 사랑받고 싶었다. 이런 나를 보면서 남편이 조금씩 이해가 되었다.

'남편 또한 사랑받고 싶었을 텐데……'

사랑받아본 경험이 없으니 사랑하는 법도 모르고 대화하는 법도 모르는 것이 당연했다. 시댁 식구들은 외식을 가도 말 한마디 없이 밥을 먹고 말 한마디 없이 집에 오는 사람들이다. 그런 환경에서 자란 남편이 어떻게 사랑을 표현할 수 있으랴!

나는 새벽 5시에 일어나 산책하기 시작했다. 춤을 추면서 때론 멈춰 서서 아침 공기를 들이마셨다. 누가 보면 미친 사람 같았을지 몰라도 나는 살아 있다는 기분을 느꼈다. 눈이 안 보여 힘들긴 했지만 행복을 누리는 데는 아무 지장이 없었다.

나는 조금씩 변해갔다. 내가 변하니 학교에서 불안증 진단을 받았던 딸아이가 웃기 시작했고 표정도 밝아졌다.

"은서야, 가만히 서서 눈을 감아봐. 너무 좋지? 세상이 좋지?"

딸과 남편 그리고 나는 작은 것에서 행복을 찾기 시작했다.

'그동안 나 때문에 우리 은서가 얼마나 힘들었을까?'

시댁과의 갈등, 병원에 입원하느라 수시로 사라지는 엄마 때문에 아이는 늘 불안했을 것이다. 이제는 딸과 남편에게 보상하고 싶다. 내가 너무 아팠던 만큼 그들도 가슴앓이를 했을 것이다. 그동안 아침마다 욕을 하며 지지고 볶았던 세월을 이제는 보상하고 싶다. 시간 날 때 가족에게 자주 그리고 많이 웃어주고 싶다.

세월이 지난 지금 점점 더 시야가 희미해졌지만 내 곁에 예쁘게 자라는 딸이 있어 감사하고 늘 곁을 지켜주는 남편이 있어 감사하다. 그리고 사고로 인해 움직이지 않는 손, 보이지 않는 눈을 가진 나와 같이 춤추며 공연해주는 웃음친구들이 있어 감사하다. 그리고 누군가에게 힘이 되어줄 수 있어 감사하다.

지난해에도 춤추는 한 분이 나의 이야기를 듣고는 웃음친구들의 모임인 '브라보공연단'에 들어왔다. 그분은 나와 같은 희귀병이 있고 두 시각을 완전히 잃었지만 그래도 우리는 춤추며 웃음을 잃지 않는다.

무엇보다 감사한 것은 이런 고통 속에서 잃었던 가족을 찾은 것인지도 모른다. 그래서 나는 감히 행복하다 말할 수 있다.

02
엄마의 우울증,
내가 도와줄게

38세, 스튜어디스

날마다 울면 나만 홀로 울게 될 것이다.
하지만 날마다 웃고 있으면 주변이 웃게 될 것이다.

'감사합니다. 우리 엄마를 7년 동안이나 지긋지긋하게 괴롭혔던 우울증이 사라졌어요. 그동안 엄마의 우울증을 없애려고 안 해본 것 없이 다 해보았어요. 그런데 그 지긋지긋했던 우울증을 웃음으로 극복하게 되었습니다. 돈도 들지 않는 웃음으로요. 이제야 엄마가 원래 모습으로 돌아온 것 같아요. 소장님, 다시 한 번 감사드립니다.'

7년 동안 고칠 수 없었던 엄마의 우울증을 고쳐달라며 이메일을 보냈던 현옥 씨가 두 달 후 다시 감사의 이메일을 보냈다.

현옥 씨를 처음 만났을 때 그늘이라고는 찾아볼 수 없었다. 오히려 자신감 있어 보이는 사람이었다. 밝은 표정이 눈에 띌 정도였으니까.

하지만 고민이나 걱정이 없는 사람은 없나 보다. 그녀는 엄마를 치료하기 위해 웃음을 배우러 왔다고 했다.

그녀는 남들이 부러워하는 방송계에 몸담고 있었다. 직장 다니랴, 아이들 키우랴, 가족들 챙기랴…… 그녀는 하루 스물네 시간이 부족했다. 그런데 정작 그녀를 힘들게 한 것은 육체적인 고통이 아닌 엄마로 인한 정신적인 스트레스였다.

엄마는 손주들을 보면서 행복하게 살아도 될 형편인데 늘 아프다며 누워만 있었다. 황혼 우울증 때문이었다. 엄마의 얼굴에서는 웃음기가 사라졌고, 마음에서도 즐거움을 찾을 수 없었다.

"현옥아, 죽으면 좋겠다. 죽고 싶은 생각뿐이구나. 몸 한구석이 썩었다면 도려내면 그만이지만, 이놈의 우울증은 하루에도 열두 번씩 죽고 싶게만 만드는구나."

처녀 적에는 웃는 모습이 예쁘다는 말을 곧잘 들었다는데, 아버지도 엄마의 웃는 모습에 반했다고 할 정도인데 소리 없이 우울증이 찾아오는 바람에 그 모습은 온데간데없어졌다.

7년 동안 지속된 엄마의 우울증은 착한 마음마저 서서히 갉아먹었다. 엄마는 하루 종일 얼굴을 찡그리고 있었고 사소한 일에도 툭하면 벌컥 화를 내고 만사를 귀찮아하고 여기저기 아프다며 누워 있었다. 그뿐이 아니다. 부족함이 없었지만 엄마는 늘 초조해하셨고, 누군가에게 서운한 말을 들으면 면박을 주어 상대를 당황하게 만들었다. 한마디로, 내가 알고 있던 엄마가 아니었다.

엄마를 고쳐보겠다고 병원에도 가보고 가족여행도 다녔다. 때론 아이들과 함께 깜짝 이벤트까지 열었다. 하지만 엄마는 그럴수록 가족에 대한 서운함과 분노만 키웠다. 아버지의 귀가 시간은 점점 늦어졌고, 엄마에게 지친 딸들은 슬슬 엄마를 멀리하기 시작했다.

남들은 수군거렸다.

"남편 있겠다, 자식들 잘 컸겠다, 남부럽지 않은 재산까지 모두 있겠다. 복에 겨워 그러지."

엄마를 더 괴롭힌 것은 밤새도록 잠들지 못하는 불면증과 끊임없이 꼬리를 무는 오만 가지 생각들이었다. 엄마는 바싹 말라갔다. 먹지 못하니 쉽게 피곤해하셨고 두통, 오한, 현기증, 변비 등이 엄마를 따라다녔다.

"대학병원이라도 가자, 이러다가 엄마 죽겠다."

의사의 권유로 엄마는 약을 복용하고 좋아지는 듯했다. 그런데 엄마의 몸이 점점 불어나기 시작했다. 살이 찐 것이 아니라 민망할 정도로 부었다.

"선생님, 요즘에는 몸이 많이 무거워요. 기분도 좋지 않네요. 자다가 자주 깨고요."

"오늘부터 다른 약으로 처방해드릴 테니 시간 맞춰 드세요."

나는 한 마디 물었다.

"선생님, 약은 왜 바꿔요?"

"2년 동안 약의 양을 조금씩 늘려왔는데 이제 더 이상 늘릴 수 없으니 다른 약으로 처방하겠다는 뜻입니다."

그 말을 듣는 순간 화도 나고 이건 아니다 싶었다. 더 이상 나아지지 않는데 무조건 약에만 의존할 수는 없는 일이었다. 엄마도 마찬가지로 분노가 치밀었는지 약을 모두 쓰레기통에 던져버리셨다.

엄마는 약을 버리는 순간 달라졌다. 햇볕을 많이 쐬는 게 좋다며 아파트 공원 벤치에 앉아 햇볕을 즐기셨다. 집 주변을 거닐기도 하고, 마음의 평화를 위해 가까운 절에도 다녀오셨다. 그러다가도 엄마는 시시때때로 나를 부둥켜안고 울기도 많이 울었다.

"나 어떡하니? 현옥아, 빨리 낫고 싶은데, 이렇게 저세상에 가고 싶지 않은데… 죽기 전에 우리 예쁜 손주 손잡고 동물원에도 가고 공원에도 가야 하는데, 어떡하니? 현옥아."

"엄마 울지 마, 내가 도와줄게. 우리 엄마 내가 다 낫게 해줄게. 빨리 나아서 동물원에 가자."

나와 엄마는 같이 운동하고 좋다는 것은 다 했다. 아로마 요법까지 했다. 그러다가 만난 것이 바로 '웃음'과 '감사'였다.

"엄마, 내가 웃음치료를 배워서 엄마를 낫게 해줄게. 엄마, 기다려."

나는 엄마를 도와줄 생각으로 웃음세미나에 열심히 참석했다. 웃을 때 어떤 호르몬이 나오는지, 웃을 때 어떤 정신적인 힘이 나오는지를 몸소 체험했다. 그중에 내 마음에 가장 크게 다가왔던 것은 '감사'라는 긍정적인 습관이었다.

'감사의 말을 하면 물의 구조가 바뀌듯이 엄마의 몸속 구조도 바뀔 거야.'

"감사는 우리의 마음을 바꿔놓기에 충분한 에너지입니다."

소장님의 말씀을 시험 삼아 엄마에게 해보기로 작정했다. 웃음세미나를 마치고 집으로 돌아와서 엄마와 함께 감사한 것들을 글로 적어 가기 시작했다.

"엄마, 인도의 간디 알지? 그 사람이 말했어. 감사한 만큼 행복해진다고. 엄마, 감사는 하면 할수록 마음이 안정되고 웃을 수 있대. 우리 열심히 해보자. …… 엄마, 따라 해봐. 감사합니다, 감사합니다."

감사를 시작한 엄마는 무엇인가 감사할 거리를 떠올리는 것 같았다. 그러더니 아빠에게 감사하다는 말을 했고, 아이들에게도 감사하다는 말을 했다. 심지어 나무를 보면서 감사하다고 했고, 하늘을 보면서 감사하다고 말했다.

어느 날 엄마는 구체적으로 감사 대상을 적어나갔다. 처음에는 그렇게 어색해하던 엄마가 자연스럽게 감사를 말하기 시작했다.

"여보, 항상 옆에 있어줘서 고마워요."

"꿈을 갖고 열심히 사는 네 모습을 보니 정말 대견하다."

"이렇게 멋지게 잘 자라줘서 고맙구나."

아빠도 이런 엄마에게 고맙다고 감사를 표현했고, 아이들도 할머니에게 이모티콘을 날려가며 감사의 답변들을 하기 시작했다.

나는 엄마를 위한 2단계 작전에 들어갔다.

"엄마, 처칠 장군 알지? 2차 세계대전을 승리로 이끈 유명한 장군. 그 사람도 심한 우울증을 앓았대. 그래서 처칠 장군은 죽어라고 웃었대. 그다음에 우울증에서 벗어났다고 하더라. 엄마, 우리 같이 웃어보자."

우리는 유치하다고 생각해왔던 개그 프로그램을 보면서 웃었다. 처음에 엄마는 웃는 나를 보면서 억지로 웃었다. 억지로라도 많이 웃었다. 때론 엄마는 울면서도 웃었지만, 웃음을 포기하지는 않았다. 그러다 보니 생활하며 웃는 날이 많아졌고, 마음의 병도 조금씩 치유되기 시작했다. 이제 엄마는 특별한 일도 아닌데 잘 웃는다. 이것이 웃음을 배우고 와서 두 달 만에 일어난 변화들이다.

오랜만에 엄마를 만난 사람들이 "현옥 엄마, 뭐 좋은 일 있어? 얼굴이 바뀌었네"라고 할 정도였다.

엄마는 조금씩 행복감을 느끼고 있었다. 심지어 엄마는 사람들에게 이렇게 말하곤 했다.

"나 따라 해봐. 하, 하하, 하하하!"

아줌마들까지 그 모습이 웃겨 깔깔깔 웃는 일들이 벌어졌다.

긴 터널을 통과하고 나니 이런 생각이 든다.

'웃을 일이 있어서 웃는 게 아니구나! 웃기 때문에 웃을 일이 생기는 거구나.'

03
삐딱한 화병투성이가
180도 다른 사람이 됐어요

54세, 소상공인 소장

살아생전에 물려줘야 할 유산은 뭘까?
바람이 불어도, 절망이 다가와도 다시 일어설 유산은 뭘까?
눈에 보이지 않는 유산은 내적인 힘이다.

　나는 운전할 때만큼은 포악한 사람으로 변했다. 뒤차가 앞질러 가면 속에서 불이 올라와 기어이 그 차를 추월해서 가로막고 싸워야만 성미가 풀렸다. 조수석에 앉은 아내는 항상 불안에 떨어야만 했다. 그렇게 성미 급하게 살다 보니 사건사고들이 줄을 이었다.

　'나는 왜 이렇게 살아야 하는 걸까?'

　그랬던 내가 백팔십도 바뀌었다. 조수석에 앉은 사람이 속 터질 정도로 안전 속도를 지키는 사람이 되었고, 어떤 상황에서도 웃어넘길 수 있는 여유가 몸에 밴 사람이 되었다. 경상도 남자를 이렇게 바꿔 놓은 것은 바로 웃음이었다.

아버지는 상이군인이셨다. 그래서 나는 어린 시절부터 친구들로부터 늘 놀림을 받았다. 어린 나는 아버지가 무척이나 싫었고 미웠다. 멀리서 아버지 모습이 희미하게나마 보이면 멀찌감치 다른 길로 돌아가곤 했다. 아버지가 다른 아버지들과 다른 것이 나에게는 수치였던 것 같다.

그런 아버지가 일찍 돌아가시자 그 원망이 그리움이 되어 한으로 남게 되었다. 어찌 보면 좀 더 잘해드리지 못하고 외면만 했던 나에 대한 분노였는지도 모른다.

나는 서울에서 직장생활을 하게 됐지만 세상에 대한 흥미도 살아가는 즐거움도 없이 지냈다. 성격은 점점 비판적이고 부정적으로 변해갔다. 그런 나에게 잠시나마 따뜻한 햇살이 비친 것은 지금의 아내를 만나면서부터다. 아내는 따뜻하고 다정한 여자였고 차분하고 성실한 사람이었다.

가진 것 없이 시작한 결혼생활이었지만 둘 다 몸 건강하고 열심히 다니는 직장이 있으니 조금만 더 고생하자고 다짐하며 살았다. 그때가 가장 행복한 순간이었다. 그러나 행복은 그리 오래가지 않았다.

건강에 문제가 생겨 서울 생활을 접고 고향인 경주로 내려오게 되었다. 그러자 고향 사람들 입에서 "회사에서 짤렸대", "무슨 큰 잘못을 해서 쫓겨났대" 등 이런저런 소문들이 떠돌아 나를 힘들게 했다. 게다가 둘째 딸아이가 선천성 심장병을 안고 세상에 태어났다. 워낙 가진 것 없이 결혼생활을 시작한 데다 들어가야 할 돈이 많으니 금방이라도 한바탕 비가 퍼부을 것처럼 우리 집에 먹구름이 잔뜩 끼었다.

그래도 아내만큼은 늘 나에게 큰 힘이 되었다.

"여보, 살다 보면 좋은 일도 생기겠지요. 우리 조금만 고생해요. 이제까지 해왔는데……."

노력은 했지만 나의 얼굴은 점점 험상궂어졌다. 웃을 일이 없는데 어떻게 웃으란 말인가? 불평과 불만, 욕이 늘어갔다. 특히 내 앞을 알짱거리는 차는 이해할 수 없었다. 이런저런 일로 자주 아내와 싸우게 되었고, 친구들에게 "그놈 인상도 더럽고 성격도 더러워"라는 소리를 듣게 되었다.

그러던 어느 날 한 친구가 "야, 너는 웃음치료 갔다와야겠다"라고 말했다. 회사와 집에 연수를 핑계대고 아무도 모르게 한국웃음연구소 이요셉 소장님을 찾아갔다. 사나이 체면에 웃음교육을 받으러 간다고 말하면 창피하니 연수 핑계를 댄 것이다.

'그래, 여느 교육이나 똑같겠지. 가만히 앉아서 강의 듣고, 저녁에는 소주 한잔 마시고, 그러다 지겨우면 그냥 도망 나오자.'

그러나 첫날 교육을 받고 나의 계획은 완전히 무너졌다. 술을 먹으면 퇴소를 당하는 규율이 있었고, 종교집단(?) 같은 분위기도 풍겼다. 텔레비전을 볼 수도 없고, 뭔 시간표는 그리 빡빡한지…….

'아니, 감옥도 아닌데 왜 이래? 돈만 날렸네, 에이 씨~.'

처음 만난 사람들이 아무렇지도 않게 웃는 것을 보면서 나는 그들이 가식적으로 느껴졌다. 나는 그들과 어울리지 못하고 이방인처럼 떠돌았다.

'에이, 모르겠다. 짐 싸서 집에나 가자.'

나는 도저히 안 되겠다 싶어 이튿날 새벽에 주섬주섬 짐을 꾸렸다. 가방을 싸는데 남편 하나 믿고 살아오고, 옷 한 벌 마음대로 사지 못하는 아내의 얼굴이 휙 지나갔다. 아들놈의 소리도 등 뒤에서 들리는 것 같았다.

"아버지, 이번에는 도망쳐 오지 마세요."

그랬다, 나는 늘 그랬다. 교육을 가면 늘 중간에 도망쳐 왔다. 그리고 술 한잔 걸치고 밤늦게 집에 들어갔다.

나는 아들의 환청 소리에 가방을 내려놓았다. 만일 그때 가방을 내려놓지 않았다면 정말 큰일 날 뻔했다. 여전히 노숙자들 사이에서 술에 찌들어 잠도 자고 화병을 주체 못해 험상궂은 표정으로 살았을 테니까.

'그래, 무조건 이요셉 소장이 시키는 대로 해보자. 죽든 살든 그냥 한번 해보자."

나는 아마 미래가 불안해 떨고 있었는지 모른다. 그래서 직면해야 하는 상황을 피하며 살아왔는지도 모른다.

'지금을 바꿀 수 있는 마지막 기회로 삼자.'

새벽에 혼자서 공원을 돌며 새로이 다짐했다.

이때부터 나는 달라졌다. 남들보다 더 열심히 강의를 들었고, 집중하여 교육에 임했다. "한 번 크게 웃으세요"라면 크게 웃었고, "박수를 치세요"라면 더 크게 박수를 쳤고, "심장에 손을 대세요. 그리고 느껴보세요" 하면 그렇게 했다. 교육을 끝까지 들은 적은 처음이었다.

그리고 내 안에 숨어 있던 또 다른 나를 만난 것 같았다. 나는 복에 겨운 사람이었다. 놀고 싶고 즐기고 싶은 열정과 꿈이 많은 사람, 그런 사람이 나였다. 그동안은 되는 일도 없고 몸도 안 좋고 의욕도 없다고 생각했는데, 아니었다. 그 반대였다. 나도 잘 웃는 사람이라는 것, 나도 긍정적인 사람이라는 것, 나에게도 열정이 있다는 것을 알게 된 것이다.

나는 신이 나 경주로 내려갔다. 새털처럼 가볍고 희망으로 가득 찬 나를 안고 말이다. 기분이 너무 좋아 술 한잔 걸치고 밤늦게 집에 도착했다. 아내와 아이들은 잠들어 있었다. 이불을 옆으로 걷어차고 한 방에서 얼키설키 자고 있는 가족들의 모습을 보자 가슴속에서 울컥 뭔가가 올라왔다. 새벽에 화장실에 들어가 얼마나 울었는지 모른다. 그동안 못 해준 것, 아내와 아이들이 나의 보물인 것을 이제야 깨닫게 된 것이다.

나는 완전히 다른 사람이 되기 시작했다. 기쁜 척했더니 어느 순간 기쁨이 넘치는 사람이 되었고, 유쾌한 척했더니 어느 순간 유쾌한 사람이 되었고, 행복한 척했더니 어느 순간 나는 행복한 사람이 되었다. 나를 바꾸려는 노력은 계속되었다. 논둑을 걸어다니며 웃었고 나무에 매달려 웃었다. 때론 지나가는 아주머니들이 혀를 찼다.

"어머, 실성했나 봐. 정말 불쌍하다. 할 일이 없으니 얼마나 답답하면 저러겠어."

예전 같았으면 화를 냈을 텐데 웃고 또 웃었다. 나는 행복했다. 생활에 활력이 생기기 시작했다. 이런 나를 아내는 '며칠 저러다 말겠지' 했단다.

세미나를 다녀온 후에는 아이들에게 하고 싶은 게 무어냐고 물었다.

"아빠, 노래방 가고 싶어요."

용돈을 줘서 보냈더니 아들은 네 시간이나 놀고 왔다. 아이들의 행복을 빼앗았던 것은 바로 아빠인 나였던 것이다.

갑자기 변한 아빠가 낯설었는지 처음에는 아이들도 신기한 듯 바라만 보다가 이제는 가족 모두가 똘똘 뭉쳐 함께 웃는다. 아빠의 달라진 모습에 아이들은 기뻐했고, 아빠의 자상한 모습에 아이들이 살아나기 시작했다.

한번은 학교까지 큰아이를 태워다주었다. 그리고 학교 앞에서 꼭 안아주었다.

"공부 열심히 해라."

그랬더니 학교에 소문이 났다. 내 딸이 원조교제를 한다고. 하하하하~

나는 아이들과 급속도로 공감하기 시작했다. "공부해! 지금 정신이 있느냐, 없느냐?" 했던 내가 아이들의 음악을 듣기 시작했고, 영화도 같이 보고, 2차로 노래방도 갔다. 아이들이 노는 모습을 보면서 나는 행복했다.

나는 인상을 바꿀 생각에 펜보다 열 배나 두꺼운 대나무를 입에 물고 다녔다. 평생 하던 2대 8 가르마의 헤어스타일도 바꿔 이마를 훤히 드러냈다. 사람들은 인상이 너무 좋다며 한마디씩 했다. 한번은 지인으로부터 전화가 걸려왔다.

"여보세요?"

"자네 최 소장 맞나? 목소리가 많이 바뀌어서 자네가 아닌 줄 알았네. 무슨 좋은 일이라도 있나? 로또라도 당첨된 거야? 목소리가 완전히 다른 사람이네."

달라진 내 목소리를 듣고 잘못 걸었다며 전화를 끊는 이도 있었다. 얼마나 그동안 내 목소리와 인상이 더러웠는지 말해주는 에피소드다.

웃음을 만나고 나서 나와 내 가족은 다른 사람이 되었다. 나는 직장생활을 하고 아내는 '향정원'이라는 발효식품연구소를 운영하면서 깨닫게 되었다. 웃음이 있는 한 작은 일에도 무수한 행복이 있다는 사실을.

2장

무기력과 우울증을
극복한 사람들

01

절대 엄마 아빠처럼
살지 않을 거야

38세. 주부

어떻게 하면 온전한 나로 살 수 있을까?
힘겨워 쓰러지고 싶을 땐 쓰러지면 되고 울고 싶을 때
실컷 울어야만 온전한 나로 살 수 있을 것이다.

아무것도 할 수 없었던 나에게 단 한 가지 바람이 있었다.

'어디 가서 웃고 싶다. 어디 가서 미친 척 웃어버리고 싶다.'

그러던 중 우연히 이요셉 소장님의 TV 특강을 보게 되었다. 1년이 지난 지금, 나는 긴 터널과 같던 절망에서 나오게 되었고 점점 좋아지고 있다. 그리고 이렇게 말하고 있는 나 자신을 보게 된다.

"아~ 행복하다. 비록 슬플지라도 나는 오늘도 행복을 선택한다."

나는 2남 2녀의 막내로 태어났다. 한참 귀여움 받고 뛰어 놀아야 할 어린 나이에 나는 부담감을 안고 살았다. 친구들이랑 놀아본 기억도 없다. 왜? 공부, 공부, 그리고 공부해야 했으니까.

나는 1등을 해야 한다는 부담감에서 헤어나지 못한 채 살아왔다. 부모님은 귀가 따갑도록 이렇게 말씀하셨다.

"다른 것은 다 필요없다. 공부만 잘하거라. 그럼 너는 성공할 수 있다. 알았지?"

심지어 "글씨를 못 쓰면 공부도 못한다"고 야단치시면서 다시 쓰라며 빡빡 지우기도 하셨다.

나는 아무것도 모르는 나이에 '인생의 전부는 공부구나' 하고 생각하며 살았다. 이를 악물고 공부를 했다. 초등학교, 중학교, 명문고를 진학하는 것이 인생의 목표였다. 그런데 명문고 시험을 앞두고 불안해지기 시작했다. 부담감 때문에 잠을 잘 수가 없었고 심장은 쿵쾅거렸다.

시험 당일, 선생님들도 부모님도 친구들도 나의 높은 점수를 기대했지만 이미 나는 패닉 상태에 빠져 있었다. 미친 사람처럼 아주 큰 가방에 책을 잔뜩 넣어 짊어지고, 양손으로 책을 감싸안고 시험장엘 갔다. 그 모습은 모든 죄의 짐을 지고 절벽을 오르는 사람 같았다. 시험을 보는데 문제를 풀었는지 안 풀었는지 기억도 나질 않았다. 문제가 하나도 눈에 들어오지 않았고 세상은 빙빙 돌았다. 결국 나는 낙방했고 일주일 동안 울기만 했다. 그러나 공부하라며 엄하게 다그치던 아버지가 돌아가신 날엔 눈물 한 방울도 흘리지 않았다.

나는 인생을 실패했다고 생각했다. 그리고 절대 웃지 않기로 결심했다. 공부에 대한 흥미도 잃었고, 친구들과 노는 것도 재미가 없었고, 얼굴은 잔뜩 굳어서 다녔다. 내 작고 예쁜 얼굴은 친구들이 가까이 오기에 꺼려지는 인상을 풍겼다.

난 자유롭고 싶어 서울로 왔다. 서울에 오면 모든 것이 해결될 것 같았다. 서울에서 언니, 오빠들과 살면서 대학을 대충 다녔고 회사에 취직을 했다. 하지만 늘 기운이 없었고 기분은 우울했다.

그러던 중 아빠처럼 의지했던 오빠가 어느 날 정신을 잃었다. 아버지 역할을 대신 해야 한다는 부담감이 영화배우보다 잘생긴 오빠를 그렇게 만든 것이다. 오빠를 청량리 정신병원에 보내는 날 나는 아버지를 원망했다. 소리를 지르고 싶었다.

'아버지는 왜 우리를 버리고 먼저 간 거야? 누가 먼저 죽으래? 엄마는 나를 버리고 새 인생 살겠다고 집을 나가? 세상에 이런 엄마가 어디 있어?'

'작은오빠, 니가 뭔데 나를 때려?'

'언니, 보고 싶어…….'

나는 힘들어 포기하고 싶었고 죽고 싶었다. 하지만 어느 누구에게도 힘들다고 말하지 않았다. 속으로 삭혔다. 마음을 꽁꽁 숨기며 살았다. 빨리 결혼하고 싶었고 모든 것을 회피하고 싶었다.

'사랑하는 사람과 결혼하고 아이를 낳고 행복하게 살면 모든 것은 원위치가 될 거야. 절대 우리 부모님처럼 살지는 않을 거야.'

결혼식 3개월을 앞두고 나는 다시 절망에 빠졌다. 산부인과에서 한 웨딩검진 결과를 듣고 난 뒤였다.

"○○○ 님은 아기를 낳을 수 없습니다. 치료법은 없습니다. 난소 기증은 하지 않습니다."

평생 호르몬제를 먹어야 한다고 했다. 온갖 생각이 다 들었다.

'내 남편은 어떻게 하지? 결혼하지 말아야 하나? 나는 어떻게 살아가지?'

순간, 어린 시절 엄마가 했던 말이 생각났고 그 말은 나를 더 무섭게 만들었다.

'내가 너를 임신했을 때 지우려고 했는데 너무 무서워서 병원 갔다가 다시 왔다.'

그때의 공포가 고스란히 느껴졌다. 나는 그 뒤로 많이 아팠다. 내가 왜 그런지를 알고 남편은 하나님의 사랑으로 나를 감싸주었다. 그렇게 미안한 마음과 죄를 지은 마음을 안고 나는 결혼을 했다.

결혼 후 밥 한 끼 제대로 먹지 못했고 설사를 했으며 잠을 이루지 못했다. 정신과 치료를 하기 시작했는데 결국 우울증에 강박증 진단을 받았다. 날로 몸무게는 빠졌고, 옷이 너무 커져 외출을 하지 못했다. 아무와도 연락하기도 싫었다. 오직 남편만 보며 하루하루를 버텼다. 하지만 내 영혼은 이미 죽어버린 것과 같았다.

그런 상황에서 나는 이요셉 소장님의 한국웃음연구소를 찾았다. 웃고 오니 힘이 조금 생겼다. 한 달 후에 또 갔다. 웃고 왔다. 힘이 조금 더 생겼다. 웃음 CD를 구입해서 열심히 웃었다. 억지로 웃었다. 손뼉을 치며 혼자 웃었다.

'이 절망에서 벗어날 수만 있다면, 남편에게 보답할 수만 있다면 무

엇이든 다 하리라.'

사람들과 섞이는 것조차 두려웠던 나는 2박 3일 과정의 웃음세미나를 가기로 마음먹었다. 두려운 마음에 상담을 했는데 그때 나에게 채소장님은 충격적인 한마디를 던졌다.

"이 두려움과 부담감을 평생 가지고 사실래요, 이번에 끊으실래요?"

나는 탁월한 선택을 했다. 한 번도 말하지 못했던 나의 아픔들을 그곳에서 꺼내놓았다. 그리고 마음껏 웃고 마음껏 울었다. 내면의 나를 만나는 시간이었다. 돌아가신 아버지는 원망이 아니라 사랑이었다. 아버지를 용서하고 나니 처음으로 행복하다는 감정을 느꼈다.

나는 지금도 연구소와 인연을 이어가며 줄기차게 만남을 갖는다. 연구소에 다니기 전에는 여러 번 상담을 받았지만 나의 에너지가 작다는 사실이 나를 더 슬프게 만들 뿐이었다. 하지만 연구소 웃음친구들과 만나면 하루가 행복했다. 긍정 자체였다. 100일 동안 기쁨감사학교를 하면서 나 자신에게 또는 내 가족에게 끊임없이 말했다.

"미안합니다. 용서하세요. 감사합니다. 사랑합니다."

긍정적인 힘이 생기자 힐링할 힘도 생겼다.

나는 많은 것이 회복되었다. 내 몸이 정상 몸무게를 찾기 시작했고, 설사도 멈췄고, 수면제를 먹어야 겨우 잤던 내가 약 없이도 잘 잔다. 엄마를 데리고 웃음스쿨에도 갔다. 엄마를 용서하고 사랑하게 되었으니까. 엄마와 같이 웃던 날은 아름다운 추억이 되었다.

평생을 부담감에서 시달렸던 나, 웃지 않았던 나, 아팠던 나였지만 이제는 다 괜찮다. 비록 괜찮지 않아도 괜찮다. 지금부터 시작이다.

아직도 가야 할 길은 멀다. 쌍둥이를 낳고 싶다는 바람도 생겼다. 비록 현대의학으로는 어렵다 하지만 상상만 해도 나는 너무나 행복하다. 예전엔 상상만으로도 우울했다면 이제는 상상만으로도 충분히 행복하다. 오늘도 웃음을 선택할 수 있기 때문이다.

02

우울증? 모두 당신
식구들 탓이야!

40세, 보험설계사

손가락질을 할 때는 한 개의 손가락만이 남을 가리킨다.
나머지 네 개는 나를 가리킨다.
즉 모든 것은 내 마음에서 시작되는 것이다.

사람들에게 "과거에는 어떤 사람이었어요?"라고 물으면 많은 사람
들이 이렇게 말한다.

"과거에는 정말 명랑하고 잘 웃었거든요. 그런데 지금은 웃을 일이
없어요."

사람들은 행복을 목표로 생각하기 때문에 절대로 행복할 수 없는
것 같다. 현재를 즐기다 보면 따라오는 것이 행복인데, 우리는 행복
을 잡으러 뛰어간다. 그렇기에 행복은 멀리 있는 것 같고, 그 탓을 상
대에게 돌리는 것이다. 나도 예외는 아니었다.

40대 후반의 나는 여유 있고 편안한 이미지를 가진 사람이었다. 우울증을 앓기 전까지는 웃음이 많고 밝은 성격을 가진 사람이었다. 친구들을 만나 수다를 즐길 줄 알았고, 잘나가는 일본어 강사로서 집도 있고 사업하는 남편도 있고 밝게 잘 자라주는 자식도 있어 남부러울 것이 없었다.

그러던 어느 시기에 남편의 사업이 기울기 시작하더니 급기야 부도를 맞았다. 남들에게 보이는 것에 만족하며 살던 나에게 그것이 사라지자 백팔십도 삶이 무너졌다. 아파트에서 쫓겨나고 빚쟁이들의 독촉에 잠을 잘 수가 없었다. 자다가도 '앞으로 어떻게 살지?'라는 두려움이 엄습해왔다. 집뿐 아니라 꿈도 자신감도 산산이 무너져버린 것 같았다.

사교성 좋던 나였는데 친구들을 만나는 것도 싫어졌다. 친구들이 뭐라 말해도 나를 비웃는 것 같았고 비아냥거리는 것 같았다. 이런 상황에 이르자 모든 화살이 남편에게 향했다.

"당신이 사업만 잘했어도 이런 일은 없었잖아."

"도대체 왜 나한데 이런 시련을 주는 거야? 좀 잘하지."

"이 정도밖에 못 하면서 왜 나랑 결혼했어? 이런 고생시키려고 나랑 결혼했어?"

이런 원망에도 남편은 나를 따뜻하게 감싸주었다.

"우리 조금만 참자, 여보. 당신 지금 고생하는 거 내가 나중에 다 갚아줄게. 나도 지금은 많이 힘드니까 당신이 조금만 이해해주라."

남편이 재기하기 위해 발버둥 칠수록 나는 남편이 미웠다. 시어머니 때문에 남편이 더욱 미웠는지도 모른다.

남편과 일찍 사별한 시어머니는 나의 남편을 당신의 남편인 양 생각했다. 처음부터 나를 마음에 들어하지 않으시더니 부도난 사업까지 내 탓으로 돌렸다.

"아니, 너 뭐하는 거니? 애비가 보이지 않니? 하루라도 빨리 재기하려고 네 남편은 발버둥을 치는데, 넌 뭐하는 거니? 날마다 피죽도 못 먹은 사람처럼 죽을 것 같은 얼굴이나 하고, 쯧쯧쯧."

시어머니가 다녀가시는 가는 날은 하루 종일 두통을 앓았다. 며느리가 잘못 들어온 탓에 집안이 이렇게 되었다는 둥 애 하나 달랑 낳고 그만이라는 둥…… 내가 들도록 일부러 거침없이 말하는 시어머니를 볼 때마다 죽고만 싶은 심정이었다.

급기야 나는 자살하고 싶은 충동을 느꼈다. 빨래를 널려고 베란다에 서면 뛰어내리고 싶었다.

'만약 이불을 뒤집어쓰고 뛰어내리면 어떻게 될까?'

그날도 우울한 기분으로 먼 산을 바라보는데 갑자기 텔레비전을 보면서 깔깔거리는 남편과 아이의 웃음소리가 들려왔다. 이런저런 마음이 교차하기 시작했다.

'내가 죽으면 저 웃음소리도 못 듣겠지? 내 남편과 아이가 더 이상 웃지 않겠지? 아~ 나도 저렇게 웃고만 싶다.'

순간 내가 웃었을 때가 언제였던가 떠올리기 시작했다.

'내가 저렇게 깔깔 웃었을 때가 언제였지? 그렇지! 아이가 태어났을 때 참 행복했었지! 옹알이를 시작했을 때도 행복했었지! 발을 내디뎠

을 때도 행복했었지!'

그날 나는 거울을 보며 입초리를 살짝 올리는 연습을 했다. 그러나 너무 어색했다. 두 번 다시 거울을 보고 싶지 않을 정도였다. 그러다가 며칠 후 웃음에 관한 프로그램을 보게 되었고, 다섯 시간짜리 웃음치료를 신청했다.

웃음치료는 오후 1시에서 6시까지 진행되었다. 웃고 춤추며 소리 지르고 어울려 놀았다. 다섯 시간이 짧게만 느껴졌고, 속이 시원해지고 살아 있는 느낌이 들었다. 마지막 이요셉 소장님의 마음웃기를 통해 '행복이란 기분 좋음'이라는 것도 배우게 되었다. 불행하다고 생각해왔는데 불행한 것이 아니라 기분이 나빴을 뿐이었다. 이런 기분은 처음이었다.

그 뒤에 바로 2박 3일 합숙 웃음세미나에 참여했다. 많은 사람들과 숙박을 하면서 실컷 웃고 울다 보니 살아갈 수 있는 자신감도 생겨났다.

교육을 마치고 집에 와서는 하루에 세 번, 시간을 정해놓고 아파트가 떠나갈 듯이 웃었다. 뇌는 실상과 가상을 구분하지 못한다고 하니 억지로라도 쥐어짜듯 웃어댄 것이다. 그런데 신기하게도 기분이 좋아졌다. 단, 시어머니 앞에서만은 예외였다. 아마도 시어머니는 내가 웃으면 '저년이 드디어 미쳤다'고 할 것이 분명했다. 고민 끝에 나는 소장님에게 전화를 걸었다.

"소장님, 시어머니가 계실 때는 어떻게 웃어야 할까요?"

"혼자만의 공간이 있으세요?"

"화장실?"

"좋아요. 화장실에서 수돗물을 틀고 작게 웃어보시면 어떨런지요?"

그래서 나는 재미까지 느껴가며 시어머니 몰래 '최불암 웃음'을 웃었 다. 파~하 하하하~!

1분만 웃으면 마음이 편안해지면서 기분이 좋아졌다. 물을 틀어놓고 웃는 내 모습이 웃겨서 웃고, 시어머니 몰래 한다는 것이 웃겨서 웃고, 그러다가 진짜 웃음이 터졌다. 더욱 놀라운 변화는 조금씩 시어머니를 이해하게 된 것이다.

'그래, 시어머니도 여자인데 얼마나 사랑받고 싶었을까?'

시어머니를 보는 시각이 달라지자 심한 잔소리도 이렇게 받아쳤다.

'어머니가 나를 예뻐서 하시는 말씀이구나.'

어머니가 친구분들과 집에 오는 날에는 웃는 얼굴로 예전보다 더 정성껏 대접을 했다. 그러자 친척들과 시어머니 친구들에게서 시어머니는 칭찬을 듣기 시작했다.

"어쩜, 그 집 며느리는 그렇게 착하고 괜찮아!"

처음에 시어머니는 며느리를 의심했단다.

'저것이 무슨 꿍꿍이속이 있어서 나에게 그렇게 친절한 게야?'

나는 서두르지 않고 천천히 그리고 꾸준히 어머니를 친절히 모셨다.

지성이면 감천이라더니, 어머니가 조금씩 마음을 열기 시작했다. 이제는 남들 앞에서 무시하는 일도 없고 상스러운 소리도 하지 않으신다. 가끔씩 나를 챙겨주시기까지 하신다.

나는 요즘, 남편의 사업 실패로 만남을 멀리했던 친구들에게 다시 연락하고 있다. 친구들과 자연스럽게 만나기 시작했고, 왜곡으로 꽁 꽁 닫아두었던 마음의 문도 활짝 열었다. 이 모든 것이 웃기 시작하면서 생긴 기적이다.

03
고졸 직원에서 농협 상무까지,
성공? 글쎄……

53세, 직장인

> 많은 사람들은 직위가 곧 나인 줄 안다.
> 역할이 나인 줄 착각한다.
> 하지만 진정한 나는 아무것도 하지 않을 때의
> 있는 그대로가 나인 것이다.

   뭔가 끊임없이 하지 않으면 도태될 것 같은 강박관념은 나를 지칠 대로 지치게 했다. 오직 성취만 바라보고 달리고 이기기 위해 달리다 보니 정작 나 자신은 온데간데없어지고 말았다.

   남들은 말한다. 고졸 직원이 상무까지 됐으니 성공한 인생 아니냐고. 하지만 나는 직장에서 인정받기 위해 가정에서도 직장에서도 귀머거리 삼 년, 장님으로 삼 년, 벙어리로 삼 년을 살아야 했다. 그렇게 살다 보니 결혼 20주년이 되는 해에 정신병원에 실려 갈 것 같은 기분이 들었다.

일에서 벗어나 나만을 위한 시간을 갖고 싶었다. 일단 행동으로 저지르고 보는 성향인지라 모 수련원을 찾아갔다. 그리고 남편의 반대를 뒤로하고 12년간 불교문화에 빠져 지냈다.

그 와중에 1997년에는 남편과 나란히 농협 승진고시를 통과하고, 1999년에 구조조정이라는 어려운 상황에서도 남편보다 조금 늦게 여성과장으로 발령을 받았다. 해냈다는 성취감과 자신감이 곧 나였다. 일에 대한 의욕과 열정으로 힘든지도 모른 채 40대를 넘기게 되었다.

억대 연봉에 승진을 거침없이 하다 보니 뭔가 끊임없이 하지 않으면 도태될 것 같은 기분이 들었다. 그래서 선배의 권유로 네트워크 사업을 부업 삼아 시작했다. 워낙 열정적인 탓에 6개월 동안 단 하루도 쉬지 않고 정말 미친 듯이 직장과 부업에 매진했다. 마치 뭔가에 쫓기는 사람처럼 일했다. 어디서 그런 에너지가 나오는지 나 자신도 놀랄 정도로 모든 일에 최고가 되기 위해 끊임없이 뛰었다.

그런데 2002년 11월경의 어느 날, 온몸에서 기가 빠져나가는 느낌이 들었다. 꼼짝 못하고 일주일을 앓아누웠다. 그 후 심한 불면증으로 두 달간 한숨도 못 자고 회의감과 무기력증에 시달렸다. 병원에 가니 '심각한 우울증'이라는 진단이 내려졌고, 순간 정신과 환자가 되고 말았다.

정신과 약을 먹는다는 것이 더 스트레스였다. 남편은 마음공부도 했다는 사람이 무슨 우울증이냐며 핀잔을 주었고, 나는 나의 이런 나약한 모습을 받아들일 수가 없었다.

우울증이 다시 왔을 때 3개월 휴직을 신청했다. 영업상무가 고객을 만나기가 두렵다면 어떻게 사회생활을 이어갈 수 있으랴.

나는 병원에 입원했다. 이런 나를 보면서 남편은 화병이 생겼고, 우리 가정에는 조금씩 어두운 그림자가 드리워지기 시작했다. 게다가 내 증상은 나아지지 않았다. 어느 날은 심히 기분이 좋았다가 어느 날은 울고불고 '난리부르스'를 쳤다. 조울증이 시작된 것이다. 날이 흐렸다 맑았다 비가 왔다 추웠다 하니 누가 그 장단에 춤을 출 수 있겠는가.

매사 긍정적이고 손이 컸던 나는 앞뒤 구분 없이 투자도 했다. 이 사람 저 사람의 이름을 빌려 집을 사고, 20년간 마련한 부동산을 정리하고 20억 원에 4층짜리 건물을 사들였는데 여기서 터지고 저기서 터지고 문제가 불거지기 시작했다. 그 와중에도 농협 ○○에 여성 책임자로 승진 발령이 났다. 많은 여직원들의 부러움과 주변의 이목을 받았지만 정작 난 아무런 의미도 느끼지 못했다. 시간이 지날수록 모든 문제가 고통으로 다가왔다. 대출에 대한 이자 부담과 세입자들과의 갈등, 예기치 않았던 소송 등으로 인한 정신적 피해로 몸과 마음은 날로 약해졌다.

믿었던 친구와 아끼던 사람들에게 하루아침에 배신당하자 2007년에는 지옥 같은 우울증이 내 삶을 깊숙이 파고들었다. 남편은 경제적 손해를 감수하면서 상가를 매도했고, 나는 소송 패소로 꼼짝없이 남의 빚을 모두 갚아야만 했다. 결국 나는 60평대의 집에 살다가 32평짜리 전셋집으로 이사를 했고, 다시 더 작은 아파트로 이사를 가야만 했다. 남편은 나를 원망하기 시작했다. 매일 알코올에 의존하며 지냈고, 심지어는 밖으로 돌았다. 나는 갈등 속에서 명예, 돈, 건강을 모두 잃어버리는 아픔을 겪었다.

가진 것을 버리는 건 쉽지 않은 일이다. 2008년 1월 30일에 명예퇴직을 신청했다. 30년간 몸담은 직장생활에 종지부를 찍는 순간 모든 것이 사라지는 것만 같았다. 나는 6개월간 바깥출입도 하지 않은 채 점점 깊은 수렁으로 빠져들었다.

2008년 10월 23일에 KBS 〈아침마당〉을 통해 한국웃음연구소 이요셉 소장의 특강을 들었다. 그리고 무너졌던 나의 열정에 다시 불이 붙기 시작했다. 웃음세미나를 신청하려는데 세미나가 있는 날이 딸이 대학수능을 보는 날이었다.

'에라, 모르겠다. 살고 보자.'

남편의 잔소리를 뒤로하고 무작정 이요셉 소장의 웃음세미나에 입소했다.

웃음세미나는 내 인생의 전환점이 되었다. 실컷 웃어보고 싶었는데, 그토록 원했던 것을 하고 나니 살 것만 같았다. 또한 실컷 울고, 배신한 사람들을 실컷 욕하고 나니 이제는 그들을 놓아버릴 수 있을 것 같았다. 웃음세미나는 접었던 꿈까지 생기게 했다.

그 기분을 잃지 않기 위해 아침에도 웃음운동을 하기로 나 자신과 약속을 했다. 차에 타자마자 이렇게 외쳤다.

"오늘도 나는 행복을 선택한다. 애마야(내 차), 웃자!"

하루에 한 번 이상은 이요셉 소장의 웃음 CD를 듣고 아침부터 웃어댔다. 잃었던 기운들이 온몸에 솟기 시작했다. 행복과 매일 데이트를 하는 기분이 들었다.

그렇게 웃고 나니 멍했던 머리가 다시 회전되기 시작했다. 밝은 기운이 나를 따라다니니 마치 내가 행운의 통로가 된 기분이 들었다.

'이 가게에 손님이 없었는데 내가 들어가니 손님들이 붐비네. 역시 나는 복덩어리야.'

원래 나는 자신감이 넘치는 여자였다. 그러나 자존감은 바닥이었다. 그랬기에 속은 안 그러면서 겉으로만 고객과 웃었다. 그동안의 웃음은 매너 차원의 웃음이었을 뿐 나를 사랑하는 웃음은 아니었던 것이다. 내가 행복하지 않으면 어느 순간에는 모든 문제가 수면으로 떠오르게 마련이다.

소리 내어 웃는 웃음은 나로 하여금 어떤 존재인지 깨닫게 해주었다. 성취가 내가 아니며, 비록 아무것도 안 할지라도 나는 온 세상보다 귀한 존재이고 있는 모습 그대로가 바로 나라는 사실을 말이다. 나 자신이 좋아지다 보니 많은 사람들에게 웃음을 나눠 주고 싶어졌다.

아직도 풀어야 할 일들, 이해해야 할 일들, 앞으로 갈 날들이 많다. 하루아침에 이 모든 것이 해결되지는 않을 것이다. 순간순간 많이도 자빠질 것이다. 하지만 웃음을 통해 열 번 넘어질 것을 아홉 번으로, 여덟 번으로, 일곱 번으로 줄일 것이다. 그것만으로 나는 위로를 삼을 것이다.

한순간에 자존감이 바로 서지는 않을 것이다. 단지 웃어버리는 작업들이 조금씩 조금씩 나를 변화시킬 것이다. 그 덕분에 성취 욕구를 내려놓을 것이고, 무엇인가 안 해도 내가 괜찮아질 것이고, 우울해져도 내가 괜찮아질 것이다.

왜? 나는 소중하니까!

04
나 우울증인가 봐, 뛰어내리고 싶어

41세, 우체국

눈에 보이지 않는 상처는
나의 현재와 미래까지도 앗아간다.
하지만 그것을 내려놓을 때 비로소
나는 오늘을 살아간다.

우리 집은 강원도 조그만 산골, 아주 춥고 골이 깊은 동네에 있었다. 어린 시절, 동네에서 TV라고는 우리 집에 유일하게 있었으니 그럭저럭 밥 먹으며 살 정도였던 것 같다.

아버지는 농사도 짓고 모내기가 끝나면 목수일과 미장일을 하셨다. 어머님은 농사일과 자생하는 나물들을 채취하여 오일장에 내다파시며 생계를 꾸리셨다. 넉넉하지는 않았지만 우리 가족은 행복했다.

부모님은 늘 이런 이야기를 하셨다.

"명근아, 항상 웃고 즐겁게 일하면 모든 일이 잘될 거다."

아버지가 농기구 수리 센터와 자전거 판매점을 하게 되었다. 유일한 운반수단이었던 자전거는 잘 팔려나갔다. 문제는, 많은 사람들이 외상으로 자전거를 사 간다는 것이었다.

"명근이 아부지, 외상으로 달아놔라."

결국 아버지의 자전거 가게는 외상만 늘어났고 빚이 쌓여갔다. 그때부터 아버지는 한 잔 두 잔 술을 마시더니 화를 폭발하셨다. 그렇게 시작된 아버지의 폭력과 폭언은 행복했던 가정을 앗아가고 말았다. 그러나 더 큰 불행이 우리를 기다리고 있었다.

내가 중학교 2학년 봄방학 때였다.

"명근이 엄마, 큰일 났다, 큰일 났다. 명근이 아버지가 사고로 돌아가셨다."

친척집에 다녀오시던 아버지가 교통사고로 세상을 떠나신 것이다. 상황도 내 기분도 '아수라장'이었다. 한창 사춘기인 내게 아빠 없는 설움은 견디기 어려웠다. 그나마 내가 견딜 수 있었던 것은 열악한 환경에서도 웃음을 잃지 않고 살아가는 엄마 덕분이었다. 엄마도 나만큼이나 힘들고 아팠을 텐데 내 앞에선 늘 웃으셨다. 어머니는 우리에게 행복한 가정을 주기 위해 자신의 아픔은 숨기며 사셨던 것 같다.

나는 1996년에 멋진 아내와 결혼을 했다.

결혼한 지 1년쯤 되었을 때 대학교 동아리 회원들과 멀리 야유회를 다녀온 아내가 배가 아프다고 울어댔다. 알고 보니 아내 배 속에는 우리의 2세가 생겨나고 있었는데, 그 사실을 모르고 있었던 것이 다. 그렇게 우리는 첫아이를 잃고 말았다.

"우리와 인연이 아닌가 보네. 너무 속상해하지 말자. 다음에 또 아이를 가지면 되잖아."

그러나 우리에겐 아이 운이 없었나 보다. 그 후로 또 유산을 했고 임신 소식은 들리지 않았다. 우리 부부는 "아이가 안 생기면 입양이라도 하자"며 서로를 위로하며 살았다.

결혼한 지 9년째 되는 해, 하늘도 감탄을 했는지 드디어 아내가 임신을 했다. 그 당시 아내는 늦깎이 대학생이었고, 나는 직장생활을 하며 주말부부로 지내고 있었다. 그리고 2006년 6월, 드디어 우리 보물이(아들) 태어났다. 얼마나 행복하고 즐거운지, 밥을 안 먹어도 배가 부르고 신이 났다.

나는 열심히 일했다. 회사도 다니고, 한 달에 서너 번씩 공사현장에서 전기공사 일을 하고, 주말에는 축구 심판도 보러 다니면서 집안경제에 도움을 주려고 많이 노력했다. 아들이 생겼으니 더 바랄 것이 없었다. 아내도 대학을 무사히 졸업하고 취직해 직장에 잘 적응해나갔다. '이게 행복이구나!' 하는 마음으로 하루하루를 살았다.

하지만 행복은 달아나기 쉬운 모양이다. 어느 날 아내가 한마디 던졌다.

"우리, 너무 대화가 없는 것 같지 않아?"

"응? 즐겁게 지내고 있잖아."

"대화가 없잖아."

즐겁게 지내고는 있는데 뭔가가 부족하다는 아내의 말이 마음에 걸렸지만, 난 충분히 행복했기에 크게 신경 쓰지 않았다.

보물이가 일곱 살이 되었을 때 양주에 있는 한 아파트로 이사를 했다. 보물이를 더 많이 뛰어놀게 하고 자연과 더불어 살게 해주고 싶어서였다. 이때까지 우리는 여전히 주말부부로 살고 있었다.

그런데 보물이가 초등학교에 입학해 적응할 무렵 아내가 울면서 말했다.

"오빠, 나 우울증인가 봐."

'웬 날벼락 맞는 소리? 우리 가정이 얼마나 행복한데.'

"17층에서 뛰어내리고 싶어, 엉엉엉~."

아내는 큰소리로 울었다. 아내는 친구를 만나고 와도 울고, 노래방에서 신나게 놀다 와도 큰소리로 울어댔다. 주말부부라서 그런가 싶어 이사까지 했지만 아내는 나아지지 않았다.

아내는 웃음봉사, 에어로빅을 하고 노래교실에 다니면서 우울증에서 탈출하려고 노력했다. 그 모습이 얼마나 안쓰러웠는지 모른다. 그럼에도 불구하고 우울증은 깊어졌고 감정을 느끼지 못하는 증상까지 늪으로 빠져들듯 심해졌다.

그러던 중 웃음봉사단의 지인이 제안을 했다.

"한국웃음연구소에서 하는 웃음세미나에 가봐. 우울증이 나을 수 있어. 나도 그랬거든."

나는 아내를 위해서라면 뭐든 하고 싶었다. 비용이 부담됐지만, 우리 가족은 웃음세미나에 참여했다. 사실, 마음 한편으로는 '설마 아내의 우울증이 나을까?' 하는 의심을 했다.

세미나에는 별별 사람들이 다 모였다. 암 환자분들, 우울증 환자분들, 아내와 사별해서 오신 분, 죽음의 고비를 여러 번 넘긴 분들, 유품을 정리한다는 의사, 자살을 하려고 강화도에 왔다가 들어오신 분…… 첫날에 아내에게 집에 가자고 말하고 싶었지만, 여기서도 실패한다면 아내를 우울증에서 못 끌어낼 것 같아 입을 꾹 다물었다.

강의가 진행될수록 사이비 종교집단(?) 같다는 생각이 들었다. 하지만 신기하게도 시간이 흐를수록 웃음 속으로 점점 빠져들었다.

'웃다 보니 행복해지네. 세상 걱정이 없어지잖아.'

아내 역시 점점 예전의 얼굴로 돌아오고 있었다. 철없는 보물이는 눈치 없이 마냥 행복해했다.

'왜 진작 사랑하는 아내에게 이런 기회를 주지 못했을까?'

늦은 밤, 아내의 뒷모습을 보면서 나는 깨달았다. 이젠 우리 가족이 좀 더 행복하게 살아갈 수 있겠다는 것을.

둘째 날 아침, 제일 먼저 아내에게 달려갔다. 불면증인 아내가 잘 잤는지 확인하고 싶었다.

"자기, 잘 잤어요? 우리 보물이, 잘 잤어?"

"응, 너무 잘 잤어요."

꿈인지 생시인지 믿기지 않았다.

둘째 날, 모든 관심이 아내에게 향해 있던 나는 생각지도 못한 경험을 했다. 프로그램 중에 그동안 잊고 있었던 아버지의 주사와 폭언이 기억난 것이다. 나는 아버지를 미워하고 또 용서하면서 엉엉 울고 또 울었다.

'아! 오늘이 지나가지 말았으면…… 이렇게 행복할 수가…….'

집으로 오는 길에 '이 세미나는 억만금을 주어도 후회하지 않고 아깝지 않은 여행'이라는 생각을 했다.

아내는 아직도 찌꺼기가 있다면서 그 후로 두 번이나 세미나를 더 다녀왔다. 장모님도 다녀오셨다. 그때마다 나는 보물이와 함께 있었다. 그렇게 세미나를 통해 우리 집은 원래의 행복한 가정으로 되돌아올 수 있었다.

더 좋은 소식은 우울증 때문에 못 가졌던 둘째를 낳게 된 것이다. 2013년 2월, 보물이를 얻고 만 7년 만에 태어난 예쁜 공주님을 우리는 '미소'라고 이름 지었다.

요즘 아내는 기분 좋은 중독증을 앓고 있다. 웃음 중독증.

"웃음세미나 또 가고 싶다."

그럴 때마다 나는 아내를 이렇게 달랜다.

"미소가 크면 다시 보내줄게, 조금만 참아."

사실 나도 너무 가고 싶다.

이렇게 웃음은 우리 가정을 새롭게 태어나게 했다. 나는 웃음을 놓지 않으려고 지금까지 몇 년째 웃음친구를 유지하고 있다. 아침에 몇 명의 웃음친구들과 전화기로 웃고 나면 하루가 행복하다.

인생은 살아지는 것이 아니다. 살아가는 것이 인생이 될 때 무엇보다 행복하다.

3장

가진 재산을 날렸지만
웃고 사는 사람들

01
집 아홉 채 날리고
무허가 집으로 이사 가던 날

53세, 발마사지 숍 운영

> 눈에 보이는 것은 잠깐의 만족일 뿐이다.
> 더 큰 만족은 눈에 보이지 않는 것에서
> 얻어진다.

"가계부 가져와봐. 누구를 만나서 밥을 먹었는데? 친구를 만나서 뭘 먹었기에 만이천 원이나 써?"

"밥 한 끼 사먹으면 그 정도는 기본이야."

남편은 가족에게는 더할 나위 없이 인색했다. 자신이 쓰는 돈은 교제비고, 다른 가족이 쓰는 돈은 어떻게 써도 낭비였다.

일일이 가계부를 체크해야만 가계질서가 잡힌다는 남편. 그러나 본인은 남들에게 인정받는 데 목숨을 걸었다. 인정의 도구로 돈을 물 쓰듯 쓰고 다녔다. 심지어 부부동반 모임에서 본인이 식사비를 지불해야만 기가 사는 사람이었다. 남의 고통까지도 항상 자신이 책임져야 한다고 생각했다.

결국 회사 사정이 안 좋다는 사장의 말에 남편은 보증을 서주었다.

"사장님, 걱정하지 마세요. 제가 어떻게든 마련할게요."

사장이 자기를 이용하는 줄도 모르고 남편은 발 벗고 나섰다.

밤낮 가리지 않고 해결사로 나서기도 수십 년, 그러다 보니 집이 한 채씩 줄기 시작했다. 아홉 채에서 여덟 채로, 그리고 세 채로… 3년 만에 보금자리만 빼고 아홉 채의 집이 날아가버렸다.

남에게는 정말 좋은 사람이었다. 그러나 가족은 나 몰라라 하는 사람이었다. 남에게 하는 것의 십 분의 일이라도 가족에게 썼다면 덜 분했을지 모른다. 아이들이 느끼는 아빠에 대한 서운함도 마찬가지였다.

"아빠, 오늘 졸업식이에요. 그러니 차비라도 주세요."

"아빠, 오늘 입학식이에요. 그러니……."

그러면 남편은 무심하게 대답했다.

"그것은 네 일이고 네 인생이니 네가 알아서 해."

기가 막혔다. 그렇게 남편은 가족에게 인색해도 너무 인색했다.

그런데 어느 날부터 남편 앞으로 무슨 쪽지가 연달아 날아오기 시작했다. 법원에서 우편물이 날아오고, 낯선 사람들이 집에 찾아왔다. 나는 불안했다.

그리고 결국 올 것이 오고야 말았다. 단돈 천만 원이 없어 지하실 방에도 갈 수 없는 처지가 된 것이다. 분노, 원한, 복수, 배신감, 좌절감, 수치심… 남편을 용서할 수가 없었다. 혼자서 착한 척은 다 하더니 나에게 단 한마디 없이 마지막 남아 있는 집을 담보로 보증을 서준 것이다. 나는 사장에게 따졌다.

"당장 이사 갈 보증금이라도 줘야 할 것 아냐?"

"기다려. 천만 원이라도 해줄게."

이후로 사장은 연락이 끊겼다. 세상에 누굴 믿을까? 더 이상 화가 나서 견딜 수가 없었다.

무허가 집에 사는 것은 두 번째 문제였다. 분노를 주체할 수 없어 잠옷 바람으로 새벽에 산속에 들어가 소리를 질렀다. 그래도 분이 안 풀리면 약수터에 가서 찬물을 몸에 부어가며 소리를 질렀다.

"아~악~아~악~!"

이렇게라도 소리를 지르지 않으면 돌아버릴 것 같았다. 잠이 없는 할머니들은 산행을 하다가 내 소리를 듣고 "귀신이다"라며 줄행랑을 쳤다. 아마 귀신이 나타난다 해도 나는 그 귀신을 찢어버렸을 것이다. 어쩌면 억울하고 분한 마음이 앞서서 귀신 따위는 눈앞에 있어도 보이지 않았을 것이다.

화가 머리끝까지 올라 졸도만 몇 번을 했는지 모른다. 하혈도 몇 번이나 있었다. 결국 심한 스트레스로 몇 번의 병원 신세를 졌다. 앞머리는 여자 대머리처럼 숭숭 빠지고 입만 열면 화가 뿜어져 나왔다. 자고 일어나면 머리카락이 한 움큼씩 빠져 있었다. 한마디로 사람의 모습이 아니었다.

이런 나를 보며 사람들은 '인상에서 살기가 느껴진다'며 피했다. 독사의 독보다 사람의 독이 온몸을 더 상하게 했다. 악에 받친 나는 죽지 못해 살았다.

아이들과 뿔뿔이 흩어지고 겨우 무허가 집에 살게 된 나를 보며 아이들은 아빠를 원망했다.

"아빠는 왜 그래? 다른 집은 자녀가 부모 속을 썩이는데, 우리는 왜 아빠가 자식 속을 썩이는 거야? 누가 부자로 호강시켜달라고 했어? 왜 우리는 평범하게 살지 못하는 거야?"

아이들이 오죽 힘들었으면 아빠에 대해 그런 말을 했을까.

나는 뭘 먹어도 소화가 안되었다. 설사는 계속되고 하루하루가 지옥 같았다.

'나는 이렇게 희망 없이 살다가 죽겠지?'

오만가지 좌절의 생각들이 들락날락했다.

그러던 2007년 여름, 성당에 다니는 아는 언니가 나를 보더니 "너 그러다가 죽겠다. 내가 웃음을 배우고 왔는데 정신질환을 앓는 남편이 이해가 되더라"라며 나에게 거금 칠십오만구천 원을 주었다. 나중에 내가 고마워서 갚긴 했지만 언니의 진실한 마음에 한없이 고마웠다.

그 언니의 남편은 폐암 환자였고 언니는 세브란스병원의 수간호사였다. 남편이 죽으면 일본에 가서 재혼해서 행복하게 사는 것이 꿈이라고 했었다. 그러나 웃음을 배운 언니는 아침마다 자전거로 양재천을 달리며 출근했다. 언니가 행복해지자 남편에게 잔소리를 안 하게 되었고, 결국 형부는 폐암 완치 판정을 받았다. 언니의 바뀐 모습을 보면서 나에게도 마지막 기회일지도 모른다는 생각이 들었다.

나는 무작정 연구소에서 제공하는 버스를 타고 '이요셉과 함께하는 기적의 2박 3일 행복여행'에 들어갔다. 얼마나 웃고 울었던지 눈이 퉁퉁 부어서 눈을 뜰 수가 없었다. 창피해 어쩔 줄 몰랐다. 그런데 나뿐만 아니라 다른 사람들의 눈도 퉁퉁 부어 있기는 마찬가지였다.

2박 3일 동안 현관문을 통과할 때마다는 "나는 지금 행복을 선택한다. 하, 하하, 하하하~!" 라고 외치며 웃었는데, 내가 맨정신에 어떻게 그렇게 외칠 수 있었는지 모르겠다. 하지만 웃지 않고는 그 문을 통과할 수 없었다. 화장실도 가고 밥 먹으러 식당에도 가야 하는데 현관문을 지나지 않고는 불가능했다. 결국 현관문을 통과할 때마다 억지로라도 웃어야 했다.

그러다 보니 행복하다는 자기암시에 걸려들고 말았다. 얼마나 시원하게 웃었던지, 웃고 있는 나 자신을 보며 내가 놀랄 지경이었다. 수십 년 동안 쌓였던 채기들이 시원하게 내려간 기분이었다. 그렇게 미친 듯이 사흘을 웃었다. 모든 과정을 마치고 나는 완전히 다른 사람이 되어 무허가 집으로 돌아왔다.

'이미 엎질러진 물, 모든 것은 내 에너지에 달렸다. 환경까지도.'

나는 웃고 있는 동안 행복했다. 자신감까지 커져 두려울 것이 없었다. 잘될 일만 생각하고 웃었다. 웃을 일이 있어서가 아니다. 웃다 보니 웃을 일이 생길 것만 같았다.

우리를 망하게 한 사장을 용서할 수는 없지만 마음은 비울 수 있었다. 자기들은 잘살면서 우리에게는 지하방 얻을 돈마저 못 주는 인간들이 불쌍해 보였다.

'그래, 집 아홉 채와 행복을 바꾼 것이라고 생각하자.'

나는 그 당시 발마사지사로 일하며 먹고 살았다. 아침 출근시간이면 공중전화 부스에 들어갔다. 그리고 전화를 거는 척하며 웃어재꼈다. '동전을 넣어주세요. 뚜뚜뚜~' 소리가 나오든지 말든지 세상을 향해 웃었다.

"나는 멋져, 하 하하 하하하. 나는 뭐든지 할 수 있어, 하 하하 하하하. 이것 또한 지나가리라, 하 하하 하하하."

정신없이 웃다 보면 마음이 후련해져 가벼운 기분으로 출근할 수 있었다. 내게 공중전화 부스는 그냥 지나칠 수 없는 방앗간이었다. 나는 그 방앗간 덕분에 살아날 수 있었다.

얼마 되지 않아 수녀원으로 사용했던 넓은 집을 무료로 제공받게 되었다. 그것도 내가 꿈꾸던 넓은 집이었다. 그리고 나는 발마사지를 하면서 많은 사람들에게 웃음을 나눠 줄 수 있었다. 심지어 폐암 말기가 되어 나를 찾아온 사람은 목소리가 모기 소리 같을 정도로 힘이 없던 분이었다. 그런 사람일지라도 나는 같이 크게 웃어주었다. 웃고 가는 그들의 뒷모습을 볼 때마다 나는 행복했다.

다시 내 얼굴이 조금씩 조금씩 낙하산 펴지듯 펴졌다. 그러자 살기가 있다며 피하던 사람들이 나를 보며 물었다.

"요즘 무슨 좋은 일 있으세요? 너무 예뻐지셨네요."

환경은 똑같다. 그러나 하루하루가 살맛 나는 것이 예전과 다른 점이다. 그러니 하루하루가 기대되는 것이다.

웃음을 찾고부터 나는 세상을 다 가진 것 같은 풍요를 느낀다. 이제야 소장님이 하신 말씀이 이해가 된다.

"웃음은 내 영혼의 호흡과 같은 것입니다."

아내 없는 빈자리,
마음의 보약으로 채우다

52세, 중소기업 대표

아내가 없다면 그 자리를 무엇으로 채울 수 있을까?
웃음이 텅 빈 가슴을 채울 수 있는 스위치 역할을 했다.

매사 싱글벙글 웃는 나를 사람들은 마음 편한 사람, 가진 것 넉넉한 사람이라 생각한다. 하지만 지금의 내가 되기까지 피눈물 나는 30대가 있었다.

나는 가정형편이 어려워 공고를 나왔고, 악착같이 공부해서 동양공전을 졸업하고, 남들이 부러워하는 삼성그룹 정보통신부에 들어갔다. 하지만 내가 만든 제품에 대한 지원이 결여되자 모든 반대를 무릅쓰고 대기업을 박차고 나왔다. 내가 만든 제품을 가지고 사업을 하기 위해서였다.

하지만 막상 회사를 나오니 대기업에 다닐 때와는 사람들의 태도가 완전히 달랐다. 대기업 직원이었을 때는 귀한 손님 대하듯 하더니 사업을 시작했다고 하자 모든 거래처들이 부담스러워했고 심지어 찬밥 취급을 했다.

자금을 마련하기 위해 일 년에 여섯 번이나 이사를 해야 했다. 인건비를 줄이겠다는 생각으로 아내와 함께 밤낮으로 같이 일을 했다. 옆에서 묵묵히 지켜주던 아내가 있었기에 나는 모든 고통을 견딜 수 있었다.

눈앞에 성공을 앞두고 착한 아내는 물었다.

"여보, 나 생일 때 뭐 사줄 건데?"

"뭐 갖고 싶은 것이라도 있어?"

"어. 생일 선물로 티코 하나 사주라."

"그래? 이번 사업 성공하면 내가 한 대 뽑아줄게."

결국 사업은 성공했다. 아내에게 티코를 사줄 만큼 충분한 경제적 여유도 생겼다. 그러나 나는 그 약속을 지킬 수가 없었다. 아내가 내 곁을 떠나 하늘나라로 먼저 갔기 때문이다.

어느 날 아내가 어지럽다며 종합검진을 받고 왔다. 급성백혈병이라고 했다. 아내를 살려보고자 이리저리 뛰어다녔지만 결국 아내는 어린 두 아들을 두고 나의 곁을 떠나고 말았다. 장례식 날, 아내 친구가 나에게 이런 말을 건넸다.

"이번 생일에 티코 산다고 그렇게도 좋아했는데……"

티코를 사줄 형편이 되었지만 그것을 탈 사람이 사라진 것이다.

나는 아내를 보내고 심한 우울증에 빠져들었다. 걸어다닐 기력조차 없었다. 이불도 걸친 옷도 버거울 정도였다. 심지어 소변 눌 때도 서 있지 못했다. 병원에서는 아무 문제가 없다지만 나는 병원에 누워 죽을 날만 기다렸다. 이런 나를 보며 같은 병원에 입원한 아주머니들이 한마디씩 던졌다.

"젊은 사람이 왜 여기에 누워 있어? 빨리 일어나야지."

대꾸할 힘조차 없었다. 단지 작은 소리로 중얼거릴 뿐이었다.

"내가 이렇게 가면 하나님께 뭐라 변명하지요?"

오늘일까 내일일까, 죽음만 기다리던 내게 누군가 책 한 권을 선물했다. 제목은《인생을 바꾸는 웃음 전략》, 저자는 이요셉.

힘없이 누워만 있는 나에게 책을 주고 간 사람도 이상한 사람이지만, 아무것도 못하다가 그 책에 눈길이 간 나도 이상했다. 그 책을 읽게 되었으니까. 그리고 한 가닥 힘이 생기기 시작했다.

'그래, 웃어보자. 살고 싶다면 웃어보자.'

그때부터 나는 정말 미친 사람처럼 웃어댔다. 그러자 할머니들이 이렇게 말했다.

"젊은 사람이 미쳤나 보네."

나는 병동에서 만나는 사람들에게 밝게 인사를 했다. 귀에는 이어폰을 꽂고 할머니들 앞에서 춤을 추며 웃었다. 아내의 빈자리를 잊기 위한 몸부림이었는지도 모른다. "젊은 사람이 미쳤나 보네" 하면서 할머니들도 덩달아 웃기 시작했다.

나는 조금씩 상황을 받아들였고 감사할 힘이 생겨났다. 웃을 수 있어 감사하고, 숨 쉬고 있어 감사하고, 애들이 건강하게 있어 감사하고, 아내 대신 고생해주는 엄마가 있어 감사하고… 한 번도 느껴보지 못했던 감사가 마음 밑바닥 깊은 곳에서 슬픔을 이겨내려고 꿈틀거렸다.

예전에는 돈을 벌기 위해 너무나 바빴다. 웃을 여유조차 없었고 숨 쉴 시간조차 없었다. 그런데 정신을 차리고 보니 나에게 남겨진 두 어린 아들들이 있었다. 나는 학부모 상담에도 참여했다. 상담하러 온 엄마들 틈 속에 아빠는 나 혼자였다. 이상한 아빠 취급을 받았다. 그래도 내가 행복하면 그만이다.

"선생님, ○○○ 아빠인데요. 제가 웃음 전문가거든요. 한번 따라 웃어보실래요?"

처음 본 선생님 앞에서도 나는 웃을 수 있었다. 이런 나를 아들은 창피하다며 저 멀리 떨어져서 다니라고 했다.

"아빠, 우리 떨어져서 걸어요."

"왜? 아빠가 너무 웃어서 창피하니?"

"아빠 미친 것 같아요."

우리는 이렇게 엄마 없는 빈자리를 살아내고 있었다.

'정말 아들이 실없이 웃는 나를 싫어하는 것일까?'

잠자리에서 조용히 아들에게 물었다.

"아빠가 웃으니까 싫으니?"

이어지는 아들의 대답에 순간 너무 기뻤다.

"아니요. 아빠가 웃으니까 너무 좋아요. 그런데 조금은 쪽팔려요."

나는 아들의 말 때문에 더 웃기로 했다. 사업을 하다가 시간을 내 요리학원도 다녔다. 아들들에게 맛있는 것을 해주고 싶었다. 엄마처럼 세심하게 보살펴주지는 못하더라도 사랑은 주고 싶었다. 시간 날 때마다 여행도 시켜주었다. 해외든 국내든.

전에는 돈에만 목숨 걸다 보니 사람들과의 교제 범위가 좁았지만, 웃음을 알고 난 뒤에는 필리핀으로 골프를 치러 가서도 사람들을 웃길 수 있고 내 편으로 만드는 여유가 생겼다. 그렇다 보니 나이와 관계없이 폭넓은 친구들이 생기기 시작했다. 이렇게 사랑을 주고받으면서 나는 몇 년을 잘 보낼 수 있었다. 비록 일이 잘 안 풀려도 웃어넘길 수 있는 삶의 여유까지 생겼다.

아내의 자리가 비어버린 지도 강산이 바뀔 정도로 많은 시간이 흘렀다. 어렸던 큰아들은 벌써 대학생이 되었고, 내가 저 어린 아들을 잘 키울 수 있을까 했던 작은아들도 자서전을 냈을 만큼 듬직한 고등학생이 되었다. 지금 생각하면 내 인생에는 터닝포인트들이 몇 번 있었다. 웃음, 독서, 봉사의 삶…… 모든 것을 놓아버렸던 나, 이요셉 소장의 웃음치료가 아니었다면 오늘의 내가 있었을까? 한마디로, 웃음은 내 마음의 보약이다.

03

나를 망하게 해?
개새끼, 죽여버릴 거야

53세, 스마일이엔씨 대표

쓰라린 경험은 자산이다.
왜? 그다음에 오는 고난은
훨씬 가볍기 때문이다.

1957년에 경북 포항의 작은 농촌마을에서 태어난 나는 어려운 가정형편을 고려해 공업고등학교 야간부 전기과에 입학하여 낮에는 일을 하고 밤에는 공부를 했다. 진학의 꿈을 가지고 대학의 문을 두드렸지만 등록금이 없어 진학을 포기하고 말았다. 배움에 목말랐던 나는 공군 하사관에 입대하여 방송통신대학 경영학과에 입학했다. 그러나 백령도 오지에서 근무하면서 학업을 마치지 못했다.

군 생활 중에 아내를 만나 결혼을 하고 6년 만에 제대하여 사회에 첫발을 내디뎠다. 사회에 나온 나는 오로지 한 가지 생각만 했다.

'돈을 벌자. 그래야 사람들이 못 배웠다고 무시하지 않을 거야.'

그래서 미친 듯이 일을 했다. 진학의 꿈을 접고 열심히 돈을 벌었다. 돈이면 모든 것을 다 할 수 있다는 생각뿐이었다.

고생한 만큼 결과는 있게 마련인지 남들이 부러워할 정도로 돈을 벌었다. 회사도 몇 곳 운영하게 되었고, 경주에서 웬만큼 알아주는 사람이 되었다. 그래서 행복하다고 생각했다. 하지만 IMF가 우리나라를 강타하면서 나 또한 모든 것을 잃고 말았다.

어느 날, 선배가 부탁을 했다. 급전이 필요하니 공장 네 곳을 담보로 대출을 해달라는 것이었다. 확실히 나올 돈이라 나는 선뜻 빌려주었다. 하지만 그 선배는 도망을 갔고, 평생 모은 내 재산도 모두 날아갔다. 나에겐 인생의 전부를 잃은 것과 같았다.

인생을 포기하고 싶었다. 모든 것을 정리하고 이 세상을 떠날 준비를 하고 길을 떠났다. 정처 없이 떠돌아 다녔다. 그런데 세상을 다닐수록 주체할 수 없는 분노가 들끓었다. 내 주변에 있던 사람들은 돈이 사라지자 모두 떠났다. 그들은 나를 좋아한 것이 아니고 돈을 좋아했던 것이다. 나에게 돈이 신이었던 것처럼 그들에게도 돈이 신이었던 것이다.

모든 것이 다 사라졌음에도 오직 나를 믿어주고 응원해주는 사람은 아내뿐이었다. 내가 인생의 바닥에서 헤매고 있을 때 아내는 살기 위해 이 일 저 일을 하며 생계를 꾸렸다. 아내는 화장품 외판을 위해 길거리를 누비고 다녔고 저녁이면 반시체가 되어 돌아왔다. 그래도 나는 분노에 휩싸여 정신을 못 차렸다.

어느 날 아내의 허벅지에 시퍼렇게 든 멍을 보았다. 내 모양이 거짓

꼴이니 자신 있게 물어볼 수도 없었는데, 알고 보니 하루 종일 화장품 외판을 하기 위해 자전거를 타고 다니다 생긴 상처였다. 그날 저녁에 한없이 울었다. 후회했다.

'니가 지금 뭐하고 있노? 사지가 멀쩡한 놈이 지금 뭐하고 있는 짓인고?'

2년여의 힘든 방황 끝에 사회에 적응하기로 했다.

'이게 인생이라면 한번 부딪쳐보자.'

생각만큼 쉽지 않았다. 첩첩산중 많은 어려움이 기다리고 있었다. 가장 어려운 것은 내가 나를 바라보는 시각을 바꾸는 것이었다. 이미 나는 다른 사람들과 어울릴 수 없는 처지가 되었다고 생각했다. 나를 믿어주는 오직 한 사람, 아내가 없었다면 어찌 됐을지 상상도 하기 싫었다.

새로운 곳에서 새롭게 살기 위해 10년 전부터 알던 친구의 도움으로 대구에 정착했다. 다시 한 번 죽어라 일했다. 생활은 노력한 만큼 조금씩 나아졌다. 그렇게 과거는 묻혀갔다. 하지만 나를 힘들게 했던 선배만큼은 생각할수록 울화통이 터져서 잠을 이룰 수 없었다. 사회에 대한 원망까지 쏟아졌다.

'썩을 놈의 사회구조, 썩을 놈의 인간들.'

억울함과 분노를 한편에 두고 살다가 어느 날 우연히 인터넷에서 글을 보게 되었다.

'이요셉의 인생을 바꾸는 웃음전략'

반신반의하면서 아내와 함께 한국웃음연구소의 웃음세미나에 참석했다. 그 세미나에서 얼마나 울었는지 모른다. 그리고 그 선배를 용서할 수 있었다. 그전까지는 그 선배를 만나면 단숨에 베어버리겠다는 생각에 차에 늘 낫을 가지고 다녔었다. 그런데 세미나에서 그것만을 위해 살아가는 불쌍한 나를 보게 된 것이다. 그리고 우리 부부는 행복이 뭔지 알게 되었다. 돈이 절대로 행복이 아니라는 사실까지.

짧은 시간이지만 인생을 새롭게 태어나게 만든 기적의 시간이었다. 많은 사람들과 대화를 나누면서 우리보다 더 어렵고 분한 사람이 많다는 사실도 알았고, 건강한 몸을 가졌다는 것이 얼마나 감사하고 축복할 일인지도 깨달았다. 사회에 대한 분노를 풀어내고 선배를 용서하자 평생 무덤까지 가지고 가야 할 짐을 내려놓은 것처럼 후련했다.

부정적인 감정들이 해소되자 하나뿐인 딸이 생각났다.

나는 딸은 엄하게 키워야 한다고 생각했다. 정해진 시간 안에 들어와야 하며, 조금이라도 귀가시간을 어기면 딸의 뺨을 때리곤 했다. 28년 동안 아버지의 잘못된 권위로 사랑해왔다는 생각이 들었다. 숨겨져 있을 딸아이의 상처를 위해 딸을 웃음세미나에 보냈다.

나는 잊을 수 없다. 웃음세미나에 다녀온 딸이 단숨에 나에게 달려와 안겼던 모습을. 아직 상처의 찌꺼기는 남아 있겠지만 우리 부녀는 화해하게 된 것이다.

그날 이후로 다 큰 딸은 내복 바람으로 내 무릎에 앉곤 했다. 예전 같았으면 버릇없다고 뺨이라도 때렸을 테지만 이제는 허허허 하고 웃는다.

이요셉 소장님의 치유 프로그램에 다녀온 후 우리 가족은 너무도 많이 변했다. 예를 들어, 공장이 제트기 비행장 옆에 있는데 제트기가 뜨는 날은 옆사람의 소리가 하나도 안 들려 늘 짜증을 냈었다.

"빨리 이사를 가던가 해야지, 시끄러워 못 살겠네."

하지만 지금은 이렇게 약속한다.

"우리, 제트기 소리가 들리면 크게 웃기 시작!"

제트기 소리가 안 들리는 날엔 오히려 궁금해한다.

"왜 안 들리지? 웃어야 하는데."

그 소리에 또다시 자지러지곤 한다.

일어나서 웃고 식사 전에 웃고 일하면서 웃고…… 그뿐인가? "사랑하고 존경합니다"라고 아침마다 서로 인사를 한다.

행복해지니 내 집을 장만하게 되고 매출이 좋아졌다. 더 많이 주문이 들어오지만 절대 욕심을 부리지 않는다. 남들은 "돈을 더 준다 해도 싫다 하네. 배가 불렀나?" 하고 말하지만 인생의 소중함을 다시 깨달은 나는 그러한 비난에도 아랑곳하지 않는다.

그동안 나만 생각하고 살았다면 이제는 주위를 돌아볼 여유까지 생겨서 2009년 따뜻한 봄날부터는 장애인시설에 봉사를 시작했다. 한 달에 한두 번씩 우리 가족 모두 함께 가서 작은 도움을 주고 있다.

그리고 배움의 길도 다시 시작했다. 쉰이 넘어 영진사이버대학 특수재활학과에 아내와 함께 입학했고 졸업장도 받았다. 먼 훗날 지금의 직업에서 물러났을 때 소외되고 어려운 이들과 함께 웃어줄 수 있다면 좋겠다.

지금 우리 가족은 행복하다. 지난 50여 년의 세월 동안 느끼지 못했던 행복을 5년 동안 느끼려니 더 행복하다. 앞으로 더 많이 느끼면서 살아갈 것이다. 만약 웃음이 아니었다면 평생을 칼을 갈면서 살았을 것이다.

그 선배를 마음속에서 용서하고 나서 우연히 사우나에서 발가벗은 채 만났다. 선배는 나를 보는 순간 사시나무 떨듯 떨었다. 나는 진심으로 이렇게 말했다.

"선배, 진심으로 용서한다. 선배 덕분에 내 인생에서 중요한 것이 뭔지 알았다."

지난날, 그 선배를 찾아 몇 년을 헤매고 다녔는지 모른다. 선배는 그 소문을 듣고 늘 피해 다녔다고 한다. 그랬던 내가 이제는 복수로 미친 사람처럼 사는 게 아니라 행복해서 미친 사람처럼 살고 있다. 아내와 같이 탁구도 치고, 기타도 치고, 색소폰도 불고, 공부도 하고, 일도 하고, 심지어 손을 잡고 다닌다. 그런 우리 부부를 보면서 불륜이라고 의심하는 사람도 있지만 그 오해조차도 우리는 행복하다.

그 웃음을 나누고자 회사에 웃음방을 만들었다. 야외 공연장과 노래방도 만들었다. 힘든 분들이 한 번씩 마음껏 노래 부르고 스트레스를 풀고 가도록 말이다.

내가 사람들에게 그리고 사랑하는 딸에게 줄 수 있는 것은 웃음뿐이라 딸의 결혼식도 웃음축제로 꾸몄다. 딸과 사위는 웃음 십계명을 가지고 혼인서약을 했다.

"힘들 때일수록 더 웃겠습니다."

"일어나자마자 웃겠습니다."

"서로 꿈꾸며 상상하며 웃겠습니다."

웃음을 만나지 않았다면 나는 아이들에게 눈에 보이는 물질을 물려 주었을 것이다. 그러나 지금은 눈에 보이지 않는 웃음과 그에 따르는 행복을 물려줄 수 있어 정말 행복하다. 딸 부부도 웃음과 행복으로 살아가기를 간절히 소망한다.

오늘도 나는 마음으로 되뇌인다.

'사랑합니다.'

'감사합니다.'

'고맙습니다.'

'존경합니다.'

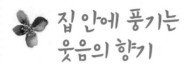

집 안에 풍기는 웃음의 향기

웃을 일이 생기면 웃어야지, 더 크게 웃을 때를 기다리면 웃을 일이 정녕 오지 않을 수 있다. 복이 와야 웃는다면 웃을 일이 가뭄에 콩 나듯 할지도 모른다. 일단 웃자.

집 안을 웃음으로 가득 채우고 싶다면 이렇게 노력하자.

• 가족을 부를 때는 애칭을 사용한다. 시어머니를 '행복한 어머니', 남편을 '즐거운 아버지', 아들을 '신 나는 아들', 딸을 '잘 웃는 딸'이 라고 부르면 어떨까?

• 식탁에서 "감사히 잘 먹겠습니다. 하, 하하하하하!", "감사히 잘 먹 었습니다. 하하하, 하하하하!" 하며 웃는다. 마음이 편하고 즐거워 야 대화가 되는 것처럼 식탁 앞에서 한바탕 웃으면 그동안 잃었던 식탁 대화가 다시 시작될 것이다.

• 등교 전이나 출근 전, 집을 나서기 전에 온 가족이 서로에게 90도 인사를 한다. 인사 후에는 서로의 눈을 맞춘다. 아침부터 인정받는 경험을 함으로써 공허감은 사라지고 가슴 벅찬 하루가 될 것이다. "잘 다녀오세요", "잘 다녀오셨습니까?", "오늘도 최고의 날 되세

요" 이 세 마디만으로도 말이다.

- 하루를 본격적으로 시작하기 전에는 ①"나는 오늘도 행복을 선택한다"고 말한 뒤에 15초간 웃는다. ②"나는 모든 것이 점점 더 좋아지고 있다"고 말하고 나서 한바탕 큰소리로 웃는다.
- 잠들기 전에는 감사로 하루를 마무리하자. ①잠자리에 들기 전에 조용히 오늘 감사했던 일 세 가지를 적어본다. ②미소를 지으며 하루의 이미지를 그려본다. ③"감사합니다, 감사합니다, 감사합니다" 하고 말한다.

3부

웃음엔
도전하는
힘이 있다

인생의 질은 어떤 관점으로
세상을 바라보느냐에 따라 결정된다.
삶이라는 여행을 하다 보면 누구나 우울의 늪을
한번쯤 만나게 된다. 그럴 때 자신을
위로하고, 있는 그대로의 자신을 인정하고,
원점부터 다시 시작한다면 행복의
종착역에 누구보다 빨리 도착할 수 있다.
자신을 스스로 위로하고 원점에서
다시 시작하게 하는 힘,
바로 웃음에서 시작된다.

1장

원점에서 다시
시작하는 사람들

01

알코올중독?
나보고 어쩌라고?

37세, 직장인

나는 누군가에게 길들여진 상태로 살아간다.
이제는 나를 나답게 길들일 차례다.

강의를 하기 전에 사람들에게 나를 이렇게 소개한다.

이 : 이렇게 멋진 남자 보셨어요?

찬 : 찬찬히 보시면 더 멋져요.

희 : 희망사항입니다.

내게는 희망사항이 딱 한 가지 있었다. 바로 행복이다.

중2 때부터 10년 동안 한 여자만 짝사랑한 나는 5년을 사귀어서 결
혼에 골인했다. 나는 세상에서 내가 가장 행복하다고 생각했다. 그

리고 한 가지 목표를 세웠다.

'이 여자만큼은 반드시 행복하게 해주겠다.'

정말 열심히 일을 했고 예쁜 딸도 얻었다.

어린 시절, 365일 김치만 싸가지고 다닐 정도로 형편이 어려웠던 나는 아내만큼은 행복하게 해주기 위해 더 열심히 일을 했다. 그러나 쌓여가는 스트레스를 어떻게 할 수는 없었다.

나는 술로 그 스트레스를 풀었다. 점점 술 마시는 날이 많아지고 집에 들어오는 시간이 늦어지다 보니 말싸움이 잦아졌다. 원래 술을 좋아하지는 않았지만 스트레스를 풀기 위해 마시다 보니 과음을 하게 되고, 필름이 끊겨 직장 후배들에게 업혀 들어오거나 낯선 여관에서 아침을 맞는 일도 생겼다.

참다못한 아내는 불만의 소리를 쏟아냈다.

"이기지도 못하는 술을 왜 마셔!"

나도 힘든 터라 같이 소리를 질렀다.

"그럼 어떡하라고? 내가 스트레스 풀 방법이 이거밖에 없는데. 그것도 이해 못해줘? 이씨!"

"당신 이러려고 나랑 결혼했어? 애는 내가 키울 거니까 우리 헤어져."

더 이상 참을 수 없다며 천사 같은 아내가 이혼을 선포했다. 헤어진다는 것은 나에게 견딜 수 없는 큰 고통이었기에 싹싹 빌었다.

"내가 잘못했어. 다시는 술 안 마실게."

각서까지 쓰고 나서야 아내는 화를 누그러뜨렸다.

하지만 물건에도 유통기한이 있듯 각서의 효력은 일주일을 넘기지 못했다. 또 술에 취해 거실에서 엎어지고, 1년에 휴대폰을 네 개씩 잃어버리는 것도 부족해 연중행사로 지갑도 수시로 잃어버렸다. 그러고는 "다 가족의 행복을 위해서야"라며 독한 소주를 목구멍으로 털어넣었다.

그렇게 맞벌이를 하면서 크지는 않지만 내 집 마련도 하고 둘째도 생겼다. 아내는 남편이 변하길 바라고 남편은 아내가 이해해주기만을 바라고, 우리는 이렇게 평행선을 달렸다. 십 년이면 강산도 바뀐다는데 우리는……

2008년에 정기검진을 하는데 165센티미터의 작은 키에 몸무게가 82킬로그램, 혈압이 150~110 이상, 지방간까지 있다며 재검 통지서가 날아왔다. 내 나이 이제 30대. 젊은 나이에 벌써 성인병이 시작된 것이다. 더 이상 참지 못한 아내가 또 한 번 터졌다.

"당신, 계속 이렇게 술 마실 거면 헤어지자. 당신 때문에 힘들어서 더는 같이 못살겠어. 당신은 일중독에 알코올중독이야. 이번 기회에 술 끊어, 알았지?"

아내의 일장 연설이 끝나자마자 나는 "응~" 하고 건성으로 대답하고는 방으로 들어가버렸다.

재검 때문에 한동안 술을 안 마셨더니 알코올이 부족해서 그런지 기운이 없었다. 재검이 끝난 뒤에는 그 기념으로 한잔만 하고 들어간다는 게 결국 외박을 하고 말았다. 다음 날 아침, 아내는 도끼눈을 뜨고 나에게 폭탄선언을 했다.

"당신은 정말 구제불능이야. 더 이상은 안 되겠어. 나 직장 그만두고 아이들 데리고 친정에 가 있을 테니까 당신은 당신 좋아하는 일하고 술이랑 같이 살아."

설마했다. 그런데 며칠 후 퇴근해보니 아내는 정말 회사에 사표를 내고 짐을 싸서는 편지 한 장 없이 두 아이를 데리고 시골로 내려갔다.

나는 홀로 밥상 앞에 앉아 술병을 놓고 깊은 고민에 빠졌다. 매일 저녁, 밥 대신 소주 두 병으로 배를 채우고 아침을 맞는가 하면, 늦은 밤에 차를 끌고 높은 언덕에 올라가 소리도 질렀다.

"아~ 더러운 세상!"

가슴도 쳐보았지만 아무 생각이 떠오르지 않았다. '인생을 포기할까?' 하는 생각에 혼자 소주를 벌컥벌컥 마셨다.

비가 오는 날, 나는 길거리로 뛰쳐나갔다. '차라리 차가 나를 치었으면 좋겠다'는 생각에 도로를 혼자 터벅터벅 걸었다. 하지만 모든 차들이 비켜 가는 바람에 죽을 수도 없었다.

'왜 나는 이 모양이지? 왜 되는 일이 하나 없지? 이게 뭐야?'

빗속을 한참을 헤매다 집에 들어와 보니 먹다 남은 소주병과 고요한 적막뿐이었다. 순간, 거실에 내팽개친 와이셔츠 옷깃에 꽂힌 스마일 배지가 눈에 들어왔다.

나는 가족, 정확히 말해 아내를 위해 살아왔다. 술을 마시고 늦게 들어오면 항상 아내의 잔소리에 지쳐 있다가도 다음 날이면 '이 여자를 행복하게 해주어야지' 하며 인터넷으로 '행복'을 검색하곤 했다. 그게 2004년부터 생긴 버릇인데, 스트레스를 견디며 직장을 다니는 유일한 이유이기도 했다. 하지만 지금의 나에게 행복이란 두 단어는 없는 것 같았다.

그렇게 검색을 하다 우연히 걸려든 게 '한국웃음연구소'였다. '행복한 사람이 웃는 것이 아니라 웃는 사람이 행복하다'는 라는 말을 보고 혼자 웃기 시작했다. 그러나 생각이 바뀌지 않은 상태로 행복하기란 하늘의 별 따기였다.

그러다가 2006년에는 우연히 〈SBS 스페셜—웃음에 관한 특별보고서〉를 보게 되었다. 웃음으로 아토피를 치료한 장면을 보고 아토피가 있는 큰딸을 생각했고, 한국웃음연구소 홈페이지를 찾아 웃음에 대한 자료를 모으기 시작했다. 그러나 전형적인 경상도 남자인 나는 웃는 게 자연스럽게 되지는 않았다.

그래서 선택한 것이 스마일 배지다. 동네 문구점을 다 뒤져서 옷에 스마일 배지를 달고 다니면서 미소 연습을 하기 시작했다. 조금은 표정도 밝아지고 웃는 시간도 늘었지만, 계속되는 스트레스와 술 때문에 지금의 상황을 만든 나 자신에 대한 미움은 줄어들지 않았다.

만신창이가 되어 집에 들어와 옷에 달려 환하게 웃고 있는 스마일 배지를 움켜쥐며 결심을 하고, 다음 날부터 그동안 모았던 웃음 자료들과 이요셉 소장님의 책을 읽기 시작했다. 그리고 아내에게 편지를 쓰고 전화를 걸었다.

"그동안 고생시켜서 미안해. 앞으로 내가 바뀔 테니까 조금만 기다려줘. 그리고 2박 3일 동안 이요셉의 웃음세미나에 다녀올게."

예전부터 웃음세미나에 참여해보고 싶었지만 비용과 시간, 그리고 '웃음을 무슨 돈을 주고 배워?' 하는 고정관념 때문에 차일피일 미루던 일이었다. 하지만 이번 기회를 놓치면 파랑새를 영원히 못 찾을 것 같아 세미나 참여를 결심하게 된 것이다.

처음 보는 사람들과 처음 보는 환경에 낯설었지만 휴가까지 써가면서 큰 비용을 지불한 만큼 누구보다 적극적으로 참여했다. 소장님이 웃으라면 웃고, 울라면 울고, 소리 지르라면 소리 지르며 그동안 하지 못했던 내 안의 감정들을 폭풍우 몰아치듯 쏟아냈다.

세미나 마지막 날, 어둠이 제 힘을 잃어가는 이른 아침에 비를 온몸으로 맞으며 남한강을 바라보았다. 한 방울 한 방울 모든 빗방울에 크거나 작게 반응하면서 제 모습을 유지하며 유유히 흐르는 강줄기를 보면서 지금의 내 모습을 들여다보았다. 빗방울처럼 그동안 나에게 쏟아진 수많은 자극들에 반응하지 않으려고 태연한 척 강한 척하다가 술 한잔에 쓰러지던 모습들, 마음껏 웃고 싶고 울고 싶고 화내고 싶었지만 꾹 눌러온 모습들이 주마등처럼 스쳐 지나갔다. 그냥 억지로 웃고 연기자처럼 울음과 화를 연기했을 뿐인데 내 안에 묵혀 있던 감정들이 줄줄이 나왔다.

갑자기 가슴이 뜨거워지면서 몸에서 열이 나고 비에 젖은 옷에서 하얀 김이 올라오기 시작했다. 심장이 수없이 두방망이질 쳤고 2박 3일 동안 외쳤던 말들이 자연스럽게 나왔다.

"나는 점점 더 좋아지고 있다. 나는 지금 행복을 선택한다. 하하하, 하하~."

집에 돌아오자마자 가장 먼저 현관에 스마일 라인을 만들고 평소에 달고 다니는 스마일 배지를 더 큰 것으로 바꿔서 웃음 버튼을 만들고 매일 웃기 시작했다.

"나는 점점 더 좋아지고 있다. 하하하~."

행복은 습관이 되어 자연스럽게 술도 멀리하게 되고, 목소리도 밝아졌다. 나의 변화를 눈치챈 아내가 곧 올라오겠다고 말했다. 얼마 만에 느끼는 행복인지 모른다. 웃으면 복이 온다더니….

우리 가족은 현관에 있는 스마일 라인을 지날 때마다 웃었다.

"나는 점점 더 좋아지고 있다. 하하하~."

12시 스마일 타임을 만들어서 웃고, 식사시간에 온 식구가 웃고, 가족들과 아침저녁으로 웃음 버튼을 서로 눌러주면서 하하하 웃다 보니 웃을 일들이 점점 늘어났다. 파랑새가 우리 안에 있다는 것도 깨달았고 몸도 점점 좋아졌다.

아내가 웃음세미나에 다녀온 날, 나는 아내에게 떨리는 목소리로 말했다.

"나 직장 그만두고 웃음치료사 하고 싶어."

이미 행복을 느끼고 온 아내가 씨익 웃으면서 이렇게 말했다.

"난 당신을 믿어!"

그 말은 지금까지도 나에게 큰 힘이 되고 있다.

본격적으로 강사 트레이닝 과정을 하면서는 한 번도 해본 적이 없었던 자신감에 도전하게 되었다. 그 과정은 내게 쉽지 않았다. 몇 개월 후 소장님께서는 이렇게 말씀해주셨다.

　"자네는 힘들 줄 알았어."

　내게는 장애가 있었다. 말을 더듬는다는 것, 그리고 감정이 없다는 것이다. 그런 나를 바꾼 것은 웃음클럽이었다. 웃음클럽은 전 세계적으로 50만 명 이상의 사람들이 참여하는 모임이라는 말에 도전했다.

　무작정 동네 공원으로 나갔다. 공원에서 혼자 웃기란 생각보다 쉽지 않았다. 너무 창피하고 다른 사람들이 날 어떻게 생각할까 하는 생각이 들어 두려웠다. 3개월 정도를 공원에 갔다가 다시 돌아오는 것을 반복하다 보니 이왕 할 거면 제대로 해보자는 마음도 생겼다. 하지만 역시 용기가 나지 않았다. 나무 뒤에 숨어서 입을 가리고 혼자 작게 웃어볼 뿐이었다. 정말 첫발 내딛기가 너무나 힘이 들었다.

　하루는 직장 후배를 꼬여서 내가 웃음을 배웠는데 같이 웃음운동을 하자고 해 두 명이서 웃기 시작했다. 그래도 혼자보다 둘이 창피를 당하는 것이 낫다 생각했는데 다음 날에 후배에게 전화가 왔다.

　"선배님, 도저히 창피해서 못하겠어요. 죄송해요."

　'전화를 주려면 미리 주지.'

　그날 비록 혼자였지만 용기를 내 카세트를 틀어놓고 혼자 웃었다. 미친놈처럼 혼자 웃었다.

　"여러분, 웃음이 좋다는 건 다 아시지요? 하하하하~!"

　몇 달 정도 매주 일요일마다 그렇게 했더니 지나가시던 분들이 이상한 눈빛으로 쳐다보았다. 마치 미친 사람을 보듯. 그런데 어르신 몇 분은 물어보셨다.

"멀쩡한 사람이 공원에서 뭐하고 있어?"

"예, 지금 웃음운동 하고 있습니다. 제가 알려드릴까요? 웃음은 운동입니다. 저를 따라 해보세요. 첫째, 크게 웃습니다. 크게 웃으면 자신감이 생깁니다. 둘째, 길게 웃습니다. 길게 웃으면 심폐기능이 좋아지고 신체가 활성화됩니다. 셋째, 배와 온몸으로 웃습니다. 배와 온몸으로 웃으면 다이어트에 좋고 오장육부가 튼튼해집니다. 저를 따라 해보세요. 하! 하하!! 하하하!!! 하하하하하하~ 정말 잘하십니다."

트레이닝 과정에서 배웠던 대로 했더니 정말 잘 따라 하시면서 너무 재미있다며 언제 또 하느냐기에 "매주 일요일마다 합니다" 그랬더니 다음 주에 또 나오시겠다면서 음료수까지 주고 가셨다. 이때부터 용기가 생겨 매주 일요일마다 웃음클럽을 진행했다. 그럴수록 자신감이 커지고 꿈도 커졌다.

웃다 보니 한때 82킬로그램이던 몸무게가 65킬로그램이 되고, 150~110이 넘던 혈압이 정상 수치가 되고, 지방간도 사라지고, 술도 끊게 되었다.

내 인생을 바꾼 이 웃음을 좀 더 많은 사람들에게 나눠주고 웃음클럽을 많은 곳에 확산시켜야겠다는 생각에 지금까지 한국웃음연구소와 함께 열심히 웃음운동을 하고 있다.

만 10년 동안 하던 일을 그만둔다고 했을 때 모든 사람들이 말렸다.

"넌 안 돼."

웃음 강사가 되겠다고 하자 아내를 빼고는 모든 사람들이 말렸다.

"넌 안 돼. 사투리도 심하고, 말도 빠르고, 게다가 말도 더듬잖아."

하지만 나는 모든 장벽을 뛰어넘었다. 아내의 말 한마디는 내가 모든 것을 극복하기에 충분했다.

"난 당신을 믿어!"

아내가 나를 믿어준 것처럼 나는 웃음을 믿는다. 웃음이 온 세상을 밝게 만든다는 진리를 믿는다.

02
외제차 몰던 나,
300원짜리 붕어빵을 팔다

53세, 붕어빵 장사

실패는 또 다른 나를 깨우게 될 것이다.
다시 일어설 수만 있다면…….

40대에 접어들면 사람들은 대부분 경제적으로 안정이 되면서 시간과 일에서 어느 정도 여유를 찾고 취미와 여가를 즐기며 살아가게 된다. 나 역시 외제차를 타고 다니며 아이들, 고수익을 가져다주는 남편과 부러울 것 없이 무난하게 잘살았다. 남편이 주식이라는 취미 활동으로 모든 것을 말아먹기 전까지는.

남들처럼 골프공도 날리고 조기축구도 나가면 좋으련만, 남편의 취미는 공 날리는 것과는 무관했다. 아니, 공은 너무 가볍고 시시해서 안 날린단다. 10년도 넘게 해온 주식투자가 우리 남편의 유일한 취미였다.

어느 날 모니터 앞에서 마우스를 몇 번 깔짝깔짝하더니 소중한 것들이 순식간에 날아갔다. 급기야 평생을 쌓아올린 남부럽지 않은 직업까지도 날리고 말았다. 돈도 집도 명예도 직업도 아우디 승용차도 날리고 나니 덩그러니 몸뚱어리만 남았다. 나 몰라라 하는 남편 덕에 아내인 나 그리고 사춘기가 한창인 아들과 딸은 하루아침에 갈 곳 없는 노숙자 신세가 되어버렸다.

빚진 남편은 어디론가 사라져 연락이 닿질 않았고, 갈 곳 없는 우리는 20만 원 월세방에 둥지를 틀었다. 일단 바람과 비를 가려야 했으니까.

아무 대책도 준비도 없이 열 평짜리 쪽방에 갇혀버린 신세는 비참하기만 했다. 백화점에서 옷을 사 입고, 외제차를 몰고 다니고, 평수 큰 아파트에서 살다가 열 평짜리로 추락하니 마치 가스실에 갇혀 숨이 콱콱 막히는 기분이었다. 숨은 쉬어야 하는데 죽음이 임박해 목을 죄어오는 것만 같은 심정이었다. 기가 막히고 무서웠다.

심리적인 충격은 맨 먼저 눈으로 왔고, 급격히 시력이 떨어졌다. 눈앞이 희미해져갔다. 평소 시력 1.5를 자랑했는데 안 보이니 겁이 덜컥 났다.

'이러다가 장님이 되면 어떡하지?'

시력이 떨어지더니 실어증이 왔다. 말을 할 수가 없었고 사람을 정면으로 쳐다볼 용기가 나지 않았다. 더욱 나를 절망하게 했던 건 기억이 사라져간다는 사실이었다. 아이들의 이름도 모르겠고 예전에 살았던 동네도 가물가물했다. 멍하게 박제되어가던 몸은 며칠을 굶어도 감각이 없고, 굳게 닫힌 쪽방 철문 안에서 손과 발이 묶여 어디론가 팔려나가 죽임을 기다릴 수밖에 없는 철창 안의 동물 꼴이 되어 갔다. 무기력한 몸뚱이를 지탱하는 숨소리가 어찌 그렇게 크고 요란한지…….

먹거나 외출하는 것은 꿈도 꿀 수 없었다. 눈만 말똥말똥 뜨고 천장만 바라보는 식물인간이 되어갔다. 마치 뇌 속에 소금을 뿌려놓은 듯 지끈지끈 치통 같은 두통이 24시간 계속되었다. 죽고 싶었고, 죽어야 한다고만 믿었고, 죽을 방법만 연구하며 아픈 몸과 마음을 학대하고 있었다.

그 와중에도 나의 소중한 아이들이 눈에 밟혔다. 학교 간 아이들이 돌아오면 살아야 한다는 희망이 몸속으로 잠시 밀려들어왔다. 아이들에게 밥을 해줄 힘은 없었지만 최소한 죽어서는 안 된다는 생각을 몽롱하게나마 부여잡고 힘을 내고 싶어졌다.

그렇게 얼마간을 지냈을까? 어린 딸이 수렁의 늪에서 나를 깨웠다.

"엄마, 쌀이 없어요."

게다가 "이봐, 월세를 내야 할 것 아냐?" 하는 주인아줌마의 고함 소리는 내가 가장이라는 사실을 일깨워주었다.

'가장이 뭐지? 이런 것들을 해결하는 것이 가장의 역할 아냐? 나는 엄마잖아. 아플 권리도 드러누워 있을 자격도 없는 것이 엄마잖아.'

나는 돈을 벌어야 한다는 생각에 천 근같이 무거운 몸을 일으켜 인력센터로 갔다.

물류센터에서 짐을 나르는 일을 시작했다. 낯설고 처음 해보는 강도 높은 노동이었지만 아픈 줄도 모르고 거뜬하게 하루 일당을 벌었다. 자식들을 굶길 수는 없었다. 본능적인 모성애는 아침이면 몸을 일으켜 용감하게 일터로 향하게 했다.

그때서야 알았다. 남편도 이런 무게가 있었다는 것을. 주식 한다고 빚져가면서 적은 생활비라도 대주느라 애썼던 남편이 이해되기도 했다. 한편으로는 가장의 도리를 하지 않고 사라진 남편이 저주스럽고 미웠다.

피땀 어린 백만 원을 벌면서 '세상에 소중한 것은 날아간 돈이 아닐지도 모른다'는 생각을 했다. 사랑으로 버팀목이 되어주어야 할 가족을 지켜야 한다는 사실을 뼈저리게 절감했다. 어쩌면 새벽길을 재촉해서 일터로 나가는 동안 느끼는 절절한 애환이 나에겐 소중한 경험이자 행운이라면 행운일지도 모른다.

'그동안 충분히 호강을 누리고 살았어. 내겐 멀쩡한 사지가 있잖아' 생각하니 정신이 돌아오기 시작했다. 먹고살아야 하는 현실을 당당하게 받아들였다.

창업을 했다. 좋게 얘기하면 수산업(?), 정확히 얘기하면 붕어빵 장사다. 일명 골드피시 베이커리, 황금잉어빵 장사를 시작했다.

붕어빵 장사라고 간단한 게 아니었다. 배우고 익혀야 할 것들이 수없이 많았다. 300원짜리 붕어빵 하나가 그냥 만들어지지 않았다. 섬세함이 필요했다. 틀을 잘 메워가며 반죽을 붓고 앙꼬를 적당한 위치에 넣고 불 조절을 잘하고 뒤집는 타이밍이 정확해야만 상품 가치가 있는 붕어빵이 나왔다.

기술을 알려주고 반죽을 납품해주는 젊은 삼촌은 모든 것이 서툴기만 한 나에게 소리를 질렀다.

"아줌마, 총도 없이 전쟁터에 나왔어? 당장 때려치워!"

배우려면 성깔도 죽여야 하고 어떤 말을 듣든 웃어야 했다.

찬바람 속에서 발은 동상에 걸리고 다리는 저리고 손목은 시리고… 주저앉고 싶었다. 그리고 이 현실에서 도망가고 싶었다. 너무 힘들고 고통스러워 하루도 죽음을 상상하지 않은 날이 없었다. 마음 깊은 곳에서는 한 가닥의 질문만 남았다.

'난 누구지?'

순간 스쳐가는 해답이 있었다.

"웃음치료사, 한국웃음연구소 소속 웃음치료사 이경미."

5년여 동안 봉사 강의를 하면서 갈고닦았던 나의 평생직업이 생각났다.

'나는 그동안 자살 예방 병사들에게 또는 재소자들에게 얼마나 큰 웃음을 주었던가? 그래, 오늘부터 웃자. 그만 울자, 그래 그만 울자. 이경미, 그만 울자.'

그날로 붕어빵 틀에 스마일 스티커를 덕지덕지 붙이고 마차에 '웃는 붕어빵' 휘장을 걸었다. 붕어빵을 사러 오는 사람들에게 웃음을 팔기로 마음먹었다. 왜냐하면 내가 살기 위해서는 웃어야 했기에 웃으면 뭔가 될 것 같은 강한 예감이 들었다.

웃음강사 이경미는 손님이 들어올 때마다 그저 환하게 웃었다. 붕어빵 고객을 이제는 놀이터에 쉼터에, 오는 고객으로 여기기로 했다. 어르신이나 표정이 어두운 손님들에게는 먼저 말을 걸었다.

"저를 보며 한번 환하게 웃어주세요."

"웃는 모습이 너무 예쁘세요. 그래서 한 마리 덤입니다요."

내 붕어빵 놀이터에 들어오는 사람들은 기분이 좋아져서 갔다. 그들도 나처럼 웃고 싶었는지도 모른다.

귀여운 초등학생 꼬마들은 이런 나를 놀렸다.

"아줌마, 들어오기 전에 미리 웃었어요. 그러니까 하나 더 주세요."

"더 주다뿐인가, 사랑도 주고 감사도 주고 국물도 주고."

그렇게 포장마차 안에서는 웃음의 양이 늘어만 갔다. 그리고 나는 심한 우울증과 실어증에서 서서히 빠져나왔다. 더 중요한 것은 강사의 꿈이 다시 살아나기 시작했다는 점이다.

'매순간 웃음을 선택할 수 있다면 나는 최고의 강사가 될 거야.'

인생은 관점의 기술이라고 했던가. 누구나 삶이라는 여행을 하다 보면 우울의 늪을 한번쯤 만나게 된다. 나는 나를 위로하기로 했고 스스로 힐링하기로 했다.

일단 과거의 상처에서 벗어나기 위해 그토록 미워했던 남편을 용서해야만 했다. 그렇게 마음을 먹자 광주에서 서울 가는 버스 안에서 우연히 남편을 만나게 되다. 미움과 분노보다 가련함이 앞섰는지 나도 모르게 말이 튀어나왔다.

"밥은 먹고 살아요?"

'그도 어쩔 수 없었겠지? 그럴 수도 있겠지? 그럴 수도 있어.'

수없이 나에게 타일렀다.

'경미야, 괜찮아. 자연스럽게 잘했어. 그래도 아이들에게 소중한 아빠잖아.'

고통을 안겨주고 떠난 남편을 용서하자고 마음먹기까지 나는 어마어마한 분노와 배신감 속에서 싸워야 했고, 그런 운명을 가진 나 자신을 얼마나 미워하고 자책했는지 모른다. 이젠 내가 나를 위로할 것이다. 행복을 전하는 진실한 강사로 거듭날 것이다.

진심 어린 붕어빵 웃음강사가 되어보니 기죽지 않고 말할 힘이 생겼다. 심지어 어떤 고객은 화를 냈다.

"붕어빵 앙꼬가 왜 이 모양이야?"

"너무 탔잖아요."

"하하하~ 제가 봐도 그렇네요. 수습 딱지 뗀 지 얼마 안 됐거든요. 다음 번엔 오시면 노릇노릇 잘 만들어놓을게요, 헤헤."

고객은 나의 넉살과 웃음에 녹아내렸고, 단골손님이 되어 고정수입을 보장해주었다. 나는 몸과 마음의 컨디션이 엉망이어도 그냥 죽기 살기로 웃어버렸다.

겁에 질려 지내던 나는 그렇게 삶에 대한 애착이 생기기 시작했다. 즐겁게 빵을 굽는 명랑한 붕어빵 아줌마로 변화되어갔다.

"아줌마 얼굴을 보면 기분이 좋아져요."

"아줌마 붕어빵이 제일 맛있어."

웃음 덕분에 붕어빵 품질이 좋아지기 시작했다. 붕어빵도 맛있고 어묵 국물도 맛깔스럽다고 소문이 나기 시작했다. 아이들을 위해 시작했던 수산업(?) 덕분에 큰아이 대학등록금을 어렵지 않게 마련할 수 있었다.

광주는 나의 고향이다. 고위직에 아는 사람도 꽤 있다. 내가 신문방송학과를 나왔으니 아는 선배들도 신문사에서 일한다. 어느 날 나의 이런 모습을 보고 선배가 직원을 시켜 신문사에서 취재가 나왔다. 연말에 훈훈하고 따뜻한 이야기를 싣고 싶은데 나의 이야기를 싣자는 것이다. 이제는 쪽팔림도 없다. 모든 것이 기회니까!

"어차피 오르막이 있으면 내리막이 있듯 불행한 날이 있으면 행복한 날도 있는 법입니다. 저도 그 과정을 통과하고 있지요. 이런 삶에서 제가 되새기고 되새기는 것이 뭔지 아십니까? 어떤 형편에도 웃음을 잃지 않는 것이지요. 웃다 보면 행복해지거든요. 제 사부가 그러시더군요. 행복해서 웃는 게 아니라 웃기 때문에 행복해진다고."

03
가진 것이 없어도 우리는
아빠가 좋아요

56세, 웃음치료사

'아버지를 존경합니다' 라는 자녀의 말만큼
아버지의 가슴을 채울 것은 없을 것이다.

최근에서야 나는 모든 문제가 해결된 기분이다.

사업을 한다고 속셈학원을 14년간 운영하다가 모든 것을 말아먹었다. '이제는 가장이다. 뭐 할 일이 없을까?'를 고민하다가 쉽게 할 수 있는 일이 보험이라 보험대리점을 운영했다. 하지만 남에게 아쉬운 말을 못하는 나는 대납하느라 바빴다. 보험일 10년 동안 늘어난 것은 빚이었다. 실적을 위해 대납을 하다 보니 뒤로는 밑지고 있었던 것이다. 그 후로 나는 가장으로서 경제적인 열등감에 사로잡혔다. 그리고 이렇게 변명하며 몇십 년을 살아왔다.

'내 인생이 그렇고 그렇지 뭐.'

이 말은 내게 위안이 되었고, 정체성의 기반이 되었다.

2009년, 인생을 대충대충 살다가 레크리에이션 선생님 소개로 이요셉 소장님을 만나게 되었다. 웃음치료는 나에게 충격이었다. 웃음치료 덕분에 나 자신을 푸대접한 대충대충 마인드가 바뀌기 시작했다. 경제적으로 풍족하지는 못해도 나는 남편이고 아빠이고 하나밖에 없는 귀한 존재임을 깨달았다.

1년 동안 한국웃음연구소 이요셉 소장님을 만나면서 가장으로서 나로서 당당해졌다. 레크리에이션 강의에 자신감이 생겼고 탄력이 붙기 시작했다. 더불어 경제적으로도 조금씩 나아졌다.

나는 집에서부터 웃기로 마음먹었다. 그래서 소장님에게 배운 '1분 웃음 트레이닝'을 식구들 앞에서 했다.

"여러분, 웃음이 건강에 좋다는 사실을 다 아시죠?"

"여보, 나 따라 해봐. 하, 하하, 하하하하!"

어색한 웃음이 우리 가족을 행복하게 만들었다. 가장 큰 수확은 서로를 최고로 여기게 된 것이다. 언제는 한바탕 웃고 나서 우리 가족 모두 속옷 바람으로 춤을 추었다. 서로 웃고 자지러지고… 그러다가 발라당 누워서 우린 대화를 했다. 그런데 딸의 말에 나는 울 뻔했다. 못난 아빠를 딸은 이렇게 말해주었다.

"난 아빠가 자랑스러워. 아무래도 난 시집가기 힘들 것 같아."

"왜?"

"아빠 같은 사람 만나기 어려워서."

어떤 아빠가 이런 소리를 듣고 눈물을 안 흘릴까! 돈이 없어 자식들을 대학에 보내지도 못한 부끄러운 아빠인데… 가장으로 제대로 서 있지 못하는 나에게 딸의 말은 감동이었다.

나는 열심히 일하고 열심히 봉사했다. 여러 기업에서, 성당에서, 때론 교도소에서, 병원에서 웃음 강의를 시작했다. 내가 살아난 것처럼 그들도 행복한 사람이 되기를 간절히 기도했다. 교도소에서 강의를 마치고 나오는데 한 젊은 청년이 이렇게 말했다.

"선생님, 제가 선생님을 3년 전에 만났다면, 내가 이렇게 귀한 존재인 줄 알았더라면 여기에 들어오지 않았을 것입니다. 선생님, 이 시간 잊지 않겠습니다. 앞으로 사회에 나가서 열심히 살겠습니다. 그리고 귀하게 살겠습니다. 감사합니다, 정말 감사합니다."

누군가에게 웃어준다는 것은 이요셉 소장님의 말씀처럼 한 사람을 살리는 것이다.

'사람을 무엇으로 새롭게 만들 수 있을까?'

사랑, 웃음이 아니면 절대로 불가능한 일이다. 어찌 보면 부모로서 물려줘야 할 것은 돈이 아닌 정신적인 유산이 아닐까? 대충대충 살다가 아이들에게 대충대충 삶을 물려줬더라면 큰일 날 뻔했다.

대충대충 사느라고 경제적인 책임을 못 졌기 때문에 아이들을 정규대학에 보내지 못했다. 이것이 부모로서 가장 마음 아픈 일이다. 하지만 지금 생각하면 그 덕분에 웃음을 배우게 되었고 더 귀한 것을 아이들에게 가르칠 수 있어 다행이다.

한번은 딸아이가 호텔리어가 되고 싶다고 강원도 폴리텍대학에 지원했다. 면접을 보러 가는 날 딸아이에게 가르쳤다.

"엘리(딸의 세례명), 아빠가 이번에 이요셉 소장님에게 웃음치료를 배웠잖아. 너도 이걸 따라 하면 자신감이 생길 거야. 그리고 호텔리어에게 가장 중요한 게 웃는 것 아니겠니?"

두 시간 동안 딸과 함께 웃으면서 면접 장소로 갔다. 나중에 면접을 보고 나온 딸이 이렇게 말했다.

"아빠, 처음부터 끝까지 미소 짓는 사람은 나밖에 없더라. 면접도 내가 제일 길었어."

결국 딸은 멋진 호텔리어가 되었다. 남 앞에 서는 것조차 겁내고 부끄러워했던 딸이 지금은 외국 사람 앞에서도 당당하게 업무를 수행한다. 웃음이 딸의 심장을 당당하게 만든 것이다.

"아빠, 이제는 기가 안 죽어. 외국 사람의 말을 잘 들으면 핵심단어가 들려. 아빠 덕분이야."

딸은 영어가 부족하다며 그동안 벌어놓은 돈을 가지고 유학을 떠났다. 아빠가 못 해줬기 때문에 스스로 길을 찾아가는 딸을 보면서 비록 풍족하지는 않았지만 결코 인생을 헛되게 산 것 같지는 않다는 생각을 했다.

딸이 유학을 떠나기 전의 일이 생각난다. 한번은 딸에게 급한 전화가 왔다. 도저히 못 다니겠으니 당장 데리러 오라는 것이었다. 인내심 많은 딸이 그런 말을 하는 것을 보니 정말 특별한 사정이 있는 듯했다. 이유를 알아보니 팀장이 자신을 노골적으로 왕따시킨 것이다. 예를 들어, 팀장이 신혼여행을 다녀오면서 다른 사람의 선물은 다 사오고 자신의 선물만 쏙 빼버린 일이 최근에 있었다고 한다. 딸이 유독 일 잘하고 윗분들에게 칭찬받으니 그만두게 만들고자 작정한 것이다.

예전의 나였다면 나는 딸에게 이렇게 말했을 것이다.

"때려치워. 거기 아니면 다닐 데 없겠어? 내가 당장 데리러 갈게, 준비해."

하지만 웃음치료를 통해 내가 어떤 존재이고 모든 결과는 내 선택에서 비롯된다는 사실을 깨닫게 된 나는 딸에게 이렇게 말해주었다.

"엘리, 힘들구나! 하지만 사람 관계에서 이보다 힘든 일은 수시로 있단다. 그럴 때마다 그만두면 어떻게 되겠니? 힘들겠지만 이번만 참아보자."

딸은 잠시 후 이렇게 대답했다.

"아빠, 견뎌볼게요. 오시지 마세요."

그 이후로 딸은 팀장의 애정을 가장 많이 받는 직원이 되었다.

웃음강사가 된 지 7년의 세월이 지났다. 그동안 웃을 일만 있었던 것은 결코 아니다. 풀어갈 일들이 너무 많았다.

어느 날 서른한 살 먹은 아들이 임신한 며느리를 데리고 들어왔다. 직업도 없는 녀석이 갑자기 가장이 된 것이다. 손자를 생각하면 눈에 넣어도 안 아플 정도로 예쁘지만 PC방 가서 새벽에 들어오는 아들을 보니 울화통이 터졌다.

'내가 이러면서 무슨 강사? 영혼을 살리는 행복강사? 말도 안 돼.'

마음 안에서 이렇게 갈등이 생길 때마다 나보다 나이가 어린 한국웃음연구소의 두 소장님들을 찾아간다. 다시 한 번 웃고 나면 마음에 공간이 생긴다. 아들을 받아들일 수 있는 공간.

'오죽했으면 아들이 아버지 앞에서 문을 닫고 살까?'

오늘은 아들과 술 한잔 기울이면서 대화를 했다.

"아버지, 조금만 기다려주세요. 빨리 취업할게요."

"그래, 나는 너를 믿는다."

"1년간 기술 열심히 배워서 취업할게요"

"그래, 언제든지 힘들면 아버지에게 의논해라."

오늘따라 아들 녀석이 말이 많다. 술 한잔 걸친 아들 녀석이 나를 안으면서 이렇게 말한다.

"아버지, 아이를 낳고 보니 아빠가 존경스럽습니다."

'진정한 행복이란 뭘까?'

오늘따라 무지 행복하다.

2장

웃음으로 문화를
바꿔가는 사람들

01
실적 1위! 웃음은
절대 배반하지 않아

46세, 기업은행 직원

기뻐하라. 웃어넘길 힘이 생길 것이다.
기뻐하라. 큰 문제도 사소하게 여기게 될 것이다.

나는 기업은행에서 근무한다. 자랑 같아 쑥스럽지만, 나는 직장에서 일 잘하고 똑똑한 직원으로 인정을 받는 편이었다. 2010년 5월에 한국웃음연구소에서 진행하는 웃음세미나를 경험하고 난 뒤에는 더욱 놀라운 나를 만들어갈 수 있었다. 특히 웃음세미나에서 배운 것 중 두 가지를 꾸준히 실천했더니 나에게 기적들이 일어나기 시작했다.

첫째, 아침마다 웃자!

웃음친구와 매일 아침 7시에 시간을 정해놓고 30초 이상 웃었다. 나의 웃음친구는 삼성에 다니는 엘리트였는데 스트레스로 암에 걸려 휴직했다가 다시 직장으로 복귀한 친구였다. 매일 아침 7시에 알람을 맞춰놓고 일주일은 내가 친구에게 전화를 걸고, 그다음 일주일은 친구가 내게 전화를 걸어 30초 이상 함께 웃었다. 다른 사람들의 눈에는 미친 사람들로 보였겠지만, 우리에게는 서로에게 행복한 하루가 되라는 인사였고 마인드 체인지의 과정이었다. 그렇게 웃고 나면 행복하게 하루를 시작할 수 있었다.

둘째, 매일 밤 잠자기 전에 하루에 있었던 일을 돌아보며 감사노트에 세 가지 이상 감사할 일을 적는다!

하루를 성공적으로 살았는지는 아침과 잠자리에서 결정된다. 그런 의미에서 집에 와서는 하루를 돌아보며 감사할 일을 찾아 작성했다. 감사할 일이 전혀 없는 날도 있었지만 '감사와 행복은 한 집에 산다'는 간디의 말을 되새기며 이요셉 소장님의 말씀을 실천했다.

'무조건 감사하자. 그러면 긍정의 에너지가 일곱 배로 커져서 돌아올 것이다.'

무조건 감사해야 하는 날에는 나의 행동과 마음을 감사로 승화하여 작성했다. 비록 감사를 전혀 찾아볼 수 없는 속상한 하루였더라도 '○○○ 일로 인내심을 배우게 해주셔서 감사합니다', '□□□ 일로 더욱 성장하게 해주셔서 감사합니다'라고 적었다. 의지를 가지고 작성하다 보니 마음이 바뀌기 시작했다. 세상을 더욱 긍정적으로 바라보게 되었고, 감사는 또 다른 감사로 이어졌다.

이 두 가지 실천으로 직장에서 가정에서 놀라운 일들이 일어나기 시작했다. 특히 은행에서 고객과 상대하다 보면 참기 힘든 일이 자주 일어나는데, 현명하게 대처하고 세상을 이겨낼 수 있는 힘과 지혜를 갖게 되었다.

그 결과 내가 이뤄낸 성과는 대단했다. 은행에서 중요하게 여기는 고객만족도평가에서 1만 3천여 직원 중에서 전국 30등 정도였던 내가 2011년에는 전국 1위, 2012년에는 전국 5위, 2013년에는 전국 3위라는 최고 평가를 얻게 되었다. 일을 즐기다 보니 서비스뿐만 아니라 2011년 은행 내 자율학습 조직 운영 우수 전국 2위, 2011년도 펀드 목표 달성도 전국 1위, 보험 목표 달성도 전국 3위, 예금 유치 부문 전국 1위 등 눈부신 성과들을 얻게 되었다.

웃음을 배우고 난 뒤 가장 힘이 생긴 부분은 관계의 측면이었다. 삶을 포기하는 것도 관계이고, 직장을 이직하는 것도 관계의 일부다. 웃음은 나에게 관계 부분에서도 모든 것을 뛰어넘을 수 있는 힘을 주었다.

일례가 있다.

2007년도에 펀드 열풍이 한창이었을 때 많은 사람들이 펀드에 가입했다. 사람은 자신에게 이익이 될 땐 친절하지만 손실을 볼 땐 이성을 잃곤 한다. 그래서 은행 직원들은 스트레스를 받고 싶지 않아 펀드라는 상품을 소개하는 것조차 싫어한다. 내게도 잊지 못할 고객들이 있었다.

그중 한 분은 파출부 생활을 하며 어렵사리 모은 돈 3천만 원을 들고 오셔서 펀드에 가입하겠다고 하셨다. 나는 펀드 가입을 반대했다. 그 돈이 그분에게 어떤 돈인지 아는데, 원금까지 잃을 수 있는 펀드에 가입하는 것을 두고 볼 수 없었다. 그런데 그 아주머니는 나의 반대에도 불구하고 펀드에 투자를 했다. 과거에 ○○투신에 투자했다가 손실 난 것을 생떼를 써서 보상을 받아냈던 적이 있다면서.

경기는 어려워졌고 생명과 같은 원금이 손실을 보게 되자 그 아주머니는 이성을 잃었다. 내게 한 달에 한두 번씩 전화해서 한 시간 이상을 욕을 해댔다. 심지어 은행 바닥에 드러누워서는 당장 변상하라고 고집을 피웠다. 은행을 못 다니게 하겠다는 협박 전화도 계속됐다. 2012년 여름엔 수단과 방법을 가리지 않고 손실금을 무조건 받아내겠다며 사무실로 찾아오겠다고 연락을 해오셨다. 나는 아주머니가 오시기 30분 전에 사무실에서 나와 아파트 주변의 사람이 없는 곳을 물색했다. 그리고 마음을 단단히 먹었다.

'그래, 그동안 힘들었던 것들을 깨끗이 끊어버리는 좋은 시간이 될 거야.'

그리고 한국웃음연구소에서 배웠던 웃음을 10분 동안 크게 웃고 사무실로 돌아왔다. 한마디로 미친년 같았다. 하지만 신기하게도 두근거렸던 마음이 어느 정도 진정되어 아주머니의 몰상식한 행동에도 차분하게 응대할 수 있었다. 결국 아주머니는 손실금을 받아내는 것을 깨끗하게 포기했고, 다시는 전화도 찾아오는 일도 없었다. 그 아주머니의 개인사정을 생각하면 안타까운 일이지만 행동의 책임은 오직 스스로 감당할 수밖에 없는 것 아닌가.

또 한 분의 사례 또한 잊을 수 없다. 주점을 20년 이상 운영하던 여자 사장님이셨는데, 2007년 어느 날 펀드에 넣어달라며 돈뭉치를 놓고 가셨다. 모두 7천만 원이었다. 그날 밤 모든 서류를 들고 찾아가서명을 받았다. 펀드는 원금 손실도 있을 수 있다는 설명도 해드렸다. 그분은 이미 대한투신에 10억 원 이상 주식 운용을 하고 계셨던 분이라 내 설명을 이해하셨다.

그런데 2008년 미국 서브프라임 사태로 펀드가 곤드박질쳤다. 손실 회복은 불가능한 상태였다. 그러자 내게 책임을 전가하며 변호사 선임을 했다.

"소송 준비 다 됐거든. 너 은행 그만둘 생각해. 그러지 않으려면 변상해."

말도 안 되는 끊임없는 협박이 있었다.

그러나 내게는 단 하나의 무기가 있었다. 힘들 때마다 사무실 밖에서 웃는 것이다. 큰소리로 웃고, 웃고 나서 말도 안 되는 고객의 이야기를 다 들어주고, 고객에게 끝없이 편지를 썼다.

'고객님, 경기가 좋지 않아 저로서도 죄송하네요. 잘되기를 바랐는데……'

체구가 작은 나는 겁없이 주점으로 찾아갔고, 오만 가지 협박을 듣고 돌아왔다. 때론 고객의 마음이 오죽할까 싶어 일부러 직원들과 함께 방문해 술도 팔아주고 끊임없이 관계를 유지했다. 노력은 절대 배반하지 않는다는 말처럼 지속적으로 노력한 결과 2013년 6월에 그 고객은 6년 동안 가지고 있던 펀드를 45퍼센트 손실을 보고 정리를 했다. 그리고 내게 한마디 했다.

"당신처럼 최선을 다하는 직원은 처음 봤어."

손실이 내 탓은 아니지만 여전히 고객을 사랑한다는 마음이 전해진 것이다. 그리고 타 은행에 예치돼 있던 만기 자금 3억 원을 내게 예탁했다. 이보다 기쁜 일이 있을까?

웃음은 직장에서만 놀라운 기적을 가져다 준 것이 아니다. 가정에도 마찬가지로 기쁨을 주었다.

내 여동생은 10년 이상 우울증으로 고생하고 있었다. 우울증은 날이 갈수록 심해져 자녀를 심하게 학대하는 수준에 이르렀고, 순하던 자녀(아들)도 사춘기가 되더니 부모에게 반항하기 시작했다. 그리고 심한 게임중독에 빠졌다. 학교도 안 가고 하루 종일 밤을 새워가며 게임을 했다. 욕하고, 집 안의 온갖 물건을 부수고, 자살을 시도한 일도 있었다.

삶에 의욕이 없는 조카를 보면 마음이 아팠다. 웃음세미나에서 배운 것들이 생각나 조카를 향해 꾸준히 실천하기 시작했다.

"미안합니다, 용서하세요, 감사합니다, 사랑합니다."

아이를 위해 매일 감사를 한 결과 조카가 변하기 시작했다. 최소 여덟 시간 넘게 하던 게임도 세 시간으로 줄이고, 심하게 했던 욕도 안 하고 폭력도 전혀 하지 않게 되었다. 태풍이 서서히 지나가는 느낌이었다.

조카는 요즘 예전의 착한 아이로 되돌아가고 있다. 또한 우울증으로 기본 삼사 일, 길게는 열흘씩 누워 있고, 자녀에게 저주를 퍼붓던 동생도 지금은 증상이 많이 나아져 잘 지내고 있다.

아직도 넘어야 할 산은 많다. 그래서 오늘도 웃음을 선택한다.

02
교사가 행복해야
교실이 즐겁다

46세, 교사

웃을 수 있는 당신은 문화를 만들어가는 사람이다.
시기와 질투에서 만족으로,
불평과 불만에서 감사로,
빈곤에서 풍족함으로.

어느 날 한 선생님이 진지하게 한숨을 내쉬며 나에게 말했다.

"문 선생은 나랑 비교했을 때 그다지 행복할 조건이 많은 것도 아닌데 행복하고, 왜 나는 불행하지? 문 선생! 나도 좀 웃으며 삽시다."

그냥 하는 소리 같아 지나쳤다. 하지만 이틀 후 그 선생님은 또다시 나에게 말했다.

"문 선생, 나도 웃고 싶어."

나도 한때는 잘 웃는 사람이 아니었다. 웃음은 사치인 줄 알았다.

2007년 4월, 햇살이 유난히 고운 따스한 봄날에 아버지는 세상을 떠나셨다. 지상에서 언제까지 함께할 것만 같았던 가족의 죽음은 지

독한 요통과 겹치면서 깊은 우울을 만들어냈다. 아버지의 죽음이 내 탓인 것 같아 그 이후로 웃을 수 없었다. 웃음은 너무 사치스럽고 죄스러운 행동이라 생각했다.

그러던 어느 날 허리 치료를 받고 집으로 돌아오는데 노랗게 핀 민들레꽃이 눈에 들어왔다. 노란 민들레는 나를 향해 "힘내, 새롭게 시작해봐"라고 속삭이는 것 같았다.

'다시 시작할 뭐가 없을까?' 고민하다가 한국웃음연구소에서 진행하는 웃음세미나에 '민들레'라는 닉네임으로 참가하게 되었다. 이곳에서의 2박 3일은 아버지의 죽음을 다시 생각하게 했다. 실컷 울고 웃으면서 나 스스로에게 질문했다.

'돌아가신 아버지께서 정말 내게 원하신 삶은 무엇일까? 이렇게 우울한 것? 이렇게 아픈 것? 이렇게 지쳐 있는 것?'

내가 만약 부모라면 남겨진 자녀가 행복하게 꿈을 이루며 살기를 바랄 것이다.

웃음세미나는 있는 그대로의 나를 만나고 수용하면서 기뻐하는 시간이 되었다. 사치라고 생각했던 웃음이 나의 삶을 충분히 아름답게 만들어주는 기폭제임을 알게 되었다. 그 깨달음을 계기로 곧바로 1급 강사과정을 연달아 받고, 다시 내 자리로 돌아와 균형적인 삶을 시작할 용기를 내게 되었다.

그리고 6개월 동안 매주 1회 웃음친구들을 만나서 웃음을 훈련하는 시간을 가졌다. 이런 훈련의 시간을 통해 그냥 웃을 수 있는 순수한 친구도 생겼고, 놀랍게도 너무나 아팠던 허리 통증이 점점 줄어드는 기쁨도 맛보았다. 요통 치료를 받았던 병원의 요청으로 그 병원 환자들에게 웃음 특강을 하는 뜻깊은 시간도 가졌다. 웃음은 이렇게 몸과 마음과 경제적인 면에까지 새로운 기회를 자연스럽게 만들어 주었다.

웃음의 매력을 알고 몸소 체험하고 나니 직장인 학교 현장에서 무엇인가 하고픈 소망이 생겼다.

'일단 한 사람을 더 내 편으로 만들자.'

용기를 내 같은 부서의 상사인 연구부장님께 한 달에 한 번 있는 웃음세미나에 참여하자고 간곡히 권유를 드렸더니 흔쾌히 참석하셨다. 그것이 계기가 되어 부장님도 웃음세미나에 다녀오게 되었다. 이때부터 우리는 같은 고민을 하게 되었다.

'어떻게 하면 우리 학교가 좀 더 즐거운 학교, 좀 더 행복한 학교가 될 수 있을까?'

'어떻게 하면 우리 교사들이 좀 더 행복한 삶을 살 수 있을까?'

"문 선생, 문 선생은 나랑 비교했을 때 불행한 조건이 더 많잖아? 그런데 문 선생은 행복하고 왜 나는 불행하지? 나도 좀 웃으며 살고 싶다. 그 방법 나도 가르쳐주면 안 될까?"

이 말을 듣는 순간 깨달았다.

'이제는 내 두려움이나 게으름 때문에 더 지체할 수가 없다. 일단 해보자.'

그래서 2008년 3월, '교사가 행복해야 학생이 행복하다'는 문구를 내걸고 행복교사동아리회의 첫발을 내딛었다.

동아리활동은 매주 목요일 퇴근시간 이후에 5층 음악실에서 진행되었는데 웃음을 바탕으로 교사의 긍정적 자아상을 고취시키고, 스트레스를 해소하며, 부담 없이 즐거움을 느낌과 동시에 유익성이 균형을 이루는 데 초점을 두었다.

웃음의 효과 및 웃음운동의 기본, 생활 속 다양한 웃음 적용법, 웃음과 요가 등을 핵심 축으로 교사들의 스마일 건강 비법, 노래와 펀(fun)으로 여는 즐거운 교사의 삶, 독서 토론, 가현산에서 웃음 100배 즐기기, 웃으며 천연비누 만들기, 즐거운 교수법의 비법, 삶 속에서 배우는 스마일 살림 노하우 등을 함께 공유하면서 자지러지게 웃었다.

웃음강의는 내가 하고 선생님들과 협의를 해서 각자 자신이 잘할 수 있는 분야에 웃음을 접목시켜서 강의하는 방식으로 진행하였다. 동아리 활동을 통해 교사들 사이에는 깊은 친밀감이 형성되고, 서로를 이해하게 되었다. 교사들의 자존감을 고취시키고, 행복지수를 높임으로써 좀 더 즐겁고 행복한 학교 문화를 만드는 데 징검다리 역할을 하게 된 것이다. 이러한 활동은 김포교육청 우수 사례로 소개되기도 하였다.

사람이 직장생활에서 아름다운 추억을 갖는다는 것은 어떤 것보다 보람이 크다. 행복교사동아리회는 학교 전체조회 때 노래와 춤을 준비해서 학생들과 함께 나누며 큰 웃음의 장을 마련하는 등 행복한 학교를 만드는 데 큰 역할을 했다.

2년 동안 매주 진행된 교사 모임에서 가장 큰 변화는 교사 자신이었다. 동아리 활동 첫 해에는 〈웃음으로 행복을 가꾸는 교사들〉이라는 동아리 문집을 내기도 했다. 몇 년의 세월이 흐른 지금도 그 소감문들을 읽어보면 가슴이 뭉클하다.

- 행복교사 모임은 우리 학교를 지켜주는 버팀목입니다.

  −교감 이애영

- 비록 일주일에 한 번이지만 이 시간이 한 주일을 지낼 수 있는 에너지를 만들고 우리의 얼굴빛을 밝게 하고 마음을 여유롭게 하여 업무로 인한 고단함과 긴장을 이겨내게 해주었습니다.

  −교사 곽지현

- 교직생활에서 오는 스트레스를 통쾌한 웃음 한 방으로 날려버리고 진실되고 신나는 자신의 참모습을 발견하는 행복한 시간이었습니다.

  −교사 김봉란

- 일주일에 한 번씩 모여 웃었던 경험을 통해서 웃음과 행복도 훈련이라는 사실을 배웠습니다. 복도나 교무실에서도 웃음이 실실 새어나왔습니다. 그런 웃음의 에너지가 늘 함께했기에 학교생활이 참 즐겁고 행복했습니다. 그리고 그 행복 에너지는 다시 교실로 이어져 학생들도 행복하게 만들었습니다.

  −교사 김명희

- 새내기 교사였던 저에게 학교라는 환경은 쉼 없는 도전의 연속이었는데 동아리에 참여하면서 정서적 안정감과 긍정적 마인드를

형성하게 되었습니다.

—교사 양혜진

- 건조한 생활 속에 삶의 에너지로 다가온 웃음 바이러스였습니다.

—교사 장미순

- 행복교사 동아리를 통해 제4의 탄생을 경험했습니다(제1의 탄생: 출생, 제2의 탄생: 결혼, 제3의 탄생: 자녀 출산). 행복교사 동아리를 통해 활기차고 재미있는 학교생활을 하는 근간을 마련할 수 있었습니다.

—교사 이경아

이렇게 우리는 2008년, 2009년 2년 동안 뜨겁고 신나게 웃고 웃었다. 지속적으로 참여했던 열한 분의 선생님들은 동아리가 시작되었던 학교를 떠나 지금은 시흥, 파주, 일산, 김포 등지에서 근무를 하신다. 그러나 지금도 정기적으로 만나 감사한 일을 나누고 웃음의 에너지를 나눈다.

현재 신곡중학교에 근무하는 이경아 선생님은 담임을 하면서 학기 초에 웃음훈련을 가장 강조한다. 그것은 학생들이 선생님과 만나기 전에 웃는 연습을 하는 것이다. 이 과정을 통해 교사와 학생의 만남이 웃음으로 이어지고 있다. 웃음의 원동력 덕분인지 이 학급은 모든 면에서 '2013년 우수 학급'으로 선정되는 기쁨을 누리기도 했다.

이렇게 한 사람에서 시작된 웃음은 제일 먼저 가정에서 빛을 발하고, 자신이 속해 있는 일터와 공동체를 아름답게 변화시키고 있다. 함께 웃으면 서른세 배의 효과가 있다는데, 매주 웃으면서 우리의 행복 내공도 점점 깊어지는 것 같다. 이러한 행복 내공이야말로 행복한 한국 교육의 출발점이 아닌가 싶다.

아울러 요즘 학교 혁신을 강조하는데, 무엇보다 혁신해야 할 것은 교사 스스로 내재해 있는 부정적인 에너지를 직면하고 웃음을 통해 건강한 에너지로 바꾸는 것이라는 생각이 든다. 웃음이 학교 현장 곳곳에 배경처럼 스며들어 대한민국 교육이 웃는 날을 꿈꿔본다.

03
웃음에 미처버린
공무원

52세, 진천보건소 팀장

누가 뭐라 해도 중요하지 않다.
나는 내가 정의한 만큼의 나이기 때문이다.

"여러분! 무언가에 미쳐보신 적이 있나요?"

웃음강의를 시작할 때마다 내가 제일 먼저 던지는 말이다.

"세상은 미친 사람들에 의해 돌아갑니다."

이 말이 결코 나쁜 뜻이 아님을 설명하고 나면 모두들 "아! 그래 맞
아" 하며 손으로 무릎을 내려치곤 한다.

2012년 4월, 나의 인생 항로에 반환점을 맞는 대사건이 발생했다.
나의 의지와는 전혀 상관없이 보건소 교육 계획에 따라 한국웃음연
구소에서 개최하는 웃음세미나에 동료들과 함께 참여하게 된 것이

다. 경기도 여주에 소재한 수련 시설은 주변 경관이 무척이나 아름다웠다.

　웃음이 좋다는 것은 누구나 잘 아는 사실이지만, 막상 교육을 받으러 간다니 한편으론 부담스럽기도 하고 이런 교육을 꼭 받아야 하는지 의문도 생겼다.

　입교 첫날, 늦은 시각까지 이어진 교육은 적응하기가 매우 힘들었다. 평상시 교육들은 놀다 오는 분위기였는데 여기는 말 그대로 훈련이 '빡셌다'. 하지만 웃음친구들과 어울려 지내다 보니 3일간의 행복한 시간이 훌쩍 지나갔다. 웃음이 우리에게 절대 없어서는 안 될 귀한 존재임을 머리와 가슴으로 흠뻑 느끼고 돌아왔다.

　같은 해 8월, 나는 여름휴가를 반납하고 2박 3일간의 트레이너 과정에 자진 입교하였다. 이 좋은 체험을 나 혼자 소유하기에는 너무 안타까웠기 때문이다. 적지 않은 참가비지만 전혀 아깝지 않았고 정말 열심히 교육에 임했다. 나를 치유하고 주변의 모든 이들에게 웃음을 알리고 싶다는 일념이 더 강했다.

　2013년 9월 이른 아침, 보건소 민원실에 70~80대로 보이는 어르신들 일곱 분 정도가 진료순서 대기표를 손에 쥐고 멍하니 앉아 계셨다. 나는 어르신들에게 인사차 이렇게 말을 건넸다.

　"어디가 불편해서 오셨나요?"

　어르신들은 한결같이 대답하셨다.

　"어깨가 아파서 물리치료를 받으려고!"

"무릎이 아파 침 좀 맞으려고!"

"몸이 아프지 않은 곳이 없어! 아프지만 않다면 더 이상 바랄 것이 없어요!"

순간 나도 모르게 어르신들에게 뭔가를 해줘야겠다는 마음이 솟구쳐 올랐다.

"많이 웃으면 통증이 사라진대요!"

"웃어? 웃을 일이 있어야지."

"어르신들, 우리 함께 크게 웃어볼까요?"

이렇게 시작한 웃음은 그해 12월 말까지 약 4개월간, 아침 8시부터 40분씩 웃음운동으로 진행되었다. 지방일간지 기자가 소문을 듣고 아침 일찍 취재를 나왔고 신문에도 소개되었다. 어른들은 예쁜 아가씨들보다 나를 좋아했고, 윗사람보다 나를 좋아해주었다. 아마도 부족해 보이고 잘 웃어주니 좋아해준 것 같다.

이후로 노인대학, 각종 기관단체의 워크숍과 학술대회는 물론 복지 및 요양시설 등에 강의를 나가는 기회를 얻었고, 그 자리에 모인 사람들과 함께 웃고 즐길 수 있었다.

요즘도 아침에 웃음을 함께했던 어르신들이 길에서 마주치면 "하하하하하하~" 하고 먼저 인사를 걸어오신다. 그걸 보면 웃음은 세계공통어이며 인간관계를 이어주고 즐겁게 해주는 소중하고 놀라운 행동임이 확실하다. 한번은 말도 안 통하는 외국 사람들이 진천에 견학을 왔는데 내가 열심히 웃어주고 웃음특강을 했더니 후에 그 나라에 초청까지 해주었다.

웃음을 한 이후로 나는 건강해지고 즐거워졌다. 아침에 눈을 뜨면 하마웃음으로 하루 일과를 시작하고, 웃음친구들과 핸드폰으로 통화하며 한바탕 웃으면서 출근한다. 보약을 먹은 것보다 건강 효과가 크다. 게다가 평소 나는 최소한 일 년에 한 번 정도 고뿔에 걸려 된통 고생을 하는 체질인데, 계속 웃다 보니 감기란 녀석이 들어오지 못하고 있다. 웃음이 나를 이렇게 행복하게 만들 줄이야!

나는 아침에 보건소에 출근해 사무실에 들어서면서 크게 외친다.

"좋은 아침입니다~ 오늘 하루 복 많이 받으세요~ 하하하하하~!"

처음엔 직원들이 익숙하지 않아 몇몇 직원만 반응을 보였으나 지금은 모든 직원이 자연스레 반응을 보인다.

"예, 좋습니다~ 복 많이 받으세요! 하하하하하~!"

우리 보건소는 복을 많이 받은 직장인 것 같다. 왜냐하면 우리 소장님이 직원들이 웃음교육을 접하도록 교육 예산을 반영하여 몇 년째 웃음세미나를 넝쿨째 받아오고 있기 때문이다. 이요셉 소장님의 가르침대로 "웃음은 운동이요! 습관이요, 조직 활성화다".

나는 잠잘 때를 제외하고 항상 왼쪽 가슴에 노란색 스마일 배지를 달고 다닌다. 웃음치료사라는 자긍심과 자부심을 품고 웃음을 시간과 장소를 가리지 않고 전파하고 싶어서다. 잘 모르는 사람은 어린애도 아닌데 촌스럽게 무슨 배지를 달고 다니느냐고 비웃지만, 웃음은 나를 용서하고 인정해주었고 모든 사람이 내 친구임을 알게 해주었다. 그리고 지금까지 돌보지 못한 나 자신을 사랑하게 해주었다.

하루 일과를 마치고 사랑하는 아내와 아이들이 있는 집에 도착하면 우선 스마일라인을 통과한다.

"우, 하하하하하하하하~~ 아! 좋다~~!"

직장에서 회식이 있어 술을 마시고 그냥 집 안으로 들어가려고 하면 작은딸이 나를 밀어낸다.

"아빠! 큰소리로 웃고 들어오셔야지요."

어느새 우리 집에도 웃음 바이러스가 퍼져 있는 것이다.

하지만 이 바이러스를 형제들에게는 전해지 못했다. 친구처럼 지내왔던 둘째 형님이 대장암 말기 판정을 받았고, 병문안을 가서 웃음을 통해 암 환우들이 완치가 되었다며 희망을 전하였으나 형은 6개월도 되지 않아 이 세상과 이별을 하고 말았다.

병원 의사들이 하자는 대로 따르겠다는 유족들을 끝까지 설득하지 못한 나 자신이 미웠다. 암 선고를 받을 때만 해도 형님은 건강해 보였고 웃음도 잃지 않았는데… 형을 보낸 것이 내 탓인 것만 같았다.

'이 바보야! 바보야! 형을 그렇게 허무하게 보내지 말았어야지.'

자책감은 어린 시절 형성된 부정적인 이미지의 잔재인지도 모른다.

나는 태어날 때 제대로 큰 소리로 울지 못한 아이였다. 몸집도 작고 소아마비를 앓았다. 그런 나를 어머니가 등에 업고 보건소를 자주 들러 지금의 튼튼한 나로 성장시켜주셨다. 얼마나 많이 보건소를 출입하였던지 지금도 병원 냄새는 과히 좋아하지 않는다. 그런데 지금 보건소에서 근무하다니, 참으로 아이러니하면서 재미있는 일이다.

유년기부터 사춘기까지 나는 남 앞에 나서지도 못하였고, 친척들이 우리 집을 찾아오면 구석방에 숨기 바빴다. 그런데 고등학교 2학년

초에는 교내 웅변대회 예선에 '어머니의 사랑'을 주제로 참가 신청을 했다. 나를 고치고 싶고, 뭔가 자신감을 찾고 싶었나 보다.

소아마비 후유증으로 왼쪽 다리의 힘이 약간 부족하며 목 부위가 왼쪽으로 치우쳐 있어서 어릴 적 친구들에게서 '5분 전 6시'라고 놀림을 받다 보니 자존감도 약하고 자신감도 부족해 매사 뒤로 빠져 있었던 것 같다. 그러나 웅변대회 예선에 참가하면서 자신감을 조금 되찾았고, 그 후로 사람들과 어울리는 데 익숙해지고 성격이 조금씩 밝아졌다. 그럼에도 가끔 내 탓으로 돌리는 경향이 나타났다. 그런데 그것을 웃음을 통해 극복한 것이다.

나는 형을 보내고 마음속 깊이 다짐했다.

'다시는 내 주변에 이런 안타까운 일이 생기지 않도록 하자. 몸은 마음이 즐거워야 건강해진다고 설득하자. 그리고 내가 먼저 웃고 전염시키자.'

형님은 나에게 많은 숙제를 남기고 갔다. 고통받는 많은 이들에게 웃음을 깨닫게 하고 봉사를 실천하라는 가르침을 주고 간 것이다.

웃음을 하면서 나의 작은 것까지도 바뀌고 있다. 도청에 업무 협의차 주차를 하려다 주차 공간이 없어 잠시 다른 공간에 주차를 한 적이 있었다. 돌아와 보니 빨간색 장애인주차벌금안내서가 차량 앞 유리에 붙어 있었다. 나도 모르게 머리가 따끈따끈 데워지며 입에서 "아이 씨~ 아이 씨씨~ 이게 뭐야" 하는 불평이 나왔다. 잠시 후, 심호흡을 하면서 나 자신을 컨트롤하기 시작했다. 그리고 감사를 했다.

'그래 빨리 털어버리자. 차 사고를 낸 것도 아닌데~, 다친 사람도 없잖아~ 돈 10만 원 까짓 거 장애인단체에 기부하는 거잖아! 우, 하하하하하하하하하하하하하하하~~ 우, 하하하하하하하하하하~!"

한참 웃다 보니 잠시 쓰렸던 속이 시원하게 뻥 뚫리면서 좋아졌다.

'그래 바로 이거야!'

모든 일은 나로 인해 생겨나고 내가 만들고 가꾸어가는 것이다. 나는 앞으로 그런 작은 세상을 만들어가고 싶다. 작게나마 나에게 웃을 수 있는 자리를 제공해준 보건소장님의 힘을 입어 행복하고 보람 있는 일터를 만들고 싶다. 앞으로 9년 정도 후에는 공무원으로 근무정년을 맞게 된다. 남은 기간 동안 우리 보건소를 웃음꽃이 활짝 핀 직장으로 만들고 싶다. 생거진천(生居鎭川. 살아서는 진천이 좋다)을 위해 웃음으로 정신적 가치를 올리는 일에 열정을 쏟아붓고 싶다.

그렇게 싫었던 보건소가 직장이 된 이상, 나는 국민건강을 위해 웃어드리고 싶다. 그리고 행복한 나라로 만들고 싶다.

3장

낮은 자존감을
극복한 사람들

01
살다 보면 좋아질 거야,
조금만 참자

49세, 재무설계사

조금만 참다 보면 내가 지나온 길에도
꽃이 필 것이다.

10대부터 60대의 뼈로 살아야 했던 한 사람, 엄마에게 짐이 되고
싶지 않아 중학교 때부터 돈을 벌어야 했던 여학생, 성인이 되어서도
'나는 무수리야'라고 스스로를 생각했던 나, 힘들고 지쳐 이제는 쓰러
지고 싶은 나…….

어린 시절 우리 집은 잘살았단다. 머슴이 두 명 정도 있을 정도로.
하지만 아버지가 동양화 노름을 좋아하시는 바람에 해마다 땅들이
조금씩 사라졌다.
두 오빠들은 공부를 잘했고 나는 공부에 취미가 없다 보니 자연스

럽게 '돈을 벌어서 가난을 이겨야 한다'는 생각을 하게 되었다. 그래서 초등학교 때부터 부모님의 도움을 받지 않았다. 미꾸라지를 잡고 우렁을 잡고 산에 가서 도토리를 주워서는 그것을 팔아 용돈을 마련했다. 중학교 때도 마찬가지였다. 엄마 몰래 남의 집 품팔이를 해서 등록금을 마련했다.

소풍은 나에게 돈을 벌 수 있는 절호의 기회였다. 읍내에 가서 카메라를 빌려 친구들의 사진을 찍어주고 돈을 벌었다. 엄마는 나에게까지 신경 쓸 마음의 여력이 없었고 경제적 여력도 없었다.

중학교를 졸업하고 나서는 방직공장에 취업해 공부와 일을 병행했다. 죽도록 힘들었다. 키가 크다 보니 남자도 하기 힘든 육체노동 부서로 배치받았다. 여고생 나이에 100킬로그램이나 되는 물건들을 날라야 했다. 체력 이상의 노동을 하다 보니 어린 나이에 류머티즘관절염을 앓기 시작했다. 고등학교 2학년 때부터 정형외과를 옆집 드나들듯이 다니면서 악착같이 살았다.

그 당시만 해도 일을 못하면 조장에게 구타를 당했다. 조장에게 구타를 당하는 것은 나에게는 죽음과 같은 부끄러운 일이었다. 그래서 죽어라고 일했다. 일벌레처럼 일했다. 몸이 망가지는지도 모르고 남들보다 잘하려고 애썼다.

때론 병원까지 다리를 질질 끌면서 관절에 고인 물을 빼러 다니기도 했다. 수십 개의 바늘로 다리를 쑤시는 것 같은 고통은 말로 표현할 수도 없을 정도였다. 죽고만 싶었다. 그렇게 눈물로 열여덟 살의 시간을 보냈다.

"그럼 엄마는 뭐했나요?" 남들은 묻는다. 엄마는 내가 이렇게 고생하는지 모르셨다. 엄마가 힘들어하실까 봐 단 한 번도 집에는 이 고통을 얘기하지 않았다. 엄마는 오빠 둘을 챙기는 것만으로 벅찼다. 나까지 힘들다는 얘기를 하면 우리 엄마에게 업을 더해주는 것 같아 한마디도 하지 않았다.

참고 또 참았건만 활성화가 안 된 뼈들은 고통을 견뎌내지 못했다. 아직 10대였지만 '60대의 뼈 상태'라는 진단을 받았다. 한의원도 다녔지만 기가 쇠하여 사시나무 떨 듯 떨어야 했다. 이것도 저것도 치료가 불가능하자 병원에서 결국 최종 진단을 내렸다.

"학생, 오른쪽 무릎을 절단해야 할 것 같아. 이 상태로는 아파서 못 살아."

물이 차면 삼 주에 한 번씩 큰 주사기로 물을 빼내는 고통을 이제는 끝내고 싶었다. 비참했다. 열심히 살다 보면 좋은 날이 올 줄 알았는데…… 비록 꿈은 없어도 열심히 살다 보면 잘 살 날이 올 줄 알았는데…….

병원에서 간호사가 말했다.

"학생, 부모님에게 이 사실을 알리지?"

그러나 나는 이미 지쳤고 너무나 괴로웠다. 기숙사에 돌아온 나는 한 장의 짧은 편지를 썼다.

'엄마 미안해.'

그리고 기숙사 5층으로 올라갔다. 뛰어내릴 생각이었다.

밤 10시, 공장에서 와글와글 수천 명의 사람들이 나왔다. 수천 명

중에서 나 하나 죽는다 해도 표가 안 날 것은 뻔했다.

'그런데 나를 보내고 우리 엄마는 어떻게 살까?'

난간에 서서 하염없이 울었다. 엄마를 생각하면 뛰어내릴 수가 없었다. 그런데 마침 나를 찾다 찾다 못 찾은 후배가 옥상으로 뛰어올라와 난간에 서 있는 나를 발견했다. 후배는 울며 소리쳤다.

"언니, 그러지 마. 살다 보면 좋아질 거야. 언니 조금만 참자."

용기가 없었던 나는 죽지도 못하고 동생과 함께 방에 들어왔다. 하지만 늘 같은 생각만 했다.

'어떤 날을 잡아 이 인생을 끝낼까?'

나는 집에 갔을 때 일기장을 집 장롱에 숨겨놓았다. 그런데 엄마가 그 일기장을 보고 말았다. 엄마가 기숙사로 찾아와서는 한없이 울었다.

"정숙아, 나는 니가 그렇게 힘든 줄 몰랐어. 엄마를 용서해다오. 나는 니가 기숙사에서 잘 견디고 잘 살고 있다고 생각했어. 정말 미안해, 엄마가 미안해."

나는 더 이상 죽을 수도 없었다. 엄마가 불쌍해서……

나는 태어날 때 반가운 존재가 아니었다. 두 오빠들 다음으로 태어난 나는 환영받지 못한 존재였다. 엄마는 나를 지우려고 별의별 약을 다 먹었단다. 그 영향으로 나는 면역력이 약하게 태어났고, 급기야 고등학생이 되어서 복수가 차기 시작했다. 인생 후반에 겪어야 할 고통들을 나는 이미 열아홉 살 인생에서 다 겪었다.

어느 날은 복수가 차서 더 이상 숨을 쉴 수가 없어 혼자서 택시를 타고 병원 응급실에 갔다. 간호사가 호흡기를 씌워주자 나는 겨우 숨을 쉴 수 있었다.

"학생은 부모가 없어?"

"아뇨. 시골에 계셔서 올 수가 없어요."

그 뒤로 정신을 잃은 것 같다. 눈을 떠보니 아직 숨을 쉬고 있었다. 이때 간호사 언니가 해준 따뜻한 말 한마디는 지금도 나를 울게 한다.

"학생, 따뜻한 보리차 한잔 마셔. 그리고 힘내."

간호사 언니의 부드러운 시선과 따뜻한 보리차는 내가 처음 받아본 사랑이었다. 나는 힘을 내 일어나 다시 악착같이 살았다. 백화점에서도 근무했고 매출 1등 판매왕도 되었다.

스물여덟 살에 결혼도 했다. 살 만했다. 그런데도 나는 뭔가에 억눌려 있었고 자신감도 없었고 항상 우울했다. 컴퓨터 앞에만 앉으면 '행복'이라는 단어를 찾고 찾았다. 그러다가 스스로 찾게 된 것이 이요셉 소장의 웃음세미나 '행복여행'이었다.

웃음을 알게 된 뒤로 나는 세상을 살아갈 힘을 얻었다. 나에게 웃음은 사치가 아니었다. 세상을 이겨나가는 오직 한 가지 힘이었다. 그 힘을 얻고 나는 다른 사람이 되었다. 내가 사는 하늘이 달라졌고, 내가 마시는 공기가 달라졌다.

나는 웃음세미나 '행복여행'을 통해서 마음 밑바닥에 쌓여 있던 열등감에서 빠져나올 수 있었다. 그전에는 친구들에게조차 산업체 출신임을 숨겼고 철저히 나를 포장했다. 친구들에게 거짓말을 하고, 집에 오면 있는 그대로의 나를 받아들이지 못했다. 그런데 세미나 내내 소장님이 외치게 했다.

"있는 그대로의 나를 좋아하고 받아들입니다!"

이 말을 외치고 또 외치면서 많이도 울었다. 그리고 있는 그대로의 나를 받아들이기 시작했다. 웃음세미나를 다녀와서는 첫사랑을 만난 듯 행복했다. 솜털같이 기분이 가벼워져 내 몸이 날아갈 것 같았다.

살다 보면 비워내고 싶을 때가 한두 번이 아니다. 그럴 때 어디 가서 나를 비울 수 있을까? 한국웃음연구소밖에 없다.

웃음은 나뿐만 아니라 우리 가정에도 큰 변화를 가져다주었다. 큰 아이는 나랑 눈도 마주치지 않았었다. 그러는 데는 이유가 있었다. 나는 아이들을 볼 때마다 "내가 열심히 사는 만큼 너희도 열심히 살아야 한다"고 강요했다. 그리고 "공부하라"며 내가 못다 이룬 꿈을 주입했다. 아들은 그에 대한 반항으로 나오는 말도 섞기 싫어했다. "과일 먹을래?"라고 말하려면 '과일' 자가 나오기도 전에 이미 "안 먹어요" 하고 자기 방으로 들어갔다.

웃음세미나를 다녀와서 집에 스마일라인을 그려놓고 열심히 웃었다. 그러자 아들이 조금씩 바뀌기 시작했다.

"민수야, 과일 먹자~."

"제 방에 깎아놓으세요. 혼자 먹을게요."

끊이지 않는 웃음에 아들은 이렇게 변했다.

"과일 먹자, 민수야."

"예, 엄마 제가 거실로 나가서 같이 먹을게요."

이보다 더 큰 행복이 어디 있겠는가? 아이들이 무얼 원하는지도 모르고 나는 아이들을 억압하기만 했다. 자신감과 자존감만 있었다면 세상을 이기고 아이들을 바라볼 수 있었는데…….

웃음치료를 만난 후로 나의 양육태도는 백팔십도 달라졌다. 딸 수현이가 어떤 잘못을 해도 나는 이렇게 말한다.

"엄마 마음 알지? 잘못해도 나는 너를 사랑한다."

아이는 급속도로 달라졌다. 딸은 세상에서 가장 행복한 딸이 되었다. "우리 예쁜 딸을 태울 수 있는 차가 있어 감사", "가장 소중한 딸이 옆에 있어 너무 행복해 감사"라고 하면 딸은 이렇게 표현했다.

"발로 걸을 수 있어 감사!"

"솜털 같은 하얀 목련꽃을 볼 수 있는 눈이 있어 감사!"

"다가가서 향기를 맡을 수 있는 코가 있어 감사!"

"엄마가 나를 세상에서 가장 소중한 아이라고 말해주니 감사!"

초등학교 때도 중학교 1학년 때도 선생님들은 딸을 극찬했다.

"아이를 어떻게 키우셨기에 이렇게 행복하고 긍정적이고 배려심이 깊어요?"

내가 행복하기 때문이다. 내가 행복한 건 웃음을 선택했기 때문이다. 그랬다. 우리 수현이는 행복점수가 100이란다. 왜냐고 물으면 이렇게 대답한다.

"엄마, 행복하지 않을 이유가 없잖아."

그런데 요즘 아이들은 행복하지 않다고 말한다. 엄마들이 공부해라 공부해라 쪼아대는 것이 그 이유란다.

만약 내가 지금 행복하지 않다면, 마흔이 넘도록 자신감이나 자존
감은 화려한 사람의 몫이라고 생각했다면 가진 것 없고 배운 것 없는
사람은 몸뚱이로 노력해서만 먹고살아야 하는 줄 알았을 것이다.

어린 시절의 친구들은 요즘의 나를 보며 이렇게 말한다.

"정숙아, 너 너무 달라 보여. 당당하고 자신감 있어 보여. 옛날에는
주눅들어 있었는데."

더 이상 나는 '무수리'가 아니기 때문이다.

02
어두운 기운이
우리 집을 휩쓴 날

47세, 음악사 경영

지나가는 클랙슨 속에서 웃을 수 있는 것은
당신의 마음이 춤추기 때문이다.

내 삶은 어둠뿐이었다. 뭔가 알 수 없는 힘이 나를 어둠으로 끌어내
려 힘들게 했던 것 같다. 누나를 먼저 하늘나라에 보내고 집에 돌아
온 날 할머니까지 보내야 했던 일을 비롯해 경제적으로도 인간관계
면에서도 삶이 버겁기만 했다.

어느 날 내가 다니던 성당에서 신부님이 나를 불렀다.

"형제님, 아들 문제로 상담 좀 할까요?"

신부님께서는 내 아들이 공격적이며 어른들을 부정하는 성향이
있다며 심리상담을 받을 것을 권유하셨다. 아빠의 불안함이 아들 문
제로 터진 것이다. 평소에 느끼던 바이기에 신부님 말씀에 따랐다.

신길동에 있는 심리상담소에 아들과 함께 찾아갔다. 간단한 질문지를 통하여 서로에 관하여 알아가는 테스트를 하는데 갑자기 아들이 펑펑 울었다. 말썽 피우던 아들이 펑펑 우는 모습에 나의 가슴은 찢어지는 듯했다.

'무엇이 문제일까?'

만감이 교차하고 머릿속은 온통 뒤죽박죽이 되어버렸다.

'모든 것이 내 문제일지도 모른다.'

박사님께 아이는 나중에 상담을 받고 내가 먼저 받겠노라고 말씀을 드렸다. 박사님께서 의아해하셨다. 대부분의 부모들은 모든 문제가 아이에게 있다고 전가시킨다는데…… 아무튼 그렇게 나의 심리상담은 시작되었다.

12주 상담을 통하여 그동안 풀지 못한 마음속 응어리가 조금씩 풀리자 몸이 가벼워졌다. 누군가에게 자신의 속내를 드러내기는 정말 어려운 일이지만, 전문가의 편안한 질문 속에 나도 모르게 아픈 상처를 드러내게 되었다. 그 일을 계기로 아버지학교에 지원하였고, 아버지의 영향력에 관하여 공부하고 그동안 미숙했던 아버지의 역할을 하나씩 배워나갈 수 있었다.

아버지학교를 수료한 후에는 봉사자로서의 삶을 살아갔다. 그런데 뭔지 모를 부족함이 느껴졌다. 상담과 아버지학교를 통하여 어느 정도 회복되었다고 생각했는데 아직도 내 가슴속에 아픈 응어리가 남아 있는 것 같았다. 그 정체는 뭘까?

나는 며칠을 고민하다가 인터넷을 뒤지기 시작했다. 내게 부족한 것은 바로 진정한 웃음이었다. 처음에는 긴가민가하고 신청했지만 나의 선택이 헛되지 않았음을 금세 깨달았다.

그 당시 자영업을 하던 나는 사업적으로 많은 어려움이 있었다. 경기 위축으로 자금 회전이 어려워 한 달에도 수차례 위기를 맞았다. 그러한 과정이 반복되면서 스트레스는 극에 달해 폭음으로 이어졌으며, 결국 집에서 폭발하는 일이 잦았다. 사업과 마찬가지로 가정생활도 지뢰밭을 걷듯 위태위태하였다.

설상가상으로 장모님께서 계단을 내려오다가 굴러 머리를 크게 다치는 바람에 이대목동병원에서 응급수술 후 중환자실에 입원하셨고, 몇 개월 뒤에는 장인께서 건강검진을 받으셨는데 면역력이 자꾸 떨어져 중환자실에 입원하는 믿기 힘든 상황이 벌어졌다. 어둠이 겹친데 겹치는 비극이 다시 시작되는 것 같았다.

아내는 점차 말수가 줄어들었고, 집안 분위기는 어두운 기운에 휩싸여 침묵 속에 하루하루를 살아갔다. 이런 상황에서 지푸라기라도 잡고 싶은 심정으로 선택한 것이 이요셉 소장님의 웃음세미나였다.

그런데 세미나에 신청을 해놓고도 고민이 되었다.

'왜 평일에 하는 거야? 사무실 마감과 겹치잖아. 해야 하나, 말아야 하나? 지금 사정도 원활하지 못한데 비용은 왜 이리 비싸?'

참여를 포기할까 하는 마음이 여러 번 들었다. 하지만 가슴속 저편에서 '그래도 가라'는 소리가 끊임없이 들려왔다. 결국 나는 무척이나 힘든 발걸음을 내딛었다.

웃음세미나는 다른 세상 같았다. 어색하기도 하고 거짓 같기도 하고 사람들이 미친 것 같기도 했다. 프로그램에 참여하면서도 속고 있다는 느낌이 들 정도로 나 자신이 겉돌고 있음을 느꼈다. 하지만 그것도 잠시, 저녁 늦은 시간에 진행된 '희로애락'이라는 프로그램에서 망치로 맞은 듯한 충격을 받았다.

"누군가를 용서하려 힘들이지 마세요. 있는 그대로를 받아들이세요. 욕을 하고 싶으면 욕을 하고, 화가 나면 차라리 화를 내십시오."

시끄러운 음악, 캄캄한 주위 환경. 어둠속에서 다른 사람의 소리는 들리지 않았고 오직 나의 소리만 울림으로 들을 수 있었다. 처음에는 조심스럽게 프로그램에 참여했는데 이내 곧 켜켜이 응어리졌던 진한 아픔들이 하나둘 거칠게 올라왔고 나는 거칠게 토해내기 시작했다.

30분쯤 흘렀을까? 나의 두 눈에서 뜨거운 눈물이 쏟아졌다. 기진맥진할 만큼 바닥에 누워 한참을 울고 나니 머리가 맑아졌다. 그 순간 중학교 때의 꿈이 생각났다.

'다른 사람에게 웃음을 주는 사람이 되자!'

신기했다. 30년을 잊고 살았던 꿈이 떠오른 것이다. 세상 모든 것을 얻은 듯 몸이 너무 가벼워져 뛸 듯이 기뻤다. 나는 삶에 지치고 지쳐 40 평생을 마음의 문을 닫고 살았는지도 모른다. 이튿날부터는 프로그램에 적극 참여했고, 가식이 아닌 마음으로 웃다 보니 모든 게 새롭게 다가왔다.

2박 3일의 세미나를 마치고 몇 개월 후에 더 비싼 심화과정에 참여했다.

"여보, 아버지가 위독하셔. 빨리 돌아와."

그런데 집에서 장인께서 위독하시다는 연락이 왔다. 순간 나는 머릿속이 하얘져 아무것도 생각할 수 없었다. '어떡해야 하나?' 그러나 귀한 시간을 포기할 수는 없었다. 고민 끝에 간절히 기도했다.

'아버님! 조금만 기다려주세요. 제가 지금 이 과정을 포기하면 앞으로 참여할 용기가 나지 않을 것 같아요. 이번 심화과정을 통해 진정 제 자신을 발견하고 싶어요.'

기도 후 다소 안정이 되어 조심스럽게 프로그램에 참여할 수 있었다. 다행히 심화과정이 끝날 때까지 전화는 더 이상 오지 않았다.

집에 돌아와 아내와 함께 장인 병문안을 갔다. 마침 처형 가족이 간병을 하고 있었는데 우리와 교대 후 집으로 돌아가고 아내는 딸과 함께 밖에 서 있고 병실에는 나와 장인 둘만 있었다. 장인 손을 잡고 있는데 이상한 느낌이 들어 코에 손을 대보니 숨을 쉬지 않았다. 순간 놀라 아내에게 얘기하고 급히 처형에게 전화를 했다. 장인께서는 내가 지켜보는 가운데 임종을 하신 것이었다.

'사위의 간절한 기도를 들어주신 걸까?'

나의 뺨에서는 하염없이 눈물이 흐르고 또 흘렀다.

웃음세미나는 한마디로 내 인생의 터닝포인트였다. 나이 마흔이 넘어 세미나를 통하여 꿈을 발견한 나는 세상을 다르게 보기 시작했다. 예전 같으면 모든 문제를 남 탓으로 돌렸을 텐데 이제는 나 자신을 먼저 돌아본다. 집안의 어두웠던 기운은 나의 웃음소리로 차츰 걷혔다.

웃음을 배운 지 벌써 5년이라는 시간이 흘렀다. 현재 노인대학, 데

이케어센터, 학교, 기업체 등에서 많은 강의를 하고 있다. 그동안 나 자신을 괴롭혔던 모든 일들이 근사한 스토리가 되어 웃음강의에 큰 힘이 되고 가정에서는 아내와 아이들이 지원군이 되어 회복되어가는 나를 응원해주고 있다. 그동안 잠재되어 있던 능력들이 하나씩 조합되어가고 있다.

나의 도전은 계속될 것이다.

03
가부장적인 나,
시한폭탄이나 다름없었다

62세, 간호학원 원장

> 내가 그렇게 살아왔기 때문에 그런 삶을 물려줄 뿐이다.
> 흔들리는 추를 멈추는 것은 단 한 가지,
> 추를 붙잡는 것이다.
> 흔들리는 내 감정을 웃음으로 멈추면 되는 것이다.

"제가 절대 웃지 않거든요. 그래서 아이들도 저를 싫어하고 우리 집
사람도 싫어하네요. 이런 저도 변화할 수 있을까요?"

10년 전, 한국웃음연구소를 찾아오기 전까지 나는 한 달에 한 번은
여성호르몬을 처방받았다. 간호학원을 운영하면서 산부인과 부원장
의 직책까지 얻어 여간 스트레스가 아니었다. 스트레스는 바로 몸으
로 나타났다. 오십견으로 어깨가 굳어 운전을 할 수 없어 아내가 기
사 노릇을 했다. 통증이 심하고 온몸이 굳어 좋다는 것은 다 해보고
다니다가 급기야 50대 후반이 되어서는 근육을 부드럽게 하는 여성
호르몬을 맞게 된 것이다.

그러던 어느 날 웃음이 좋다는 이야기를 듣고 한국웃음연구소로 달려갔다. 아버지로서 식구들을 다 끌고 갔다.

그 당시 내 나이 57세, 한국 남자들이 대부분 그렇듯 몹시 권위적이고 가부장적인 가장이었다. 웃음은 품위를 깎아내리고 바보처럼 보이게 만든다고 굳게 믿어 가급적 웃지 않으려고 노력했다. 둥글둥글 살면 좋으련만, 웃음이 없다 보니 예민하고 사소한 일에도 불같이 화를 냈다.

보다 못한 아내가 나에게 붙인 별명이 있는데, 다름 아닌 '신경질 박사'였다. 이 외에도 짜증 박사, 다혈질 박사, 텔레비전 박사 등 부정적인 의미의 별명이 많았다. 안중근 의사는 하루라도 책을 읽지 않으면 입 안에 가시가 돋는다고 했건만, 나는 하루라도 화를 내지 않거나 신경질을 부리지 않으면 입 안에 가시라도 돋는 사람이었다. 그렇다 보니 집에서는 언제 터질지 모르는 시한폭탄이었고, 직장에서는 가까이하지 말아야 할 경계 대상 1호였다.

나는 최고 명문대를 떨어지고 성균관대를 다닌 데서 온 열등감을 감추고 살았다. 그 영향으로 매사에 불만이 많았고 삐딱한 시각으로 세상을 보았다. 그러니 십이지장궤양, 편두통, 좌골신경통, 오통에 견통 등을 가졌는지도 모른다. 2년 반 동안 하루도 통증에서 해방된 날이 없었다. 병원에서는 별다른 이유가 없다고 하고, 한의원에서 침을 맞고 오면 그때뿐이었다.

그러다가 접한 것이 웃음이었다. 통증도 마음의 병으로 생길 수 있으며, 내재된 분노가 통증을 유발시킨다는 내용의 기사를 보고 그때부터 나는 웃음에 미치기 시작했다. 웃음에 관한 책들을 사서 읽고 웃음의 효과를 연구하기 시작했다.

하지만 혼자서는 여간 어색한 게 아니었다. 억지로 웃어서 집안 분위기를 바꿔보려고 하다가 더 썰렁해지는 일이 다반사였다.

"이번 토요일은 우리 가족 모두 함께 가볼 곳이 있으니 한 사람도 빠지지 말도록."

"안 돼요. 토요일에 중요한 약속이 있단 말예요."

"갑자기 어디에 가려고요? 어딘지 알고나 갑시다."

"집안 분위기가 너무 삭막해서 웃음을 배우러 가려고. 만약 한 사람이라도 빠지면 어떤 일이 생길지 나도 장담을 못하니까 알아서해."

나만 바뀌면 되는데, 나는 늘 선포를 했다. 가족과 함께 가고 싶은 게 진심인데, 나는 꼭 명령을 했다.

가족들을 모두 끌고 웃음세미나에 오니 나는 기분이 좋았다. 가족이 한마음이 되어 한 주제로 웃을 수 있다는 사실이 마냥 행복했다. 나에게 눌려 살아온 아내의 얼굴도 환해졌고, 아버지 기에 눌린 아들의 얼굴도 환해졌다. 내가 가르치면 '아버지나 잘하세요' 할 수도 있었겠지만, 제삼자에게 배우고 나니 창피 당할 일도 없었다.

다섯 시간의 세미나 후에 가족의 화목뿐만 아니라 더 놀라운 체험을 했다. 어깨 통증으로 인해 한 손으로 겨우 운전하던 내가 나도 모르게 집까지 두 손으로 운전을 하고 돌아온 것이다. 게다가 더 이상 통증도 없었다.

그 후로 나는 웃음을 더 깊이 연구하고 책을 내고, 간호학원에서는 '웃음과 행복' 과목을 따로 편성하여 강의를 했다. 간호학원에 취업 준비를 하러 온 사람들이 행복을 느끼기 시작했고, 그 영향으로 매달 200명의 사람들이 몰려왔다. 입소문이 나서 날로 학원은 번창했다.

"거기 가면 취업뿐만 아니라 행복해지더라."

웃음에 불붙기 시작한 것은 2006년에 웃음치료전문가 과정을 다녀온 후다. 직접 웃음의 효과를 경험한 나는 그때부터 웃음에 가속도를 붙였다. 대치동 집에서 의정부 회사까지 운전하며 가는 동안 큰 소리로 계속 웃어댔다.

참으로 이상한 일은, 예전 같으면 다른 차가 끼어들면 순간적으로 욕부터 나왔는데 "어서 끼세요"라는 말이 저절로 나올 정도로 여유로운 사람이 되었다는 것이다.

조금은 쑥스럽지만, 집에서도 마찬가지로 스마일라인을 만들어놓고 웃었다. 가족과의 관계가 좋아지기 시작했다. 아내는 내게 여유박사, 웃음박사라고 불러주었다. 2박 3일간 웃음세미나를 같이 다녀온 아내는 나의 웃음 동반자가 되었다.

지난 세월을 생각해보면 나는 참 많이도 바뀌었다. 웃음을 배우고 집에 돌아왔는데 어느 날 이런 일이 있었다.

아내가 내가 뒤에 있는지도 모르고 머리에 스프레이를 뿌린 것이다. 순간 아내는 온몸이 굳어버렸다. 예전 같으면 불호령이 떨어질 것이 분명했기 때문이다. 그런데 나도 모르게 이런 말이 툭하고 튀어나왔다.

"여보, 괜찮아. 물로 닦으면 돼."

잠시 침묵이 흘렀다. 그리고 아내는 조용히 눈물을 흘렸다.

'그동안 나에게 얼마나 눌려 살았으면……'

나는 웃음치료전문가 과정에서 아내에게 처음으로 고백했다.

"당신과 함께 30년을 살아오면서 내내 하고 싶었던 말이 있는데 입밖으로 한 번도 꺼내지 못했구려. 여보, 사랑해요."

그때도 아내는 눈물을 흘렸다. 이것이 행복인데 나는 왜 몰랐을까?

웃음을 찾고 나서 나는 행복뿐만 아니라 진정한 나눔도 알게 되었다. 그래서 나는 오늘도 누군가에게 열심히 행복을 나눠 주는 일도 하고 있다. 지금도 잊을 수 없는 일은 자전거를 타고 가던 장애를 가진 한 여인이 나를 알아보고 이렇게 말한 것이었다.

"혹시 오혜열 원장님 아니세요? 얼마 전에 선생님 강의를 듣고 힘을 많이 얻었답니다. 제가 장애인이다 보니 생활하기가 힘들고 지쳤었거든요. 사람들이 어떻게 나를 쳐다볼까 늘 기가 죽어 있었구요. 그런데 선생님께 웃음을 배우고 나서 기분도 좋아지고 저 자신이 소중하다는 것을 처음 알았어요. 하나님이 하찮은 미물에게조차 생명을 부여하신 데는 이유가 있을 텐데, 저에게도 큰 뜻을 품으셔서 이렇게 보내셨겠지 하고 생각하게 되었답니다. 모두 원장님 덕분입니다. 정말 감사합니다."

60 평생 나는 학벌에 대한 열등감이 있었다. 친구들은 다 서울대, 연대, 고대를 갔는데 나는 성균관대를 갔다는 열등감. 웃음을 하고

10년이 돼서야 그것을 완전히 버릴 수 있었다. 아마도 웃음을 하지 않았다면, 그리고 많은 사람들과 부딪히지 않았다면 나는 아직도 그 열등감을 안고 살고 있을지도 모른다.

웃음은 이렇게 나에게 많은 것을 선물해주었다. 가족관계 회복뿐만 아니라 간호학원을 운영하면서 큰 복을 받는 복의 통로였다. 그리고 열등감을 버릴 수 있는 도구였다.

이처럼 웃음은 내 삶의 보람이 되었다.

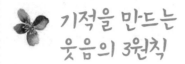

기적을 만드는 웃음의 3원칙

뇌간은 부정적 기억이 무의식이라는 이름으로 모이는 곳인데, 무의식을 각인시켜 작동하게 만드는 것이 큰소리다. 그래서 큰 웃음은 질병을 고치고 기적까지 만드는 만병통치약인 것이다. 틀을 깨고 무의식까지 깨우기 위해선 다음의 세 가지 원칙을 지켜야 한다.

첫째, 크게 웃어야 한다. 크게 웃고 나면 자신감이 생긴다. 도파민 같은 열정 호르몬이 생겨 겁을 상실할 정도로 용기가 생기는 것이다. 또한 우리 몸은 광대뼈 주위의 근육이 자극되어 온몸이 운동한 효과를 얻는다. 광대뼈 주위의 혈관과 신경은 뇌하수체를 자극해 엔도르핀의 분비를 촉진시킴으로써 기분이 좋아지게 하고, 심장에 있는 흉선을 자극해 면역체의 총사령관이라고 할 수 있는 T임파구를 활성화시킴으로써 우리 몸의 면역체를 건강하게 만들어준다.

크게 웃으려면 입을 가능한 크게 벌려 얼굴 근육을 최대한 활성화시켜야 한다. 눈 주위의 안륜근(눈둘레근)을 최대한 움직여 눈을 초승달 모양으로 만들고, 입초리를 최대한 옆으로 벌려야 한다. 이렇게 크게 웃으면 얼굴 근육과 연결된 근육이 대뇌를 자극해서 긍정적이고 행복한 생각을 이끌어낸다.

둘째, 길게 웃어야 한다. 웃으면 내면에서 긍정의 파동이 발생해 주위 사람들에게 전파된다. 10초 이상 길게 웃어야 최고의 효과를 볼수 있다. 10~15초가 경과된 시점에서는 엔도르핀의 분비가 최대로 활성화되므로 즐거운 기분을 만끽할 수 있다.

웃을 때는 날숨을 이용하므로 우리 몸속에 쌓여 있던 독소와 스트레스가 날숨과 함께 배출된다. 이때 몸에서 안 나가는 병이 없는 것이다.

셋째, 배와 온몸으로 웃어야 한다. 웃음소리는 배에서 나와야 한다. 이때 복부 운동이 활성화되는데, 오장육부가 움직여 내장이 튼튼해진다. '내장 마사지' 효과가 나타는 것이다.

그 효과를 만끽하려면 손발을 움직여 온몸으로 웃어야 한다. 아이들은 방바닥을 두드리거나 떼굴떼굴 구르거나 팔짝팔짝 뛰면서 웃는다. 그렇게 웃으면 웃음은 얼굴 운동을 넘어 전신 운동으로 발전한다. 이때 박장대소, 즉 손바닥을 두드리며 크게 웃으면 더욱 효과적이다.

건강을 선택하려면, 행복을 선택하려면, 그리고 성공의 기회를 만들려면 크고 길게 배와 온몸으로 웃음운동을 하라. 웃을 때 의식이 풍요로워지고, 그다음에 복이 따라온다.

4부

웃음엔
건강 회복의
힘이 있다

크게, 길게, 온몸으로 웃다 보면
기분이 좋아지면서 몸도 건강해지고
인간관계까지 좋아지는 놀라운 경험을
하게 된다. 여기에 감사할 일을 매일 몇 가지씩
적어나가는 활동이 더해지면 자연치유력이
향상되고 세상과 자신의 병을 바라보는
시각도 달라진다. 당신이, 혹은 주변의
누군가가 많이 아프다면 이렇게 얘기하자.
"그저 웃으세요!"

1장

웃음으로 암을
이겨낸 사람들

01

웃고 나니 유방암
통증이 사라지네요

43세, 주부

웃음을 선택할 수 있다면
당신의 기적은 성큼 다가올 것이다.

내가 암 진단을 받자 남편은 나를 위해 많은 것을 알아보았다. 그리고 어느 날엔 웃음이 좋다는 얘기를 들었다면서 유머집 한 뭉치를 들고 왔다. 실감나게 얘기해주는 게 힘들었는지 종이뭉치를 내 앞에 던지며 "알아서 읽어"라고 했다.

투병생활은 혼자 감내해야 하는 외로운 생활인 듯하다. 고통을 나눌 수 없는 것은 당연한 일이지만, 때론 그런 작은 행동들이 어찌나 서운한지 스스로 나를 달래는 길밖에 없다는 생각이 들었다.

누워서 마지막을 생각하던 차에 웃을 수 있는 기회가 생겼다. 2002년 새터민 탈북자를 위한 '이요셉의 웃음콘서트'가 송파여성

회관에서 열린 것이다. 나는 새터민은 아니지만 살기 위해 가기로 했다.

저녁시간에 지하철을 타고 어기적어기적 있는 힘을 다해 강의 장소로 갔다. 임파선을 다 제거한 상태라 한 걸음 한 걸음 걷는 것조차 고통이었다. 양쪽 가슴을 절제하고 숟가락 들 힘도 없던 내가 어떻게 사당에서 송파까지 걸어갔는지 모르겠다. 웃어야 살 수 있다는 한 가지 생각밖에 없어서 가능했던 것 같다.

어느 해 가을, 가슴에서 몽우리가 잡혔다. 통증이 없어서 별 조치를 하지 않고 있다가 1년 후에 병원을 찾았다.

"유방암입니다. 양쪽 가슴을 절제하셔야 합니다."

그 소리를 듣는 순간 아무 생각이 나질 않았다. 그저 멍했다.

'암이라고?'

진료실을 나오는데 다리가 후들거려 걸을 수가 없었다. 대기실 소파에 혼자 앉아서 시간 가는 줄 모르고 울었다. 한참을 울고 나서 남편에게 전화를 걸었다. 누군가의 위로가 절실히 필요한데 남편과 통화가 되질 않았다. 삶과 죽음의 경계에 혼자 던져진 기분이었다. 어찌나 울었는지 주변 사람들이 쳐다보는 것도 몰랐다.

순간 원망이 올라왔다.

'왜 난데? 내가 뭘 잘못했는데?'

하나님께 기도하기 시작했다. 아니, 하나님을 원망하기 시작했다.

'하나님, 제발 아들이 결혼할 때까지만이라도 살게 해주세요.'

잡을 수 있는 것이라곤 기도밖에 없었다. 오만가지 생각을 하며 집에 돌아와서는 남편을 붙들고 하염없이 울었다.

"여보, 나 꿈꾸고 있는 거지?"

눈물인지 콧물인지 얼굴에 범벅이 되도록 울었다. 한참을 울고 났더니 격했던 모든 감정이 차분해지기 시작했다. 남편은 아무 말이 없었다. 아들이랑 깔깔깔 웃으며 보던 개그 프로그램이 한창 방영 중인데, 한 번도 웃지 않은 것은 처음이었다.

우리는 결정해야 했다. 수술을 할 것인지, 포기를 할 것인지를. 완치율이 높다는 유방암이니 절제술을 받고 항암치료까지 하자는 쪽으로 의견이 모아졌다.

'열심히 치료해서 반드시 암을 이기리라. 두 가슴을 잘라내는 데는 이유가 있겠지.'

난 여자의 생명과도 같은 두 가슴을 절제했다. 남편은 자다가 무심결에 내 가슴을 만지려다가 미안해서 어쩔 줄을 몰라 했다.

그런데 항암은 항암인가 보다. 항암을 하고 났더니 머리카락이 숭숭 빠지고 두 팔을 쓸 수 없어 밥도 내 손으로 먹지 못했다. 고사리 같은 아들의 손으로 밥을 입 속에 넣어주어야만 먹을 수 있었다. 아들을 바라보면 눈물이 하염없이 흘러 입 속으로 들어갔다.

'조금만 더 아들을 위해 살 수 있다면……'

남편은 직업군인이라 출근을 하고 나면 초등학교 3학년인 아들이 내 곁을 지켰다. 한참 놀아야 할 나이에 엄마 병수발을 들어야 하는 고사리 같은 아들.

"아들, 힘들지 않아?"

"응, 괜찮아. 힘들어도 나는 엄마가 좋아. 엄마 다 나으면 그때 나가서 놀게."

아들이 벌써 철이 들었나 보다. 고사리 같은 아들은 밤마다 두 손을 모으고 기도를 했다.

"하나님, 우리 엄마 데려가지 마세요. 하나님이 원하시는 것 다 할게요. 제발 우리 엄마 살려주세요."

어떤 부모가 이 아이의 기도를 듣고 울지 않을 수 있을까.

식구 중 한 사람이 아프면 모두가 지쳐가는 것 같다.

내가 수술을 하고 나서부터 남편은 퇴근해서 밥하고 빨래하고 청소를 도맡아 했다. 평소엔 청소 좀 하라고 하면 이 핑계 저 핑계를 대며 저리 뺀질 이리 뺀질 하더니 세탁기도 능숙하게 다뤘다. 초보 주부가 다 된 남편을 보면 한없이 슬펐다.

몸이 힘들다 보니 마음까지 약해져 조급해지기 시작했다. 형제 없이 혼자인 아들을 혼자서도 잘 살아갈 수 있도록 가르쳐야 한다는 생각이 들었다. 아들을 데리고 힘든 교육에 들어갔다. 가장 먼저, 아들과 함께 마트에 갔다.

"한길아, 이리 와봐. 우유를 살 때는 여기를 봐야 한다. 유통기한을 꼭 봐야 해."

"한길아, 이리 와봐. 달걀프라이는 이렇게 하는 거야."

"한길아, 이리 와봐. 상은 이렇게 차리는 거야."

결국 아이는 울어버리고 말았다.

"엄마 죽지 마, 이제부터 공부도 잘하고 엄마 말도 잘 들을게."

아이와 나는 부둥켜안고 울었다. 한참을 울고 나서, 더 이상 울지 않기로 했다. 아침에 일어나서 덜컥 겁이 나더라도 울지 않기로 했다.

항암치료를 하고 며칠이 지나자 물만 먹어도 토해냈고 근육통은 온몸을 괴롭혔다. 머리카락은 숭숭 빠져버렸다.

"여보, 나 머리카락이 빠져."

다음 날 남편은 모자를 두 개 사 와서는 내 머리에 직접 씌어주었다.

"와, 당신 모자 쓰니까 잘 어울리네."

"우리 엄마 정말 예쁘다!"

아이에게 두려움을 주고 가는 것보다 어찌 보면 웃는 모습을 남기는 것이 나을지도 모른다.

"여보, 이거 어때? 한길아, 엄마 어때?"

"당신 예뻐."

"엄마 예뻐."

집안 분위기를 바꿔보려고 노력해도 시간이 쌓일수록 암울해지는 건 어쩔 수 없었다. 식구들 모두 조용히 마음이 지쳐갔다. 더 이상 웃겨주기 힘들었던지 남편은 컴퓨터에 앉아 유머를 뽑기 시작했다. 그러다가 유연히 이요셉 소장님의 웃음콘서트를 발견하게 된 것이다. 그때만 해도 웃음치료는 국내에서 유일하게 이요셉 소장님만이 하고 있었다. 나는 2002년도에 이렇게 웃음치료와 관계를 맺게 되었다.

새터민들을 위한 '이요셉의 웃음콘서트'에 참석한 나는 탈북자도 아니면서 맨 앞에 앉아 죽어라고 웃었다. 손뼉을 치라면 쳤고, 크게 웃으라면 그냥 웃었다. 어린아이가 따라 하듯이 그냥 따라 했다. 그런데 희한한 일이 생겼다. 단지 웃었을 뿐인데 속이 시원하고 마음이 한결 행복해졌다. 암 환자라는 사실을 잊어버리고 행복감에 젖어들었다.

시간이 벌써 밤 10시가 넘었다. 다시 집으로 돌아갈 생각을 하니 통증이 두려웠다. 그런데 웬일로 통증이 느껴지지 않았다. 몸에 변화가 생긴 것이다. 날아갈 것만 같았다. 어그적 어그적 걸어왔던 내가 두 발을 휘저으며 집으로 돌아갔다.

그날부터 나는 웃음에 빠져들기 시작했다. 2박 3일 합숙 세미나에 다녀와서는 몇 년을 웃음에 미쳐 살았다. 거실 여기저기에는 웃음 스티커를 붙여놓고 웃고 또 웃었다.

그 일이 엊그제 같은데, 암 진단을 받고 웃음을 배운 지 10년의 세월이 흘렀다. 고사리 같았던 아들은 미국에서 공부를 하며 더할 나위 없이 잘 크고 있다.

나는 웃음강사를 하면서 또 다른 사람들에게 희망이 되고 있다. 웃음을 통해 전원주 선생님을 만났고, 덕분에 연극무대에도 섰다.

이요셉 소장님의 웃음을 통해 나는 꿈꿀 수 없었던 삶을 살아가고 있다.

02
직장암 3기, 기저귀 차고서라도 웃으러 갈란다

51세, 직장인

행복한 사람은 행복의 말을 하고,
건강한 사람은 건강의 말을 한다.
그래서 건강도 행복도 성공도 선택인 것이다.

나는 1999년에 직장암 3기 진단을 받았다. 세 차례의 수술을 받은 뒤에 어떤 음식을 먹어도 주룩주룩 설사를 했다. 하루는 투덜대며 화장실에 달려가는데 옆에 있는 다른 환우가 한마디 던졌다.

"이보시오, 그래도 선생님은 행복한 거예요."

'이 사람이 지금 날 놀리나?'

치밀어 올라오는 화를 숨기고 되물었다.

"아니, 그게 무슨 말입니까? 하루에도 몇 번씩 화장실에 드나들어 죽을 지경인데."

"그래도 당신은 쾌변의 즐거움이라도 있지 않습니까? 저는 그런 항문도 없답니다. 인공항문을 달아서요. 그러니 선생님이 부러울 수밖에요."

그 순간 나는 망치에 얻어맞은 듯한 충격을 받았다. 그리고 화장실에 들락날락하는 것을 처음으로 감사하게 되었다.

그날도 나는 어김없이 화장실에 앉아 신문지를 읽고 있는데, 기사하나가 눈에 띄었다. 웃음에 대한 칼럼이었다.

'이게 뭔 소리야? 웃음이 암 환자에게 특효라고? 과학적으로 검증되었다고?'

그날 이후로 나는 혼자서 깔깔깔 킥킥킥 웃기 시작했다. 완전 미친놈처럼 말이다. 그런데 이상하게 몸과 마음이 가벼워졌다. 힘도 조금씩 생겼다. 암이라는 사실 때문에 점점 어두워졌던 마음에 한 줄기희망이 깃들기 시작했다.

'서울에 가서 나도 웃음치료를 받고 싶다.'

나는 뼈만 남은 마른 얼굴로 병원 탈출을 시도했다. 병원에서는 절대 안정을 취하라고 했지만 이대로 있다가는 죽을 것 같았다. 서울에웃으러 가야 할 것 같아 외출을 감행했다. 가족들은 미쳤다며 난리법석이었지만, 나는 살기 위해 모험을 했다. 죽는 한이 있더라도.

웃음치료전문가 과정에 와보니 별별 사람이 다 있었다.

말 못하는 딸을 버리고 우울증에 빠진 약사, 회사에서 심하게 싸우고 대인기피증과 불면증에 걸린 사장님, 남편을 간호하다가 자신도암인 것을 발견한 아내, 웃음치료사를 하겠다고 찾아온 사람들……

나는 그들과 함께 죽어라고 웃고 즐겼다. 3기 암 환자라고는 믿기 힘들 정도로 긍정적이고 낙천적으로 웃어댔다. 기저귀를 차니 실컷 웃어도 걱정이 없었다. 하도 오버해서 잘 웃었는지 소장님과 사람들은 나에게 물었다.

"전원웃음 님, 원래 성격이 그렇게 긍정적이고 낙천적인가요?"

원래 나는 잘 웃는 사람도 아니고 긍정적인 사람도 아니었다. 매사에 철저하고 똑바로 살아야 하는 고집 센 사람인 데다 성격은 급하고 불같았고, 화가 나면 머리끝까지 치밀었다. 성격이 이러니 일하면서 스트레스도 남보다 두 배나 많이 받았다.

암에 걸린 걸 보면 내 몸은 이런 성격을 견딜 수 없었나 보다. 그래도 수술을 받으면 모든 것이 회복될 줄 알았다. 그런데 정작 수술을 받고 난 후부터 괴로운 나날이 더하기 시작했다.

첫 수술 후에는 병실의 좁은 화장실과 집에만 틀어박혀 지냈다. 수술을 하면서 S결장을 전부 잘라내 하루에도 수십 번씩 화장실을 들락거렸기 때문이다. S결장은 변을 모아주는 기능을 하는 기관인데, 그 기능이 사라졌으니 음식물이 소화되면 하루에도 수십 번씩 변이 쏟아져 나왔다. 항문은 있는 대로 짓물렀고, 제대로 앉아 있기조차 힘들 정도로 통증이 심했다.

그뿐인가. 장이 막혀 음식물이 잘 통과되지 않으면 온몸은 물론 혀까지 마비되어 앰뷸런스를 불러 병원으로 치닫곤 했다. 하루하루가 고통이었고 생존과의 전쟁이었다.

하지만 2박 3일간의 전문가 과정은 나를 전사로 만들었다.

'그까짓 것 웃으면 안 될 게 어디 있어?'

이런 마음으로 나는 무사히 2박 3일 과정을 마칠 수 있었다. 언제든 화장실로 달려가야 하는 힘든 일도 있었지만 나에게는 그저 행복한 시간이었다.

교육을 마치고 서울에서 경상도 시골로 내려와 보니 마루타가 돼보고 싶다는 생각이 들었다. 나를 시험 삼아 자지러지게 웃었다. 백혈구 수치가 내려가면 몸의 면역기능이 떨어져서 감염의 위험에 노출되므로, 암의 재발을 막고 암과 싸우려면 백혈구 수치를 최대한 올려야 한다. 그런데 3000에서 3200을 오가던 백혈구 수치가 3개월 만에 4400이라는 경이로운 변화를 보였다. 4400은 정상 수치인 5000보다는 적은 숫자이지만 웃음만으로 백혈구 수치가 올라간 것이다.

그 후로 나는 등산하면서 웃고, 사람 만나면서 웃고, 밥 먹으면서 웃고, 똥 눌 때도 웃고, 자연과 대화하면서 웃고, 남의 비석을 보면서 웃는 등 이요셉 소장님이 하는 것처럼 사물을 보며 웃기 시작했다. 때론 묘비를 보며 "망자님, 너무 시끄러워 죄송합니다"라고 말한 뒤에 웃었다.

웃다 보니 모든 게 달리 보였다. 출퇴근하는 시간이 너무 짧게만 느껴졌고 짜증낼 일도 그냥 넘어가게 되었다. 아내가 "이 사람이 맛이 갔나, 와 이라노?"라고 말하면 우리 부부는 또 자지러지게 웃었다.

암 진단을 받고 투병생활을 할 때 인생도 마지막이려니 했는데 다시 행복이 찾아온 것 같았다. 방사선 때문에 장이 화상을 입어 몸이 완전히 마비되기도 했고, 인위적으로 장을 확장해주어야 하기 때문에 너무나 고통스러웠고, 나에게 왜 이런 일이 생겼느냐며 자신을 원망했던 내가 이제는 입 벌리고 웃게 된 것이다. 이보다 더 행복할 수 있을까?

나는 내가 배운 웃음치료를 정리하고 시나리오를 만들어 연습했다. 그리고 다른 환우들에게 먹을거리를 제공하며 웃음을 전파했다.

한번은 웃음치료 도중에 한 분이 죽어라고 웃지 않았다. '웃어야 사는데……' 하는 안타까움이 들어 꼭 웃게 만들겠다는 오기로 물었다.

"선생님은 왜 웃지 않으세요?"

순간 나는 실수했음을 알았다. 그분은 있는 힘을 다해 말했다.

"제가 후두암 수술을 해서 목을 쓸 수가 없습니다. 그러니 입초리만 벌려도 되지요?"

"오케이, 오케이!"

직장암 환자였던 나는 완치 판정을 받은 지 오래다. 그리고 지금까지 수천 명의 암 환우들과 웃음을 나누었다. 이요셉 소장님 덕분에 오늘도 누군가에게 용기를 줄 수 있는 사람이 된 것이다. 그리고 지금도 그들에게 이렇게 말한다.

"살고 싶으면 있는 힘을 다해서 웃자고요! 제가 샘플이잖아요!"

03
대장암 3기, 사랑하는 가족과
헤어지기 싫어

42세, 잉크개인사업

> 가족은 내가 살아가는 힘의 원천이다.
> 그렇다면 가족은 나의 가장 귀한 VIP 고객인 것이다.

2007년 12월 '송파 신사'인 나의 인생에 강력한 태클이 들어왔다. 딸 셋과 아들 하나를 행복하게 키우면서 평온하게 지내던 어느 날 대장암 3기 판정을 받은 것이다.

설상가상으로 대장암 수술을 하고 항암치료 도중에 백혈구, 적혈구, 혈소판 수치가 급속도로 떨어지기 시작했다. 더 이상 치료를 할수도 없었다. 견딜 수 있는 면역체가 없었기 때문이다. 체중은 87킬로그램에서 62킬로그램으로 25킬로그램이나 감소해 말할 수 없는 고통을 겪었다. 열정만 믿고 방사선치료와 항암치료를 병행하다 보니 정상 세포들까지 죽은 것이다.

"더 이상 항암치료를 할 수 없습니다."

내가 받은 충격은 대단했다. 순간순간 '잘못되면 어쩌지?'라는 불안감이 엄습했다.

'아내, 세 딸, 막내아들이 알콩달콩 행복하게 살던 우리 가정은 어쩌라고?'

암은 나 한 사람만의 문제가 아니라 가족 전체에게 먹구름이었다.

'아이들이 세상의 거친 파도를 헤치고 나갈 때까지 든든한 울타리가 되어주고 싶어.'

'내가 과연 사랑하는 가족과 헤어질 수 있을까?'

이런저런 생각이 들자 나도 모르게 눈시울이 뜨거워졌다.

나는 살고자 인터넷을 뒤졌다. 그러던 중 '이요셉의 웃음치료'를 접하게 되었고 지푸라기라도 잡아보자는 심정으로 '행복여행' 프로그램에 등록했다. 그리고 신비로운 웃음의 효과를 체험했다.

2박 3일 동안 크게, 길게, 온몸으로 웃다 보니 기분이 좋아지고 몸이 좋아지는 느낌이 들었다. 과정을 마치자마자 병원에 가 다시 혈액검사를 해보고 싶었다. 그 결과 놀랍게도 백혈구, 적혈구, 혈소판 수치가 현저히 올라갔다. 그래서 나는 다시 항암치료를 진행할 수 있었다.

"아! 이래서 웃음이 몸에 좋다고 하는구나."

그다음부터는 이요셉 소장님의 웃음 CD를 차에 두고 매일매일 들으면서 웃었다. 더 나아가 웃음친구들을 만들어서 수시로 웃음봉사를 하고, 웃음 나눔활동을 5년 동안 꾸준히 진행했다. 항암치료 중에 몇 번 더 면역력이 저하되어 항암치료가 지연된 적은 있었지만, 웃음 덕분에 11개월에 걸쳐서 무사히 방사선치료와 항암치료를 마칠 수 있었다.

하지만 항암치료는 나에게 큰 고통이었나 보다. 고통이 얼마나 컸던지 지금도 신촌에서 누가 만나자고 하면 병원 근처라 싫다. 아마도 힘들었던 그때가 기억이 날까 봐 피하고 싶은 것인지도 모른다.

이런 고통 속에 가장 큰 힘은 다름 아닌 가족이었다. 치료받을 때는 막둥이와 딸아이들을 떠올리며 고통을 참아냈다. 지금도 잊지 못하는 기억이 있다. 암 수술을 하기 위해 신촌 세브란스병원에 입원해 있었는데 그 당시 일곱 살이었던 막내아들이 입원해 누워 있는 나를 잡아끌며 졸랐다.

"아빠, 집에 가자. 아빠가 집에 없으니 심심해. 아프지 말고 집에 가자~."

다음 날은 아빠가 집에 갈 수 없다는 사실을 알았는지 막내 놈은 이렇게 말했다.

"아빠가 집에 없으니 잠이 안 와. 나도 여기서 잘래. 그래도 되지, 아빠?"

'이런 아들을 두고 어떻게 떠날 수 있을까? 너무 어린 아들을 두고…….'

그때 나는 하염없이 흐르는 눈물을 주체할 수 없었다. 사랑해서 울고, 가족의 소중함을 새삼 깨닫게 되어 울었다.

나는 웃음치료에서 배운 교육을 철저히 활용했다.

투병 2년 동안 꾸준히 열심히 감사일기를 썼다. 감사는 최고의 에너지이자 파동이다. 몸의 에너지 균형이 깨지면 암이 온다. 인터넷을 검색해보면 세계 도처에서 감사일기를 꾸준히 써서 암 치료에 도움을 받은 사례들이 무수히 많다. 병원에서도 적극적으로 권했고, 재발 방지를 위해서라도 꾸준히 써내려갔다.

지금은 감사일기에 필요한 다양한 도구들이 시중에 많이 나와 있지만, 그 당시 교육을 받을 때는 그렇게 폼 난 양식은 없었다. 그냥 문방구에서 대학노트를 한 권 사서 감사할 거리를 찾아 적었다. 그런데도 사소하고 작은 것들에 행복감을 맛볼 수 있었다. 오프라 윈프리도 하루에 다섯 가지 감사거리를 찾아 일기를 썼다고 한다. 감사일기는 그녀에게 있어 미혼모의 딸로서 자신도 미혼모이고 성폭행 등 그 많은 상처에서 벗어나는 방법이었던 것이다. 아니, 내가 지금 맞닿은 세상을 다른 시각으로 볼 수 있는 도구였는지도 모른다.

감사는 내가 지금 처한 환경을 색 다르게 바라보는 눈이나 다름없다. 세상에서 가장 바쁜 사람 오프라 윈프리가 하루도 빼먹지 않고 감사일기를 썼다면 나도 쓸 수 있을 거라고 생각했다.

꾸준히 감사일기를 쓰면서 나는 많은 것을 깨달았다. 모든 병은 마음과 스트레스에서 나오는 것이다. 따지고 보면 내 병도 성질이 급하고 마음의 여유가 없었던 내 생활습관에서 나온 것이었다. 나는 나밖에 몰랐다. 모든 것을 경쟁적으로, 전투적으로 받아들였다. 모든 일을 남 탓으로 돌리고, 안되면 부정적으로 생각했다. 결국 내 병은 자업자득이었던 셈이다.

감사일기의 효과 덕분에 굳게 닫힌 마음의 빗장이 열리기 시작했다. 조금씩 나 자신이 좋아졌다. 그렇다 보니 자연스럽게 다른 사람들도 나를 좋아하게 되었다. 공자의 말처럼 내가 나를 좋아하는 만큼 남이 나를 좋아한다는 것이 느껴졌다.

관계가 좋아지니 정신건강뿐만 아니라 육체적 건강과 인간관계에 놀라운 변화가 생겼다. 전에는 행복을 먼 나라에서만 찾았다. 그런데 감사일기를 지속적으로 쓰기 시작하자 잠자고 있던 행복의 이유들이 깨어나기 시작했다. 가족이 있어서 행복하고 살아 있어 행복하고 오늘도 숨 쉴 수 있어 행복하고 당연한 것이 감사했다. 웃을 수 있어 행복하고 아이들이 잘 커주고 잘 웃어서, 명문대에 들어갈 수 있어 감사했다. 그렇게 당연하다고 알고 있던 모습들이 행복이라는 이름을 달고 구체적으로 손에 잡히기 시작했다.

2013년 1월, 드디어 5년 만에 완치 판정을 받았다. 퇴근길에 강변도로에 비친 한강 풍경이 어찌나 아름답던지…. 강 건너 63빌딩의 광고문구가 눈에 들어왔다.

'Love you life! Love your dream(당신의 생활과 당신의 꿈을 사랑하라).'

덤으로 다시 얻은 세상을 살아가면서 꿈만 같았던 지난 5년간의 일들을 정리해본다.

1. 크나큰 장애물이었던 대장암 투병생활이 우리 가족에게는 디딤

돌이었다.

2. 투병 중에 막둥이 아들을 보면서 매일매일 웃음을 잃지 않았다.

3. 우리 가족은 각자의 위치에서 최선을 다했다.

4. 어려울 때 가족이 힘을 합하면 무엇이든 이룰 수 있다.

5. 아내는 공인중개사에 도전하여 1차에 합격하고 지금은 2차를 준비 중이다.

6. 대학교 1학년이었던 큰딸은 금융회사 여러 곳에 당당하게 합격하였다.

7. 둘째 딸은 외고를 졸업해 일명 SKY에 속하는 명문대에 입학했다.

이 모든 것이 웃음이 나에게 준 기적의 선물이 아닌가 싶다.

웃다 보니 MBC, KBS의 건강 프로그램에도 출연하고 세브란스병원 건강강좌에서도 웃음강의를 할 수 있었다. 지금은 블로그에서 '송파 신사'로 활동하면서 또 다른 꿈을 꾸고 있다.

나는 영혼을 울리는 시인이 되고 싶다. 그리고 책 읽어주는 송파 신사가 되고 싶다. 오늘도 10년 후 꿈을 이룬 모습을 상상하면서 웃는 사람이 되고 싶다.

재발이군요. 골반까지
전이되었습니다

51세, 화장품 회사 CEO

> 울고 싶을 땐 울어라.
> 웃고 싶을 땐 웃어라.
> 감정에 솔직할 수 있다면 당신은
> 더 이상 흔들리지 않을 것이다.

나는 행복해야 한다. 어린 시절에 '오싱'(《오싱》의 주인공으로 가난 때문에 일곱 살부터 더부살이했던 한 소녀)처럼 살았기 때문이다. 엄마가 아파서 초등학교 시절부터 얼음물에 빨래하고 청소를 해가며 공부를 했다. 그러니 하늘은 나에게 보상해야 한다. 그런데 암 재발이라니…….

하늘을 쳐다봐도 눈물이 났다. 삶의 무게가 너무 무거워 차라리 죽고만 싶었다. 수술하고 겨우 1년이 지났는데, 이제 머리카락도 조금씩 자라는데 재발이라니…… 이대로 모든 것을 받아들이고 싶어진다.

'더 이상 치료도 받지 말자!'

혼자서 병원 복도에 앉아 좌절하고 있는데 동생이 전화를 해서 암 재발 사실을 알아버렸고, 남편과 함께 병원으로 달려왔다. 더 이상 울지 않으려고 있는 힘을 다해 목에 힘을 주고 울음을 꾹꾹 삼켰다. 하지만 속으로는 엉엉 울고 있었다. 사실 목놓아 울고 싶었다.

며칠 후 유방암에 걸린 친구로부터 웃음을 통해 자신감을 찾고 통증도 사라졌다는 이야기를 듣고 한국웃음연구소에 전화를 걸어 2박 3일 세미나를 신청했다. 돈을 주고 웃음을 배운다는 것이 상식적으로 이해되지 않았지만 그냥 웃고 싶었다.

첫날 관광버스에서 낯선 분들과 만나 세미나 장소에 도착했다. 그리고 스케줄에 따라 움직였다.

도착하자마자 시작된 세미나는 밤늦도록 진행되었다. 그곳에 모인 사람들은 시간 가는 줄 모르고 지치지도 않았다. 즐거움 그 자체였다. 심지어는 내가 환자라는 사실도 잊었다. 찢어지는 가난 속에서 사느라 이렇게 놀아본 경험이 없었던 나는 36만 원으로 다시 사업을 일으켰을 때의 기쁨에도 비교할 수 없는 기쁨을 느꼈다.

둘째 날 밤, 나는 다시 태어났다. 참고만 살았던 나, 두려움과 분노까지도 참고 살았던 나를 대청소하는 기분이었다. 불을 끄고 그동안 세상 속에서 분개했던 모든 것들을 다 쏟아냈다. 생전 처음으로 실컷 소리도 질러보았다.

"저리 비켜! 니가 뭔데!"

신문을 찢으며 우는데, 눈물이 하염없이 쏟아져 나왔다. 내 인생이 불쌍했고 지나온 과거가 불쌍했다. 서러웠던 지난 세월 동안 내면에 억눌려 있던 모든 것을 끄집어내듯 소리소리 질러가며 울었다. 나뿐이 아니라 그곳에 모인 모두가 그랬다. 남자이건 여자이건, 엄마건 아빠건, 어른이건 아이건 상처 없는 사람은 없는 것 같았다.

뺑 둘러앉아 이야기를 나누다 보니 나의 고통은 그들에 비해 감사한 정도였다. 심지어 어떤 사람은 엄마가 여섯 명이었단다. 그래서 누가 진짜 엄마인지도 모른단다. 집 아홉 채를 날리고 하루아침에 무허가 건물로 이사를 해야 했던 사람, 남편의 갑상선암을 간호하다 허리가 아파 진단을 했더니 폐암 말기인 아내, 세미나 오기 전날에 이혼 도장을 찍고 온 사람, 평생 남편에게 무시당하고 구타당하며 살아온 사람 등 나보다 상처 큰 사람들이 많았다. 단지 덜 아픈 사람이 더 아픈 사람을 위로해줄 뿐이었다.

울다가 웃다가 모두가 통곡하며 상처를 쏟아내는 소중한 시간이었다. 삶에서의 분노와 상처, 아픔, 고통을 다 쏟아놓듯 땅을 치며 뒹굴며 울고 나니 속에서 뭔가 뺑 뚫린 느낌이 들면서 새로운 인생을 살 수 있을 것 같았다.

다 울고 나서 가만히 누워 있으니 마음에 평안이 찾아왔다. 이대로 세상을 등진다 해도 행복할 것 같았다. 그동안의 스트레스가 얼마나 내 몸을 상하게 했을까? 정신을 차리고 일어나 보니 다들 눈이 퉁퉁 부어 있었다. 하지만 창피할 일도 없었다. 모두 똑같으니까. 쉰 목소리로 서로를 격려하고 위로하고 안아주면서 새로 태어난 기분을 느꼈다.

'그래, 한 번 죽은 목숨 뭐가 두려우랴.'

아니, 나는 두 번 죽은 목숨인지 모른다. 갓난아기였을 때 나는 한 번 죽었었다. 작고 여렸던 나는 어느 날 숨을 멈췄다고 한다. 엄마와 아버지가 나를 양동이에 담아 땅에 묻으러 갔다. 아버지는 삽질로 땅을 팠고 엄마는 마지막으로 나를 안으면서 이렇게 말했단다.

"이렇게 일찍 갈 줄 알았으면 젖이라도 잘 물릴 것인데, 미안하다."

그리고 나를 아버지에게 묻으라고 건네준 모양이다. 그런데 갑자기 아버지가 이렇게 말했단다.

"이상하다. 죽은 아기에게 왜 체온이 느껴지지?"

그러자 엄마가 나를 빼앗아 산에서 도망치듯 뛰어내려온 것이다. 나는 그렇게 해서 살았다. 지금 생각하니 엄마의 사랑이 나를 살린 것이다.

'그런데 내가 왜 이리 아플까?'

그동안 나를 돌보지 못하고 사랑하지도 못하고 살았으니 몸뚱어리가 얼마나 힘들었을까!

웃음과 울음을 통해 다시 태어난 나는 하루하루를 내 생애 최고의 날들로 만들어갈 것을 결심했다. 그 후로 나는 나와 같은 유방암 환자라면 무조건 달려갔다. 그리고 나의 기적 사례를 전했다.

"이제는 웃으면서 즐겁게 사세요. 저처럼 기적을 경험하세요."

나는 웃음세미나를 받고 3주 후에 기적을 눈으로 확인했다. 세미나 때 뭔가 속에서 빠져나간 듯한 기분이 들었었다. 암이 사라졌다는 확신이 들어 3주 후에 서울대병원에서 재검진이 있어 무조건 재촬영을 했는데, 한참 동안 내 차트를 보던 선생님이 고개를 갸웃거리며 혼자 중얼거리셨다.

"희한하네. 암 자국은 있는데 암세포가 어디로 갔지?"

"……."

"도대체 뭘 드셨어요?"

"아무것도 안 먹었는데요. 그냥 3일 동안 신나게 놀다가 웃다가 울다가 왔는데요."

"웃음치료가 그렇게 좋나?"

1년 뒤 나는 암 자국까지 사라지는 기적을 체험했다. 암세포는 사라져도 암 자국은 남는 법인데, 그 기적까지 체험한 것이다.

웃음은 내 삶에 있어 기적이다. 그렇기에 끝까지 웃을 일이 없다며 생을 마감하는 친구들을 보면 너무나 안타깝다. 몇 달 전, 내 친구를 유방암으로 먼저 하늘나라로 보냈다. 그 친구를 생각하면 마음이 더 아프다. '억지로라도 웃게 할 것을' 하는 아쉬움이 남기 때문이다.

누구나 한 번은 떠나는 것이 인생이다. 단지 그 떠남이 행복한 마무리였으면 좋겠다.

2장

나눌 수 있어
행복한 사람들

01
희귀병, 더 이상
수술하지 않을 거예요

54세, 성당 봉사자

몸은 말한다. '당신 안에 모든 힘이 있어요' 라고.
단지 내 마음이 듣지 못할 뿐이다.
나약하다고 착각하니까.

나는 어린 시절부터 사람 구실을 못한다는 소리를 듣고 자랐다. 민간요법을 안 해본 것이 없을 정도로 몸이 아팠으니까. 나를 살려보고자 했던 엄마의 극성이 나에게는 말 못하는 상처였다. 아마도 웃음치료가 아니었다면 쉰이 넘도록 그 마음을 감추고 싶어 했을 것이다. 그러나 지금은 그것들이 아름다운 추억으로 남아 있다.

한국웃음연구소에서 '행복 10대 헌장'을 찾는 과정이 있었다.
찢어지게 가난했던 한 사람이 있었단다. 김 한 장을 구워서 팔 남매가 나눠 먹어야 할 정도로 가난한 집안이라 김 한 장을 여덟 조각으로

할당을 해주면 간장에 찍어서 조금씩 조금씩 뜯어 먹었단다. 그 가난이 지긋지긋해서 숨기고만 싶었는데 소장님들을 만나고 행복한 기억이 된 것이다. 아픈 상처가 이제는 팔 남매의 우애를 좋게 했다는 추억이 된 것이다. 그 얘기를 듣고 감추고만 싶었던 나의 어린 시절을 다시 보게 되었다.

나는 어린 시절에 친정아버지의 사랑을 독차지했다. 아버지는 나를 너무 예뻐하셔서 배꼽이 떨어지기도 전에 잡아 당겨 참외배꼽을 만들어놓으셨고, 손가락을 빨고 빨다가 담뱃재가 떨어져서 지금도 손목에 화상의 흔적이 남아 있을 정도로 아버지는 나를 사랑하셨다. 그런 반면 어머니는 성격이 급하고 무서운 분으로, 비실비실한 나를 살려보겠다며 별별 짓을 다 하셨다. 어린 나이에 엄마라는 존재는 대적할 수 없는 존재였다.

엄마는 어린 나의 어지럼증을 해결한다고 오리를 잡아 오셨다. 문앞에 오리를 거꾸로 매달고 내가 보는 앞에서 칼로 오리 목을 단숨에 베어버렸다. 그리고 사흘에 걸쳐 그 피를 받아내셨고, 나는 단숨에 그것을 마셔야만 했다. 그래야 어지럼증이 없어진다나.

또 한 번은 편도가 부어서 밥을 못 먹을 때가 있었다. 귀가 무척이나 얇았던 엄마는 어디서 소문을 주워듣고 개를 잡으셨다. 개 기름을 달궈서 그 기름으로 목을 지지면 두 번 다시 목이 붓지 않는다며 펄펄 끓는 개 기름을 목에 부으셨다. 나는 화상을 입고 병원 신세를 지고 말았다.

"이거 누가 그랬어요?"

"엄마가요."

그때 의사선생님의 말이 생각난다.

"쯧쯧, 무식한 엄마 때문에 애 잡겠네."

엄마의 민간요법은 계속되었다. 내가 설사를 하자 배 속에 뭐가 들어 있기 때문에 잡아야 한다고 했다. 엄마는 뱀 눈을 먹이면 좋다는 말을 듣고 뱀 눈을 구해서 먹게 했다. 나는 밤마다 악몽에 시달렸고 소름이 돋았다. 차라리 모르고나 먹었으면 좋았을 것을……. 심지어는 귀신을 잡아야 한다고 손바닥을 칼로 째서 지금도 굳은살이 여기저기에 있다.

비실비실한 딸을 살린다며 하루는 무당을 불렀다. 아가씨가 된 나에게 떡시루를 얹고 굿을 하기 시작했다. 나는 엄마의 성화에 못 이겨 무당굿에 맞춰 동동동 바가지를 쳤다.

그러니 어린 시절 행복했던 추억이 어디 있었겠는가? 이런 기억들은 성인이 된 나를 불쾌하게 만들었다. 가족들에게조차 숨기고 싶었다. 지금 내가 이런 이야기를 할 수 있는 것은 관점이 바뀌었기 때문이다. 나의 소심한 성격까지도 바뀌었다.

내 성향 중에서 고쳐야 할 것 중의 하나는 급한 성격이었다. 어린 시절 목포에서 가게를 했던 우리는 밥 먹을 틈도 없이 바빴다. 그렇다 보니 누가 뜸을 들이면 나도 모르게 나서는 경향이 강했나 보다. 그것 때문에 관계에서 오해를 받는 일이 종종 있었다. 아마도 웃음을 하지 않았다면 내 성격이 그렇게 급한지도 몰랐을 것이다.

한번은 취미로 하는 합창단이 여수엑스포에서 결승전을 치르게 되었다. 여수를 간다 하니 여수에 계신 웃음친구가 생각났고, 기쁜 나머지 전화를 했다. 몸이 아프신 분이라 그냥 한번 웃어주고 싶어서 전화를 했는데 안 받기에 다시 했다. 그것이 오해가 되어 꽃뱀 아니냐는 의심을 그분의 아내에게 받았다.

　"저, 그런 사람 아닌데요."

　상대는 믿어주지 않았다. 그의 아내는 새벽, 밤 개의치 않고 협박 전화를 했다. 소장님도 동일한 협박 전화에 시달렸던 모양이다. 나는 한 달여 동안 슬럼프에서 헤어나올 수가 없었다. 그런 일을 알고 나의 남편은 "두 번 다시 웃음친구도 만나지 말고 웃음을 배우러 다니지도 말라"고 했다.

　어느 날 용기를 내서 집 밖을 나왔고 한 달 만에 소장님을 뵙게 되었다. 내가 얼마나 용기가 없는 사람인지, 자존감이 낮은 사람인지 알게 된 계기였다. 사람에 휘둘리는 나를 보면서 소장님은 한마디 던졌다.

　"강사 되기 위해 태어난 사람이네."

　소장님은 나의 밝은 에너지와 옥구슬 같은 웃음소리를 칭찬해주었다. 이렇게 해서 낮은 자존감과 두려움을 깨고 나올 수 있었고, 강의까지 할 수 있게 되었다.

　그래서 나는 봉사라면 어디든 달려간다. 아픈 사람에게 웃어줄 수 있다면 그냥 웃어주기 위해 달려가는 사람이 된 것이다. 이런 몸부림은 내가 새로운 사람이 되는 데 가장 많은 영향을 주었다.

나이 쉰이 넘다 보니 무릎 수술을 몇 번 했다. 물이 차서 걸을 수도 없고, 퉁퉁 부어서 걸을 수도 없는 처지가 몇 차례 이어졌다. 몸이 안 좋으니 어떤 날은 한없이 기분이 처지기도 했다.

'웃어도 안 되는 게 있나 보네.'

병원에서 듣도 보도 못한 희귀병 진단이 내려지기도 했다. 한번은 무릎 때문에 병원에 입원했는데 무통주사를 맞다 보니 부작용으로 변비가 생겼다. 에라 모르겠다 하며 주사기를 빼버렸다. 그리고 병원에 있는 환자분들과 손뼉을 치고 웃어댔다. 그러고 나서 며칠 동안 못 가던 화장실을 단숨에 달려갈 수 있었다.

내가 웃음을 포기할까 하는 생각을 할 때마다 웃음친구들은 나에게 힘이 되었다.

"힘들수록 더 웃어야지."

그래서 다리를 질질 끌고서라도 웃으러 다녔다. 지금은 더 이상 무릎 수술을 하지 않는다. 계속되는 통증에 무너졌던 내가 다시 일어선 것이다. 수시로 병원 입원을 반복했던 내가 이제는 병원 신세를 안 지게 된 것이다. 이렇게 나는 웃음봉사를 하면서 많이 바뀌었다.

교과서 같은 남편은 "무슨 돈을 주고 웃음을 배우냐?" 하고 핀잔을 주었다.

남편은 젊은 시절에 엄청나게 선을 봤는데 그때마다 싫은 이유가 분명했다고 한다.

"이 여자는 손이 못 생겨 싫습니다."

"이 여자는 잔 만지는 것이 싫어 싫습니다."

이 여자는 뭐가 어때서 싫고, 저 여자는 목소리가 이래서 싫고……
사람의 단점만 찾던 사람이 내 남편이다.

남편은 최근 전립선 수술을 받았다. 병원에서는 3개월이 지나면 피
가 나지 않을 것이라 했는데 계속되는 통증 때문에 괴로워했다.

"웃어봐. 한번 웃으면 천연 진통호르몬이 나온대. 나처럼 한 번만
웃어봐, 당신도 봤잖아, 면역 수치가 정상 수치가 된 거."

죽어도 안 웃겠다던 남편은 통증이 더 심해지자 내 제의를 받아들
였다.

"하, 하하, 하하하~!"

남편이 실컷 웃고 나서 이틀 만에 피가 멈췄고 통증도 사라졌다. 그
다음 날부터는 청소하고 설거지하는 나를 귀찮게 했다.

"여보, 같이 웃어야지. 손바닥 좀 내밀어봐."

내게, 우리 남편이 바뀐 것은 세상이 바뀐 것이다. 교과서 같은 남
편과 의무감으로 살아온 나였다. 그래서 남편을 투명인간처럼 대하
며 신에게만 의존했는데, 그런 나에게도 행복이 깃든 것이다. 그 행
복을 또 다른 누군가에게 나눠주는 사람이 된 것이다.

남 앞에 한 번도 서보지 못했던 내가 사람들 앞에서 마이크를 잡
는다는 것은 대단한 일이다. 얼마 전에는 발목에 깁스를 하고 웃음강
의를 나갔다. 그러자 사람들이 말했다.

"우메~ 오늘도 우리를 웃겨주려고 깁스하고 오셨지요?"

어른들이 대부분이었던 강의실은 웃음바다가 되었다. 어른들이 어
디 가서 이렇게 웃어볼 수 있을까? 사람들은 내가 모자란 사람처럼

웃고 사니 종종 나에게 묻는다.

"아픈 사람 맞아요?"

"아줌마, 아픈 거 맞아요?"

새색시 같던 나, 자신감과 자존감이 없던 나, 누가 뭐라 하면 흔들리던 나였지만 이제는 모든 일에 용기가 생긴다.

"저 할 수 있어요. 아니 할 거예요."

이런 나를 보며 오늘도 남편은 말한다.

"당신은 한량이네. 웃고 돈 받고 실컷 놀고 돈 받고."

그렇다. 나는 한량으로 살고 싶다. 행복하니까!

척추측만 통증이
사라졌어요

55세, 피부숍 운영

꿈이 있다면 언제나 청춘이다.
봉사할 수 있다면 언제나 희망이다.

20년쯤 전에 얼굴에 여드름이 너무 많이 나서 여드름을 고치려고 피부관리를 배웠다. 피부를 고치고 나니 천부적인 사업가 기질이 있었는지, 피부관리실을 열게 되었다. 한 가지 일을 하면 제 몸이 망가지는 줄 모르고 앞만 보고 달리는 성격인지라 죽어라 앞만 보고 달렸다.

그런데 대구시 중구 남일동 37-3번지에서 피부관리실을 18년째 운영하고 있던 차에 위기가 왔다. 회사에서 인정도 받고 피부관리실에 고객도 많아서 운영이 제법 잘되었지만 언제부터인가 몸과 마음이 아프기 시작하여 병원 치료를 받는 신세가 되었다.

'무엇 때문에 죽어라고 열심히 살았지?'

약을 먹어도 좋다는 운동을 해도 몸이 개운하지 않았다. 엉덩이와 허리 통증이 너무 심해 일을 할 수 없었다. 병원에서는 '척추측만증'이라고 진단내렸다.

"지금은 수술하지 말고 물리치료와 주사약 그리고 먹는 약으로 치료해봅시다. 그때 가서도 안되면 수술합시다."

이 나이에 수술이라니…… 고민했고 걱정했다. 이때 딸이 한국웃음연구소를 찾아가보라고 제안했다.

"그게 뭔데?"

"웃음이 마음에도 몸에도 좋다잖아."

대구와 서울이 좀 먼 거리라 망설이다가 결심했다.

"그래, 좋아진다면 거리가 뭔 문제야."

나는 2박 3일간의 웃음세미나에 열심히 참여했다. 그냥 시키는 대로 열심히 따라 웃었다. 그런데 희한하게 통증이 줄어들었다. 연세 드신 분이 춤추다가 팔이 빠졌는데 웃고 있어 통증을 몰랐다더니 정말인가 보다. 나는 이렇게 웃음의 묘미를 느끼면서 KTX를 내 차로 생각하고 수시로 연구소를 오가며 한국웃음연구소의 모든 프로그램을 다 이수했다.

웃음은 신이 내려준 보약이자 선물이라는 생각이 들었다. 마음이 좋아지니 몸이 좋아지고 하는 일마다 잘되었다. 그다음부터 나는 여기저기에 웃음을 홍보하고 다녔다.

"사람은 정신과 육체를 결합한 묘한 존재이기에 우리 몸은 정신에 영향을 주고, 정신 또한 몸에 영향을 줍니다. 여러분, 옛말에 이런 말

이 있지요? 일소일소 일노일로(一笑一少 一怒一老). 한 번 웃으면 한 번
젊어지고 한 번 화를 내면 한 번 늙는다는 뜻입니다. 이처럼 웃음은
몸에 좋은 약이 되고 화는 독이 됩니다. 서양의학에서도 웃음은 만병
의 근원인 스트레스 호르몬의 분비를 억제하고 엔도르핀 같은 몸에
좋은 물질을 분비해 질병에 대한 저항력을 높인다고 합니다. 웃음이
좋다는 것을 알면서 웃지 않을 일이 있습니까? 요즘은 웃음에 대한
연구가 깊어져 암을 고치는 데도 적극 활용한다고 하니 자연이 준 치
유력을 십분 이해하고 활용하는 데 힘써야 할 것입니다.

저를 따라 해보세요. 하, 하하, 하하하~ 웃는 데는 기술과 돈이 필
요 없습니다. 그냥 하하하, 크게 웃으면 좋고 어떤 미소도 유익합니
다. 우리 뇌는 진짜 웃음과 가짜 웃음을 구분하지 못합니다. 바꾸어
말하면, 무조건 많이 웃으면 됩니다. 웃을 때는 얼굴이 웃고 가슴이
웃고 배꼽이 웃고 발가락이 웃을 때까지 웃어야 좋습니다. 그렇게 하
면 온몸의 혈이 열리고 가슴이 열리면서 기운이 샘솟고 평화의 기운
이 온몸에 퍼져 근심 걱정도 사라집니다. 한국웃음연구소에서 배운
것입니다."

나는 피를 토할 정도로 웃음에 미친 사람이 되었다.

"웃음이 곧 운동이라고 했는데 왜일까요? 우리 몸에는 650개의 근
육이 있는데, 크게 웃을 때는 231개의 근육이 움직여 극적인 운동 효
과를 냅니다. 몸 상태를 활성화하고 혈액순환을 좋게 하며 하루에
10~15분씩만 웃어도 2킬로그램의 체중 감량 효과를 볼 수 있습니다.
이렇게 웃음은 인체의 장기와 근육을 자극해 운동하는 것과 같은 효

과를 가져옵니다."

내가 이렇게 웃음에 미친 것은 웃음 덕분에 지긋지긋한 고통에서 해방되었기 때문이다. 웃음치료의 한 과정인 '행복여행'을 많은 분들에게 소개하기도 했다. 내 가족은 물론 남편의 지인들에게도 소개해 보내드렸더니 모두들 이렇게 인사를 했다.

"정말 고맙습니다. 내 생애에서 최고로 행복한 시간이었습니다."

웃음은 돈을 주고 살 수 없는 인생을 살게 해준다. 웃음은 정신적인 가치이자 최고의 긍정 에너지다. 난 그때부터 선거하듯 봉사하기 시작했다. 봉사는 자신을 행복하게 해주는 지름길이라는 사실을 알고 있기에 발로 나선 것이다. 우리 몸에 좋은 웃음운동법을 안다는 작은 재주 하나만으로 불철주야 뛰었다. 사명감과 자신감이 넘쳐 이곳저곳 경로당 등을 예고 없이 찾아갔다.

어느 날은 큰 경로당을 찾아갔다. 그런데 노인들은 대뜸 손사래를 치며 화를 내셨다.

"너 물건 팔러 왔지? 젊은것이 노인들 사기 치러 왔지?"

"한 번 속지 두 번 속냐? 좋은 말할 때 당장 나가 젊은 년아."

너무나 억울하고 황당했지만 변명도 못하고 쫓겨났다. 하지만 어찌 어르신들을 원망하랴. 현 시대가 서로 믿을 수 없는 시대인 걸.

나는 그날 이후로 동구자원봉사센터에 소속하게 되었다. 봉사를 하러 가도 사전에 공공기관을 통해 허락을 받고 찾아가니 쫓겨날 일이 없었다. 낙이 없는 어르신들을 찾아가 실컷 웃음을 주고 돌아오곤 했다. 정말 사는 것 같았다. 돈을 버는 것보다 행복했고 보람되었다. 어떤 때는 실컷 울다가 돌아왔다. 그래도 행복했다.

하루는 무의탁 노인 댁에 빨래를 해드리러 갔다. 어르신이 얼굴과 팔 등에 많은 상처를 입고 있어 그 연유를 물었다.

"어머니, 왜 이렇게 다쳤어요?"

한참을 머뭇거리던 어르신이 입을 열었다.

"자식이 하도 보고 싶어서 병원에 입원하면 찾아오겠지 했지."

"그래서요?"

"높은 곳에서 굴렀어. 그런데 아무도 안 왔어."

어르신은 그렇게 말해놓고 한참을 우셨다. 그 소리를 듣고 나니 억장이 무너지고 어르신이 너무나 불쌍해서 같이 엉엉 울었다. 세상이 원망스러웠다. 아니, 자식들이 원망스러웠다. 그러면서 나 또한 부모님을 잘 모시지 못해 한없이 부끄러웠다. 돌아가신 부모님을 생각하니 더 이상 잘해드릴 수 없는 것이 미안하기 그지없었다.

'잘해드릴 것을……'

할머니의 자식들에 대해 분노가 치밀고 할머니 신세가 가엾었다. 슬픔도 북받쳐 올라 어르신과 부둥켜안고 눈물만 흘리다가 빨래거리를 싸들고 다시 오겠다는 약속을 하고 집으로 돌아왔다.

'그래, 인간에게 필요한 것은 돈과 물질이 아니다. 이야기를 나눌 수 있는 대화 상대다.'

나는 배운 것을 모두 동원해 스마일사랑봉사단을 모았다. 3년 전부터는 소외된 어르신을 찾아 틈만 나면 봉사를 했다. 경로당, 요양원, 복지관, 종교단체 등에서 노인학대 예방에 대한 마당극과 웃음강의,

춤, 노래로 사랑을 전달하면서 나누고 배우며 살았다.

남의 일이 아니었다. 어찌 보면 나의 노년을 미리 보는 건지도 모른다. 아직도 우리 젊은 노인들은 '내 자식은 효도하겠지' 생각한다. 그러나 우리는 알아야 한다. 지금부터라도 코앞에 닥친 노년을 대비해 아이들에게 효를 가르치고 모범된 삶을 살아야 한다는 것을. 자신의 건강은 스스로 챙기면서 옆 사람 건강까지 챙긴다는 마음으로 살아야 한다는 것을. 그러기 위해 항상 얼굴에는 미소를, 가슴에는 열정을 가지고 살아야 한다.

이요셉 소장님의 말처럼 '새마을운동으로 잘살면 뭐 하나! 정신적으로 잘살지 않으면 행복은 오지 않는다'.

웃음을 전하다 보니 〈경북일보〉, MBC 뉴스 〈생생정보〉에 기고도 하고 출연하게 되었다. 나는 이것으로 만족하지 않으련다. 죽는 날까지 웃으며 살 것이다. 감사하며 살 것이다. 그리고 봉사하며 살 것이다. 나의 이름처럼 말이다.

조: 조그마한 이 한 몸

영: 영원히 웃음과 함께한다면

자: 자신은 물론 대한민국 모든 국민에게까지 웃음을 전하겠습니다.

03

폐암 말기로 여생이 얼마 남지 않은 나의 친구를 위하여

40세. 자영업

사랑하는 친구가 없다는 것이 세상을 잃어버린
슬픔이라면, 사랑하는 친구가 있다는 것은
세상을 다 얻은 기쁨인 것이다.

어느 날 한 통의 전화가 걸려왔다.

"소장님, 이번에 저희 남편과 남편 친구가 웃음세미나에 들어갈 거
예요. 잘 부탁드려요."

"친구랑요?"

"이제 40대 초반인데 남편 친구가 많이 아파요. 행복하게 살다 가
게 도와주세요."

그녀의 남편의 닉네임은 '꿈이', 꿈이 님의 친구는 '소망이'라고
지었다.

소망 님은 이제 40대 초반이나 되었을까? 키도 크고 잘생기고 어느 정도 경제적으로 여유도 있고…… 건강 빼고는 누가 봐도 부러운 사람이다. 그는 최근 병원에 가자마자 폐암 말기 진단을 받았다고 한다. 그것도 길어야 6개월, 그렇지 않으면 2~3개월밖에 시간이 남지 않았다는. 그래서인지 그가 세미나장에 들어서는데 깊은 좌절이 느껴졌다.

소망 님은 외투를 걸치고 있었는데, 그마저도 힘겨워 보였다. 그와 눈을 마주치기도 미안할 정도였다. 그의 눈에서는 총기가 느껴지지 않았다. 항암치료로 지치고 생명이 얼마 남지 않았다는 사실의 영향도 큰 것 같았다.

꿈이 님은 사랑하는 친구 소망 님을 위해 때론 엄마처럼 애인처럼 모든 수발을 들었다.

아프기 전까지 소망 님은 열심히 일만 했단다. 일에서 오는 스트레스, 관계에서 오는 스트레스는 줄담배로 해소했다. 일하느라 늦게 장가간 탓에 두 명의 아이들이 너무나 어리다. 그런데 하늘도 무심하지, 폐암 말기라니, 길어야 3개월이라니……

소망 님이 세미나에 왔을 때는 죽음을 눈앞에 두고 깊은 좌절에 빠져 모든 것을 포기한 상태였다. 혼자 힘으로는 아무것도 하기 싫어했다. 어떤 것도 부질없으니까.

소망 님을 살리고 싶은 나는 꿈이 님에게 버럭 화를 냈다.

"지금 소망 님에게 필요한 것은 의지입니다. 그러니 도와주지 마세요."

"......."

"혼자서 하게 냅두세요."

내가 감히 생사와 고투하고 있는 소망 님의 마음을 어떻게 헤아릴 수 있겠는가? 그냥 젊은 나이에 세상을 등진다는 것이 안타까웠다. 한편으론 소망 님을 살리고픈 욕심이 생겼다. 웃음치료를 10년 넘게 해오면서 많은 환자들을 지켜본 나는 소망 님보다 힘들었던 사람이 병을 이기고 지금은 잘 살고 있는 것을 꽤 많이 보아왔다. 집에서 자신의 유품을 챙기고 있던 의사도 살았고, 해골 같은 몸으로 온 위암 환자도 살았다. 그래서 나는 소망 님의 자연치유력도 믿고 싶었다.

첫째 날, 세미나 활동을 조금씩 따라하던 소망 님의 의지가 조금씩 살아나는 것이 눈에 보였다. 그는 웃고 울었다. 남겨져야 할 아내와 아이들을 생각하며 울었다.

둘째 날, 소망 님은 앞에 나와서 마이크를 잡았다.

"사실 나는 나를 포기했었습니다. 그런데 오늘 알았습니다. 살고 싶다는 것을. 다섯 살, 세 살 난 아이들을 생각할수록 마음 깊은 곳에서는 살고 싶어 한다는 것을 알았습니다."

세미나를 마친 후 몇 번 전화를 해서 그와 함께 웃었다. 그러나 그 이후로는 전화를 못했다. 혹시나 싶어서…….

며칠 후, 꿈이 님이 카페에 이런 글을 올려놓았다.

'소망이의 변화를 혹시 잊을까 싶어 그때그때 메모해둔 것을 올립니다.'

소망 님이 지금 어디에 있는지 나는 모른다. 그냥 꿈이 님의 글을 보며 간절히 소망할 뿐이다. 그리고 이 글로 인해 누군가는 위로를 받으면 좋겠다는 마음뿐이다.

2012년 11월 16일 00시 17분, 꿈이 씀

웃음세미나를 다녀와서 소망이는 암이 머리로 전이되는 것을 예방코자 머리 방사능 치료를 받았다. 보름 이상 밥도 못 먹고, 먹으면 계속 토하고 반복했다. 먹는 게 없으니 변도 못 보고 신체기능과 신진대사가 악순환에 돌입했다.

세미나 전날 응급실에 다녀온 후 친구는 말했다.

"원일아, 세미나 못 가겠다."

나 또한 친구의 건강을 생각해서 참여를 포기할까 싶었다. 그러다가 생각을 바꿨다.

"그래도 가야겠다."

나와 친구는 2012년 10월 18일 아침 8시 25분에 출발했다. 분당 아파트 건물 앞에서 내가 세운 차를 겨우 겨우 걸어서 탄 친구는 나에게 말했다.

"원일아, 옷이 너무 무거워."

세미나 첫날, 오전 과정을 마치고 점심을 먹으러 갔다. 음식 냄새에 구역질하고 겨우 조금 먹었다.

자기 장점을 쓰는 시간이 있었다. 친구는 한마디 썼다.

'아직 살아 있음.'

살아 있는 것이 장점이라니?

"원일아~ 사람이 한 방에 훅 간다는 게 이런 거 같아."

힘이 없는 친구는 명확치 않은 목소리로 얘기했다.

"뭐라고?"

나는 여러 번 무슨 얘긴지 되물어야 했다. 친구는 이미 눈의 총기가 전무했고 몸 상태가 너무 안 좋았다. 보는 내 마음이 너무 아팠다.

그런데도 빡센 첫날 저녁 프로그램에 참석했다. 친구는 신기하게 저녁 강의를 듣고 에너지 포옹을 받고 액티비티하는 과정을 마치면서 놀랍게도 조금씩 몸이 좋아지는 느낌을 받았다. 저녁식사도 조금 했다. 여전히 힘들어는 했지만 야간 과정을 들으면서 조금씩 조금씩 더 회복되었다.

"많이 힘들어? 숙소로 들어갈까?"

이렇게 나와 친구는 첫날을 소화했다.

2012년 11월 16일 00시 29분, 꿈이 씀

세미나 2일차.

아침식사 전에 구역질을 줄여준다는 약을 먹었다. 울렁거려 앉아 쉬고 고양이 산책을 간단히 하며 속을 달랬다. 조금 안정돼 밥을 먹으러 가보니 시간이 지나버려 다 치워버렸다. 그래서 아침을 못 먹었다. 귤과 감자칩, 귤, 소장님이 주신 누룽지로 아침을 대신했다.

오전 과정에서 한참 웃고 움직였다. 그냥 열심히 웃었다.

점심때가 되자 친구 창환이가 깜짝 방문했다. 도가니탕을 사가지고 왔다. 몰래 아이스크림과 초콜릿도 사가지고 왔다. 친구가 일정량을 먹었다.

점심식사 후 오후 수업 첫 번째 쉬는 시간에 성공적으로 변을 보았다. 가슴 아플까 싶어 그동안 물어보지 못했는데 똥을 눈 것이다. 야호~ 변을 본 것이 이렇게 기쁠 수가.

오후에 심장과 가슴, 그리고 나를 사랑하는 활동을 했다. 친구의 눈빛이 돌아오기 시작했다. 쉬는 시간에는 밖에서 쉬다가 갑자기 회사에 전화를 걸어 업무 진행상황을 듣기도 했다. 업무 지시를 차분하게 할 정도로 기력을 찾았다.

"원일아, 여기 안 왔다면 짐 정리하고 공기 좋은 곳으로 온 가족이 갈 생각이었어."

친구의 목소리는 분명했고 명확했다. 힘이 생긴 것이다.

2012년 11월 16일 00시 36분, 꿈이 쏨

"우리 저녁식사를 밖에서 할까?"

친구가 의외의 대답을 했다.

"식당에 냄새나도 좋으니 가보자."

친구가 시도하려는 것이 무척이나 기뻤으나 혹시 몰라 음식을 가져다 밖에서 먹었다. 친구는 적지 않은 양을 섭취하며 구역질도 거의 하지 않았다.

저녁식사 후 희로애락을 표현하는 활동을 했다. 한참을 울고 난 친구가 나가서 발표를 했다. 나는 놀랐다. 발표하는데 정상인처럼 완전한 눈빛과 총기를 되찾았기 때문이다.

친구는 살고 싶다는 생각이 들었다는 얘기를 했다. 받아들일 수 없는 상황에 대해 이제야 본심을 드러낸 것이다. 나는 친구 말에 왈칵 눈물이 났다. 친구가 여러 사람들 앞에서 발표하는 걸 녹화해두지 못한 게 아쉬울 뿐이다.

2일차 과정이 저녁 11시 넘어서까지 이어졌다.

"들어갈까?"

체력적으로 힘들 텐데 친구는 총기를 유지하며 세미나 전 과정에 참여했다. 체력만 조금씩 회복하면, 생존할 수 있는 가장 인간적인 방법을 알게 된 것 같아 기뻤다. 쭉 시도해볼 수 있겠다는 생각을 하게 되었다.

2012년 11월 16일 00시 39분, 꿈이 씀

친구를 보면서 많이 울고 함께 유산소 웃음운동을 하며 의미 있는 시간 가졌다.

'친구가 좋아질 때가 돼서 좋아졌겠지'라고 생각할 수도 있지만, 옆에서 지켜본 나는 웃음의 효과에 대해 그리고 사람을 치유하는 웃음 세미나의 효과에 대해 놀라지 않을 수 없었다. 너무 감사했다. 웃음이 이렇게 놀라운 치유력을 가졌는지 미처 몰랐다.

건망증이 심한 나는 그때의 감동을 기억하지 못할 것이 우려돼 간단히 정리했다가 이렇게 후기로 올린다. 나와 친구가 그때를 잊지 않고 기억하기 위해 기록으로 남긴 것이다. 그리고 혹시 다른 분들에게 희망이 되었으면 해서 올린다.

"도랑 치고 가제 잡고? ^^"

웃음세미나를 기획하고 운영해준 모든 분들과, 세미나를 함께한 '행복여행' 62기 분들께 감사드린다. 행복한 시간을 누리게 해주셔서 감사드리고, 친구 소망이를 사랑해주신 모든 분들께 감사드린다.

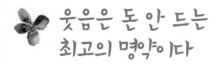

웃음은 돈 안 드는
최고의 명약이다

매일 15초만 웃어도 수명이 이틀 연장되고, 매일 45초만 웃으면 고혈압이나 스트레스를 물리칠 수 있고, 환자의 경우 매일 15분 웃으면 2시간 동안 고통이 사라진다고 한다. 웃음이야말로 최고의 명약이라 할 수 있다.

그렇다면 웃는 동안 우리 몸속에서는 어떤 변화들이 일어날까?

첫째, 웃음은 혈액순환을 개선한다.

크게 소리 내어 웃으면 육체적, 정신적으로 긴장이 완화되고 혈관과 근육이 이완되면서 심장의 기능이 강해지고, 혈액순환이 원활히 이루어진다. 특히 크게 웃을 때 혈액에 보다 많은 양의 산소가 공급되어 암세포가 싫어하는 분량의 산소를 공급한다.

둘째, 웃으면 체온이 올라간다.

필자의 가족 중에도 위암 3기로 최근에 수술한 사람이 있다. 암에 걸리면 꼭 나타나는 증상이 저체온 현상이다. 암세포는 저체온에서 활성화되기 때문이다.

그런데 크고 길게 웃다 보면 체온은 올라가고 그것만큼 내장의 기능이 강화된다. 크고 길게 웃다 보면 자연스럽게 복식호흡이 이루어지는데, 그 결과 횡격막의 상하운동이 증강되면서 폐의 구석구석까지 산소와 따뜻한 체온으로 말미암아 원활한 혈액이 공급된다.

우리 몸의 장기 중에 암이 없는 곳이 어딜까? 바로 심장이다. 심장은 항상 따뜻하기 때문에 암이 생길 수 없는 것이다. 그러니 크게 길게 웃어라. 그러면 우리 몸은 따뜻함을 유지한다.

셋째, 웃음은 면역체계를 강화시킨다.

필자는 많은 병원에서 강의를 했다. 병원에서 웃음을 사용했을 때의 효과는 관계 개선도 물론이지만, 더 탁월한 것은 면역력이 올라간다는 것이다.

1996년 로마린다의과대학 리버크 교수는 '웃으면 면역기능이 강화된다'는 내용의 연구 결과를 발표하여 전 세계 의학계로부터 비상한 관심을 모았다. 환자들에게 웃음 비디오를 보여주며 폭소를 유도한 뒤 바로 혈액을 채취해 항체를 조사해보니 병원균의 침투를 막아주는 인터페론 감마 호르몬의 양이 평소보다 200배나 늘어나더라는 것이다. 특히 암세포를 잡아먹는 NK세포가 웃음에 의하여 크게 활성화된다는 사실도 실험으로 입증됐다.

정상인에게도 매일 생기는 암세포, 그 암세포를 공격하는 면역세포를 활성화하기 위해서 스트레스를 안 받는 게 가장 좋겠지만, 사람과 사람 사이에서 스트레스를 피하기란 불가능하다. 그러니 웃음을 운동 삼아 자주 그리고 많이 웃자. 그러면 건강한 삶을 살게 될 것이다.

넷째, 웃음은 강력한 천연진통제다.

한국웃음연구소 세미나 출신 중에는 무통주사 진통제 대신 웃음을 사용한 사례가 많다.

한 분은 관절 수술을 하고 진통제를 맞았더니 며칠 동안 변비가 생겨 주사를 빼버리고 죽어라고 웃었다고 한다. 그랬더니 그날 처음으로 화장실을 다녀오는 카타르시스를 경험했다고 한다. 진통제를 다량으로 맞으면 변비를 앓는 부작용이 있지만, 웃음은 부작용이 없다.

또 한 사례는 세미나 중에 춤을 추다가 옆 사람이 밟아서 아킬레스건이 끊어지고 만 사람의 이야기다. 발뒤꿈치의 아킬레스건이 끊어지면 산통만큼의 고통이 있다. 그런데 통증을 전혀 느끼지 못하자 병원에서는 통증이 없으면 아킬레스건이 끊어진 게 아니라고 돌려보냈다. 하지만 발을 디딜 수 없어 정밀검사를 받아보니 아킬레스건이 몇 개가 끊어져 있어 깁스를 6개월간 하는 불편함을 감수해야 했다. 이처럼 웃음은 효능이 뛰어난 진통제이다.

재미난 이야기를 더 하면, 평소에도 팔이 잘 빠지는 노인이 세미나 중에 팔이 빠졌다. 어깨가 스르륵 내려간 것이다. 앰뷸런스에 실려 병원에 가는 도중에 환자와 스태프 두 사람은 계속 웃었다. 그 결과 큰 통증 없이 팔을 끼울 수 있었다. 우리 몸속의 뇌하수체에서 분비되는 엔도르핀, 엔케팔린 등은 신비로운 천연진통제 호르몬이다. 이 것이 분비되면 기분이 좋아지고 통증이 완화된다.

그 외에도 웃음은 당뇨 개선 효과, 알레르기 효과, 혈압을 조율해주 는 생체학적 효과도 있다. 그래서 신이 내려준 보약이 있다면 바로 웃음인 것이다.
현대인들이 마음의 독을 뿜는 것은 어찌 보면 기분이 나쁘기 때문이 고, 웃지 않아 기분 좋은 호르몬이 분비되지 않아서인지도 모른다.
"웃음은 큰 대가를 지불하지 않고도 많은 것을 이뤄낸다"는 카네기 의 말을 기억하며 오늘도 큰 소리로 웃자!

'기적의 2박 3일 행복여행'을 진행해오면서 느낀 게 있습니다.

내가 오늘 기분이 나쁘면 지나가는 모든 사람들이

행복해 보인다는 사실입니다. 그런데 내가 오늘 기분이 좋으면

지나가는 모든 사람들이 보이지 않습니다.

이처럼 마음은 끝없이 비교하려는 버릇이 있습니다.

그래서 우리는 오늘도 웃음을 선택합니다.

그러고 나서 나 자신에게 묻게 됩니다.

내가 무엇을 좋아하는지?

내가 무엇을 잘하는지?

이제야 나를 나답게 만들어갈 것입니다.

여러분도 그렇게 할 수 있습니다.